THE IMPROBABLE TALES OF Baskerville HALL

巴斯克維爾

學院的待解之謎

艾莉・斯坦迪許 Ali Standish——著
亞科波・布魯諾 Iacopo Bruno——繪
陳柚均——譯

獻給

路卡、艾瑪、伊娃、佩吉及威爾，

安娜、海莉，及艾娃・凱瑟琳，

以及未來即將誕生的表兄弟姊妹們。

一旦排除了所有不可能，

無論剩下的有多麼不可思議，

必定是真相。

When you have eliminated the impossible, whatever remains, however improbable, must be the truth.

——夏洛克・福爾摩斯

目錄

CONTENT

目錄

CONTENT

01

A STUDY IN SCARLET

血字的研究 1

亞瑟是個幾乎不會出錯的男孩。在學校，他擁有一項令人嫉妒的天賦：總是能最快算出答案，而且往往正確無誤。同學們都明白這並不是缺點——而是他天生就擁有敏銳的思考能力。

但是，如果你問亞瑟．柯南．道爾，在那個涼爽的九月天，有沒有什麼不尋常的氣氛，是否有什麼奇怪的遭遇——以及危險——正向他逼近，他只會把你當成一個算命占卜的江湖術士，試著要從他身上騙取一點小錢。

而事實證明，即使像亞瑟這樣聰明的孩子，也偶爾會出錯。

「只有這麼多嗎？」在那個命運交會的下午，他皺著眉頭，看著佛雷澤先生放在肉舖秤上的一塊羊肉。如果平均分成七等分，幾乎只夠一個人吃上一口。

「亞瑟，你今天這點錢，恐怕只能買到這個分量了。」佛雷澤先生帶著哀傷的笑容回應他。亞瑟注意到了肉舖老闆眼睛下方的黑眼圈。

在滿地肉屑的店舖裡，他看向遠處，佛雷澤夫人並沒有出現在她向來工作的位置上。最近，她的視力變得越來越差——從她向他問候時會瞇著眼睛的樣子看來——她的視力惡化程度，可能已經無法讓她再勝任這份工作了。這意味著她需要去看醫生，而佛雷澤先生也不得不雇用人手來取代她。

換句話說，亞瑟推測，佛雷澤先生再也無法給他店鋪所能負擔的額外分量了。

「好的，先生。」亞瑟說道，接著——想起自己該展現的禮節——「謝謝您。」

他拎著用紙包著的羊肉走向門口，打量著其他排隊等候的顧客。有個男人肯定心不在焉，因為他似乎沒有注意到自己在前往商店的路上踩到了馬糞；有個女人裙子上的破洞補得相當粗糙；還有一個男孩，從他靴子的凸起處來判斷，應該藏有一把刀。

與其盯著佛雷澤先生櫃檯後方那些令人垂涎的小牛肉和豬肉，看著其他家庭來領取帶走，還不如將注意力放在這些事情上。

這些食物不屬於我們，亞瑟告訴自己。*至少今天不是*。

走到愛丁堡斜坡上的鵝卵石街道時，他感覺自己鬆了一口氣，熙熙攘攘的街上有購物

1 《血字的研究》（A Study in Scarlet）為英國推理小說家柯南・道爾於一八八七年創作的中篇小說，也是他第一本以福爾摩斯為主角的成名之作。故事中，華生醫師與福爾摩斯才剛認識，立即接到一個疑點重重的案件。謀殺現場只留下血紅字跡及毫無外傷的屍體。在這件讓警方都束手無策的謀殺案中，福爾摩斯首次展現非凡的推理能力。

的人們、報童、馬匹，以及在街角販售花束的女孩。

空氣中飄散著貝羅克拉烘焙坊的香氣，看來暖薑蛋糕才剛出爐，而西南方吹來的微風帶來了秋天的涼爽氣息。路樹上的葉子沙沙作響聲音愉悅，等待著落下的時機。

對於年輕的亞瑟而言，九月時的午后多半是美好的。九月，預示著新學年即將開始，帶來新的課程以及新的科目。

不過，今天這股微風卻為他的心帶來了一絲寒意。

當還沒意識到自己的雙腳正走向何處時，他已穿越街道，來到了史考特書店前方，看著一位書店店員陳列著書籍。從玻璃外的這一側，他看不清楚任何一個書名，但這些書的氣味就像肉舖裡最好的上等肉一樣令人胃口大開——甚至可能更吸引人。他想起了那些寫在書頁裡的地名，距離蘇格蘭如此遙遠，卻寫滿了所有等待他去展開的冒險。

他嘆了一口氣，他的渴望讓玻璃窗蒙上一層霧氣。

這些書不屬於我。他再次提醒自己。**今天不是**。

如果他們一家人連填飽肚子的食物都負擔不起，肯定也無法負擔這些能填飽亞瑟心靈的書籍。

玻璃另一側傳來以指關節敲擊的尖銳聲響，將亞瑟從思緒中拉回現實。那位有著一頭銀白色頭髮的書店店員在玻璃窗另一側皺著眉看著他，似乎也同意亞瑟的看法般，示意他快點離開。

當他再次踏上擁擠的人行道時，亞瑟做了一個決定。

他想起了克拉伯翠先生，那位脾氣暴躁、嘴裡的口氣聞起來像酸掉的牛奶的紐因頓學院校長，他曾告訴亞瑟，憑藉他如此敏銳的頭腦，必定能在這個世界上有所成就。

然而亞瑟無法證明克拉伯翠先生的理論了，因為他已經決定開學後不會回到紐因頓學院上課。

父親工作的時間越來越少，所以得要有人賺錢養家才行，而這個人一定得是亞瑟。這個念頭讓他充滿了恐懼，但他心意已決。

或許他明天會回到肉舖，請求佛雷澤先生給他一份學徒的工作。他並不怎麼喜歡這種一整天切肉的工作，但總比清掃煙囪或挖墳墓——他打了一個寒顫——要好一些吧。

但現在，他得回家了，媽媽等著他回家才能開始料理晚餐。

當亞瑟轉身時，差點撞上一個推著嬰兒車往山坡上走的女人。

「對不起，夫人。」他說。

但這位女士似乎沒有注意到他。

不太尋常，亞瑟想著。

他盯著她看了一眼。她是個漂亮的女人，但神情卻有些緊繃，彷彿深陷痛苦之中。相較於她的側背包裡鮮豔綻放的花束及裙子上的鮮紅色布料，她的臉色卻如同一輪蒼白的月亮般。在暗淡的人群中，多數路人的衣服多半已褪色成暗灰狀，因而令她的衣著特別顯眼。

那一瞬間，這個女人突然停止所有動作。

而在同一瞬間，亞瑟將三種狀況串連在一起。

首先，這個女人穿著很新的裙子。

第二，嬰兒車裡的嬰兒非常小——還不到兩個月大。

第三，這個女人的呼吸**非常**微弱。

剎那間，女人的眼眸閃爍著，身體卻像茶壺一樣向前傾倒。

他扔下那包羊肉，在她昏倒時立即伸出了雙臂，在她頭部撞到人行道之前，便接住了她。

當他笨手笨腳地將她放下時，心中感到欣慰。剛才正確地解讀了這些信號。只要等到她從昏厥狀態中清醒過來，便能安然無恙地帶著她的寶寶回家了。

她的寶寶！

亞瑟立即轉頭過去，看著嬰兒車正沿著傾斜的人行道向下滑動。他伸出手要抓住卻來不及。隨著坡度變得更加陡斜，嬰兒車的速度越來越快。

當嬰兒車突然撞上一塊不平坦的石頭，而急速轉向馬路時，他的心猛地跳了一下，正好有一輛由四匹巨馬拉著的馬車轟隆地朝著它直奔而來。

02

A RATHER STRANGE ENCOUNTER

不尋常的偶遇

眼看馬車就快要踩踏到嬰兒車了，亞瑟卻離得太遠，無法及時抓住！他的目光掃視了一下街道，立刻彎下身子在地上抓起了一顆小石頭。

「啊！」他用盡全身力氣大喊，猛力地扔出石頭，祈禱它能命中目標。

正如亞瑟所希望的那樣，有個男人正走在嬰兒車前方，而石頭準確地擊中了他的後腦勺。那人猛然地轉身，想要尋找罪魁禍首，卻看到嬰兒車正朝著馬路疾馳而去。他急忙向前衝刺，及時抓住了把手。下一秒，那輛馬車正好呼嘯而過。

亞瑟如釋重負地癱軟下來。周圍人群全聚集了過來，想看看到底發生了什麼事，全都伸長脖子看著那個抓著嬰兒車的男人。他走回斜坡上，一手推著嬰兒，另一手緊緊抓住拐杖的頂部。亞瑟驚訝地發現，那位出手相助的人雖然年事已高，但動作卻如此敏捷靈活。

「扔石頭的人是你嗎？」他用一種嚴苛卻又平淡的口吻問著亞瑟。

亞瑟忍不住盯著老人，老人將手杖夾在一隻胳膊下，調整一下他的大禮帽，好讓他可以搓揉一下自己的後腦勺。這位老人的年紀，並不是亞瑟唯一感到驚訝的事。男人滿是皺紋的臉龐，被太陽曬得特別黝黑，就像剛從熱帶地區回來一樣，雪白的鬍鬚修剪得一絲不苟。他有個長而窄的鼻子、灰色的眼睛，身穿一套優雅的斜紋軟呢外套及背心。亞瑟這才注意到，他的手杖材質是有光澤的桃花心木，頂部有一隻銀色的烏鴉頭。像他這樣的一位英國紳士，為什麼會出現在這樣的街區？

「非常抱歉，先生。」亞瑟說。「只是我知道如果用大聲喊叫的方式，你可能不會認為我是在叫您。您就無法及時轉過身了。」

這位紳士聽了亞瑟的話，思考了一會兒，然後他的鬍子微微顫動了一下。「好吧，要傷害一個陌生人，恐怕會有比這更糟糕的理由。」

此時，那位脾氣不太好的書店店員從書店裡走了出來，協助嬰兒的母親站起身。女人從毛毯裡抱起她的寶寶，將她緊抱於胸前。

「有人告訴我，是你在我跌倒前接住了我，非常感謝你。」她對亞瑟說完，接著又轉向那位紳士。「也謝謝你拯救了我的孩子。」

那位英國紳士搖了搖頭。「這功勞也屬於那個男孩。要不是他反應如此快速，後果可能會不堪設想，非常可怕。」

之後，那位母親堅持要亞瑟收下她剛從市場買來的花束，而街上的陌生人紛紛上前與他握手。對於亞瑟來說，這一切令人感到目眩神迷，但他現在只想要回家。最後，當那位母親和她的寶寶離開且人群散去後，只剩下亞瑟和那位令人好奇的紳士。

那個人倚靠在書店的櫥窗上，若有所思地用一根未點燃的菸斗輕敲著嘴唇。當他與亞瑟的目光交接時，他的眼神露出了銳利的光芒。

「你在那位女士跌倒前便將她接住了，對吧？」他說。「我想，應該是你的反應快速？」

「不，先生。」亞瑟回答，這位陌生人緊盯的目光讓他感到不安。「我看得出來她快要昏倒了。」

「哦？你怎麼看出來的？」

「嗯，我看得出來她的衣服是新的，但臉色特別蒼白，而呼吸似乎也有些困難。她才剛剛生完孩子，但她的腰卻很纖細。所以我心裡猜想著，當她外出買衣服時，可能也順便買了一件……」——此時亞瑟用近乎耳語的音量說道——「緊身束腹。」

他希望這位紳士不會覺得他很奇怪，他之所以知道這些事情，是因為他確實與五個姊妹住在一起，而他的媽媽幾個月前才剛生下妹妹康斯坦絲。

亞瑟清了清喉嚨。「不過，為她綁束帶的人很明顯拉得太緊了。這樣一來有可能讓她的呼吸變得困難，導致——」

「昏厥，」這位紳士補充道，「沒錯。」

附近紐因頓教堂的鐘聲響起，宣告整點的到來，亞瑟倒抽了一口氣。

「請見諒。」他說，彎腰撿起他稍早丟下的那包羊肉。「我該回家了。」

男人向亞瑟點了點頭。「你敏銳的觀察力今天派上用場了。」他說。「也許比你自己想像得更為優秀。」

聽見這句奇怪的臨別贈言，亞瑟還沒來得及反應，等想好該回什麼的時候，那個人已經消失在人群之中。但在那之前，亞瑟留意到了他身上一個詭異之處。他上坡時以右手握著手杖，但當他離開時，卻是以左手牢牢地抓著它。

03

THE GREATEST THING

最偉大不凡的事

當亞瑟進入家門時，太陽才剛剛落入地平線。他的五個姊妹一整天都蜷縮在客廳的各個角落，所以當他們看見他回來，立刻向他撲擁而來。瑪麗用她小小的手臂環住他的脖子，而步伐還不穩的卡洛琳則抓住了他的大腿，親密卻使勁地咬了他的膝蓋。

他的兩位姊姊安和凱瑟琳正在火爐旁縫補襪子，在她們中間擺放著一個搖籃，小康斯坦絲則安穩地躺在裡面。

「你太晚回家了。」安說完，將她縫補的東西扔到一旁，她顯然很討厭縫紉。「我們一直在擔心你！」

「凱瑟琳說，肯定是肉舖那裡大排長龍了。」瑪麗得意洋洋地說，「但我說你更有可能是被強盜給綁架了。這樣豈不更好？」

「亞瑟，你**為什麼**遲到了？」凱瑟琳問道，火光映照在她嚴肅的臉上。「還有，你手上拿的是什麼？」

「是花！」卡洛琳興奮地說，並跳起來試著伸手去拿那束由石楠花和薊花組成的花束。「我的花！」

看著卡洛琳，寶寶開始咯咯地笑，而瑪麗也跟著笑了起來。亞瑟咧嘴一笑，甚至還沒來得及脫掉自己的靴子。

「晚餐時我會把所有發生的事告訴妳們。」他說。「不過，我最好先把這個交給媽媽。」

他高舉著屠夫給的那一包肉，踢掉腳下的靴子，並將花束遞給了卡洛琳，然後走向廚房。媽媽的臉因爐子上湧出的蒸汽而泛紅，黑色的髮絲從辮子中散落出來。

「哦，亞瑟！」她說，臉上露出了溫暖的微笑。「你來得正是時候。」

「這分量不多，」亞瑟說，一邊遞過去一小塊肉，「對不起，我沒辦法拿到更多了。」

儘管媽媽的眼神閃過一絲失望，但臉上的微笑卻不曾消減。「我很習慣將少少的食材發揮到最大效益。」她說。「而且，吉利斯夫人給了我們一些他們家多餘的馬鈴薯。我們要來享用一頓大餐了！」然後她壓低聲音說，「你去問問看你爸爸要不要和我們一起用餐？」

亞瑟努力要讓自己聽起來輕鬆自在。「當然。」

當媽媽轉過身子對著熱氣騰騰的鍋子時，亞瑟躡手躡腳地走向長廊，往一扇只開了一道門縫的房門走去。他往裡面一看，坐在書桌前的爸爸正雙手抱著頭。他的頭髮亂糟糟，肩膀下垂著。牆面上貼滿了他為了尋找靈感而保存的各種剪報，還有他自己畫的仙女、妖精及其他奇幻生物的草圖。四周的地板上散落著皺巴巴的紙團和幾個空瓶。

一個畫架上擺放著一幅怪物的素描草圖，牠的背心上方暴露出一排利牙。道爾先生是一位童書插畫家，正想辦法要完成新版的《美女與野獸》插畫。不如這麼說吧，他應該要完成了才對。

爸爸的疾病並不是那些會影響身體健康的水痘或結核病等。相反地，那是一種心理上的疾病，亞瑟曾經深知且至今仍深愛的道爾先生，卻因為心理生病了，而在亞瑟內心留下了很大的陰影。

「爸，」他問。「你願意和我們一起共進晚餐嗎？」

「孩子，今晚不行。」道爾先生一動也不動。「我還有很多工作，而且沒什麼胃口。」

亞瑟早就預料到會聽見這樣的答案，但他仍然期盼父親能像過去一樣。他退了出去，悄悄地關上了身後的門。

因此，道爾一家的餐桌上只有六個人——如果也把那個嬰兒算進去的話，就有七個人了——他們都有一頭飄逸的栗色頭髮、沙色的皮膚，每個人的左臉頰上都有一個酒窩。道爾太太將湯汁稀薄的燉菜舀進碗裡，並撕下一小塊麵包給每個孩子。亞瑟注意到她沒有為自己留下任何食物。

雖然燉菜湯汁很稀，麵包也不新鮮了，但這一頓晚餐確實是一頓豐盛的大餐。亞瑟對於眼前一切感到滿足，餐桌上迴盪著笑聲、搖曳的燭光中有姊妹們的微笑，以及當他告訴大家嬰兒車失速的故事時，媽媽倒抽了一口氣的樣子。

「再說一遍，」凱瑟琳皺著眉頭說道，「你怎麼知道那位女士快要暈倒了呢？」

「快說說關於馬的那部分！」瑪麗要求道，她最喜歡聽見各種精采的災難事件了。

「你**確定**沒有人受傷嗎？」

大家差一點就忘了桌子前方的空位，有如陰影中的無聲幽靈。

晚餐結束後，安和凱瑟琳又回去做編織的工作，而亞瑟則抱起卡洛琳和瑪麗，爬上搖搖晃晃的樓梯，來到孩子們共用的臥室，為她們蓋好被子。然後，他坐在她們身旁開始說故事，講述《蒂莫西·泰的冒險故事（**以及可怕的悲劇**）：有騎士風範的侍從與（**某程度**

上算是）劍客》的下一個章節，這是亞瑟某天晚上為了讓瑪麗入睡而編出來的故事，媽媽以前也為他做過同樣的事。

當卡洛琳輕聲地發出了鼾聲，瑪麗的雙眼顫抖著閉上後，亞瑟回到廚房，看見媽媽正在洗碗，他深吸了一口氣。

「明天我會請求佛雷澤先生給我一份工作，看來他店裡需要幫手。」他說。

亞瑟以為，這對媽媽而言應該是個好消息，但她卻僵住了。當她轉頭看向他時，臉色凝重卻目光堅定。

「亞瑟。」她強硬地說。「你不能這麼做。我知道你想要更多成就。我對你也有同樣的期待，所以你應該要繼續上學。」

「妳也應該在晚餐時要有麵包可以吃。」他爭辯道。「安和凱瑟琳也應該要有新的襪子。家裡必須有人出去賺錢。」

她搖了搖頭。「但是你，亞瑟——你注定要成就偉大不凡的事。」

亞瑟用自己的肩膀輕輕碰了她的肩膀。「但是，媽媽，家就是最偉大的事。」

他說的是真心話。儘管如此，那天晚上，當他躺在床上時，腦子裡立即充滿了白天時努力想要搞懂的思緒。一個充滿謎團、仍有許多問題亟待解決的世界。

這些並不是你有能力回答的問題，他嚴厲地告訴自己。**至少不是現在。也許永遠都無法回答。**

最後他終於沉沉地睡去。

然而，第二天早上的黎明時分，突然傳來一聲震耳欲聾的巨響，整棟房子都為之震動，打斷了他原本不安的睡眠。

04

AN INVITATION

一封邀請信

砰！砰！

有人敲著門，用力的程度就像要破門而入一樣。

砰砰砰砰砰！

亞瑟用力掀開了被子，急忙跑下樓梯。

「發生什麼事了？」媽媽的聲音傳來。

「我不知道。」亞瑟小心翼翼地說。

道爾夫人拉緊自己身上的睡袍，慢慢地朝門口走去，輕輕地打開了一道門縫。過了一會兒，她才將前門完全敞開。

門外一個人也沒有。

「有人在惡作劇嗎？」他猜測地說。

媽媽彎下腰，從門檻上撿起了一樣東西。「應該不是。」她將手伸到亞瑟面前，他看見她手中拿著一個信封。

這封信的收件人是他。

「但是……我從來沒有收過別人寄來的信件。」

偶爾，父親會收到倫敦那些兄弟姊妹寄來一些看起來高級卻令人憂心的信件，但收件人也通常不是亞瑟——永遠都是他的媽媽。

「打開看看吧。」道爾夫人催促著。

亞瑟拿起信封，撕開了上頭的封蠟，拿出裡面的第一張紙。這是一封信，黑色墨水寫在帶有金色邊框的精美白紙上，流暢的筆跡彷彿在紙頁上跳著舞。是他的錯覺嗎？紙張帶著淡淡的火藥味，他突然覺得有些喘不過氣來。

「怎麼了？」亞瑟的媽媽說。「上面寫了什麼？」

亞瑟開始大聲地朗讀文字：

致年輕的亞瑟．道爾先生：

我很高興地通知您，您已被錄取為一八六八學年的巴斯克維爾學院的學生。在整個英國，巴斯克維爾學院是最嚴格也最創新的學校之一，培育了多位當代的卓越智者們。然而，由於我們的課程主題，擁有極其敏感且跳脫傳統的特點，所以，關於學校的一切必須嚴格保密，絕不能向外界透露。除了直系親屬之外，您不能向他人透露您的入學通知。

準備好挑戰這一切了嗎？

P.S. 新的學年將從明天開始。

誠摯的

喬治．愛德華．查林傑教授

巴斯克維爾學院校長

05

THE FINEST MINDS OF OUR TIME

當代的卓越智者們

前門仍然大大地敞開著，彷彿整棟房子都因為這封意料之外的信件而震驚不已。亞瑟用手觸摸著信紙上方的金色徽章圖案，以手指感受著凹凸起伏的質感，想要確定自己不是在做夢。

巴斯克維爾學院，這幾個字讓他感到一陣激動。

「這真是太棒了！」他的媽媽大聲喊著。「讓我看看！」

當她讀完這封信後，便仔細查看信封裡頭。「你看，還有一頁！上面寫了關於師資的進一步說明。我們來看看吧。有擅長解剖學及生理學的J．H．華生醫師；理論科學教授戴娜．格雷；擅長語言及馬術技術訓練的艾帝安．吉拉德准將……」

亞瑟的心跳加速。在他腦海中，這些文字開始勾勒出拋光的橡木書桌、粉筆灰懸浮在陽光中的畫面。

但是，這所學校為什麼會錄取他呢？他根本不曾提出入學申請。

書房門吱吱作響的開門聲打斷了他的思緒。道爾先生拖著疲憊的步伐走了進來，仍穿著前一晚的衣服，左側臉頰上還沾有炭筆的炭灰，顯然不小心靠在一張草圖上就睡著了。

「准將什麼的是怎麼回事？」

「噢，親愛的，」亞瑟的媽媽說，「有所學校錄取亞瑟了。」

道爾先生臉上的困惑表情轉變成了疑惑。「一所學校？但是亞瑟已經在一所學校就讀了。」

「這是一所**特別**的學校。名叫巴斯克維爾學院。聽起來很棒。我剛才看了簡介，上面介紹了他的老師們。」

他的老師們。彷彿他們已經屬於亞瑟了。

「艾帝安・吉拉德准將。」亞瑟的爸爸站在媽媽的身後，不停喃喃自語著。「這個名字我曾經在哪裡聽過，但這不太可能……」

道爾先生立即衝回他的書房裡。片刻之後，他帶著一張剪報回來，肯定是從牆面上撕下來的。他臉上的種種猜疑已經消失不見，眼神裡充滿了久違的狂喜。

「你看這裡。」道爾先生說，指著一張素描，上頭畫了一個留著大鬍子的男人，寬闊的胸膛上掛滿了勳章。「是艾帝安・吉拉德准將！他曾經參加克里米亞戰爭[2]。是一位英

---

2 克里米亞戰爭（the Crimean War, 1853-1856）為俄國與英、法為爭奪小亞細亞地區權利而開戰之戰事，戰場在黑海沿岸的克里米亞半島。起因是宗教問題，俄國向鄂圖曼帝國提出為保護鄂圖曼帝國境內的東正教徒，而另外的真正原因是鄂圖曼帝國內部逐漸地瓦解，俄羅斯認為這是向歐洲擴張的好機會。

雄啊。他幾乎指揮了一整場塞瓦斯托波爾戰役[3]呢！」

「想想看，他可以教會亞瑟多少事呀！」他的媽媽興奮地說。

「但這件事不會發生。」亞瑟說，轉身將大門關上，將竄入的寒風抵擋在外。

他的父母轉過頭看著他。「亞瑟，什麼意思？」他的媽媽問。

解剖學……理論科學……馬術技術訓練，這些名詞都如此有趣，**但都和我無關**，他想。「我們不可能負擔得起在這樣的學校上課。」他說。

道爾夫人溫柔地將手掌放在兒子的手臂上。「但是，亞瑟，你看看。」

她將第二張信紙遞給他。

在老師及科目清單的下方，有一張以不同筆跡寫下的說明紙條，小巧的字相當緊湊且工整。

親愛的道爾先生：

匆忙之中，查林傑校長似乎忘記附上一些重要細節。我們誠摯地邀請您於明早六點準時前往荷里路德公園的教堂遺址報到。我們建議您攜帶隨身必要的物品即可，其他物品將

由學校提供。

最後說明，相關學費將由學校負擔。由於許多畢業校友在他們進入社會之後都獲得了非凡的成就，前幾世代的校友已慷慨提供資金，讓我們能夠提供學生免費入學，您無需支付任何學費。

期待您的到來。

誠摯的

路易絲．哈德森夫人

巴斯克維爾學院副校長

「你難道看不出來嗎？」道爾夫人說道。「這是你踏上成功之路的好機會！」

希望拉扯著亞瑟的心，但他仍不允許自己屈服於它的吸引力。「我不能離開。」他低

3 塞瓦斯托波爾戰役（the Siege of Sevastopol, 1854-1855）是克里米亞戰爭期間的其中一場戰役，雙方僵持了整整一年，最後英法聯軍在付出巨大傷亡後慘勝。

聲說，抬頭看著媽媽，卻不敢看爸爸。「即使入學是免費的，家裡還是需要我。」

從眼角餘光中，亞瑟看見道爾先生漲紅的臉頰，不知道他是不是生氣了。不過，當爸爸開口說話時，他的聲音卻哽咽了。

「我的好孩子。」他說，抓住亞瑟的肩膀。「我承認，身為你們的父親，我應該要更負責任才對。但是，我不會讓你因為我的懦弱就犧牲了成功的機會。這一所學校能為你帶來更美好的未來，你將可以為這個家做出更多貢獻，做得比我更多。我會盡自己所能照顧媽媽和姊妹們。而你……你一定要去。」

亞瑟猶豫了片刻。然後，他投入了父親的懷抱。道爾先生生硬地擁抱了自己的兒子，隨後投以亞瑟這幾個月來最極度渴望的溫暖。

「要去哪裡？」瑪麗問道。

亞瑟轉過頭，看到姊妹們已聚集在樓梯的台階上。

「有一所很棒的學校錄取了亞瑟。」他的媽媽喊道。「他要和我們這個時代的頂尖學者們一起學習了！」

直到這一刻，亞瑟才允許自己真正地相信。他真的要去……巴斯克維爾學院了！

家裡瞬間混亂了起來。瑪麗開始大聲說著亞瑟該如何前往學校，而這趟旅程是否會遇到危險。「你或許會搭船去，在路上遇到可怕的海盜。」她高興地揣測著。「又或者呢，搭火車時碰到火車脫軌。答應我，你會寫信告訴我所有的事！」

亞瑟大叫了一聲，因為卡洛琳用牙齒咬住亞瑟的膝蓋以示抗議。當亞瑟跳起來試圖要掙脫卡洛琳時，康斯坦絲突然咯咯地笑了起來，口水四處飛濺。

「好了！」道爾夫人大聲喊道，擦去了她眼框下的一滴淚水。儘管她因為這個好消息而激動興奮著，聲音卻非常冷靜。「亞瑟明天就要離開了，我們必須做好準備。」

亞瑟離家前的最後幾個小時，似乎是他生命中最短暫的片刻。雖然，他迫不及待地想要親眼見見自己的新學校，卻也想好好享受與家人共度的最後時光。他想要好好把握每一分鐘，但這就像試圖抓住陽光一樣困難。時間在瞬間中飛逝，彷彿壁爐架上的時鐘指針開始不自然地快速旋轉。

就在晚餐前，道爾先生將亞瑟拉到他的書房，用顫抖的手遞給他一幅畫作。

「我想，你可能會想要帶這張一起去。」他含糊地說。

這張素描畫作是道爾一家人圍坐在桌子旁的畫面，就像爸爸狀態較好的那些快樂日子。道爾先生的這幅肖像畫一點也不呆板無聊，他將每個人都畫得笑容滿面，彷彿剛才有人分享了一個精采的故事。他完美地捕捉了他們的捲髮、笑容及酒窩。

亞瑟注視著這幅畫作。「我很喜歡。」

「這樣你才不會忘記我們。」他的爸爸說。「也不要忘記我們有多麼為你感到驕傲。」

亞瑟不知道哪一件事對他來說更有意義——是爸爸的畫作，還是他所說的那些話。

至於道爾夫人，她為亞瑟和大家送上一個暖薑蛋糕，那是亞瑟的最愛，由於這個蛋糕稍微烤焦了，麵包師傅貝羅克拉先生才以半價賣給她。

亞瑟才剛躺在床上一會兒，嘴裡還留著糖和薑的味道。下一刻，他的媽媽便溫柔地搖醒了他。

「起床吧，我的孩子。」她輕聲說。「離開的時間到了。」

06

ARTHUR'S SEAT

亞瑟王座

當道爾家的母子倆出發時，愛丁堡的曲折街道仍然黑暗且空無一人。亞瑟緊抓著一個旅行手提包，裡頭裝著他所有最珍貴的物品，除了媽媽幫他熬夜縫補的溫暖羊毛外套以外。他將那件外套穿在身上，當他們接近荷里路德公園時，他將外套拉緊，以抵禦清晨的寒意。

即使在一片黑暗中，這座公園也不難找到。從公園裡這座崎嶇、布滿金雀花的山坡可以俯瞰這座城市，更準確地說，是亞瑟王座俯瞰著城市。位於公園中央有座山坡，其頂峰的名字是以亞瑟王[4]的名字命名。亞瑟．**道爾**曾在那裡度過許多個夏日早晨，揮舞著想像中的長劍，假裝自己是那位與他同名的傳奇國王，而這位國王也曾是媽媽無數個睡前故事的主角。

「就是那裡。」亞瑟從山腳下抬頭看著。「快一點，媽媽，不然我們要遲到了！」

依據信件中提及的集合點，是處古老的教堂遺址，座落於前往頂峰途中的一個懸崖上。亞瑟迅速攀爬了上去，伸長了脖子，想看看可能有誰在那裡了。

當他們最終到達遺址時，東方一朵朵的粉紅雲朵宣告了黎明的來臨，這代表時間已快接近六點。不過，即使光線微弱，亞瑟也能看到遺址那裡並沒有等候著他的馬車。一個人也沒有，只有遠處盯著亞瑟和他母親的幾隻羊。

道爾一家難道誤會了那封信件上的訊息？亦或是更糟糕的結果，學校最終決定不讓他入學了？

「除了我們，這裡沒有其他人了。」亞瑟說，微風拂動著他的頭髮。

「他們會來的。我相信，他們只是稍稍遲到了而已。」他媽媽回答道。

「但如果——」

亞瑟突然停頓了一下，微風變成了一陣猛烈的強風，在遺址牆壁間的裂縫中呼嘯而過。他突然明白了三件事。

首先，雖然教堂遺址四周吹著越來越猛烈的強風，但旁邊那座山坡上的樹木卻完全靜止不動。出於某種原因，強風只吹在這座山坡上。

其次，還有更多方便搭乘馬車、火車或輪船的其他地點，但絕不是這裡。這意味著他

4　亞瑟王座（Arthur's Seat），一座位於蘇格蘭愛丁堡荷里路德公園裡的死火山，一百八十六公尺高的山峰能一覽愛丁堡全景，易於攀登，也因而成為遊客必遊勝地。

將以其他方式移動。

第三，不斷向他們逼近的巨大雲朵根本不是一朵雲。

「那是一艘**飛船**！」他驚呼道。

果然，一個巨大的橢圓形氣球正迅速地向他們靠近，就像一隻在天空飛翔的白色鯨魚。氣囊底下掛著幾十條粗厚的紅色繩索，將它固定於下方一艘閃亮的木船上。飛船越來越接近，亞瑟這時看見了信中的徽章圖案就印刻在飛船的側面。徽章上繪有一面盾牌，上面的裝飾是被常春藤覆蓋的聖杯，以及一把與劍交叉的金鑰匙。

飾章下面寫著：***Scienta per Explorationem***（**透過探索獲得知識**）。

「它要在我們頭頂著陸了！」亞瑟的媽媽驚叫著，緊緊抓著他的手臂。

確實，這艘船此時正好在他們頭頂上，能將他們兩人壓扁的距離只有一步之遙。

不過，飛船突然停止前進，在空中盤旋了一會兒，接著船側有東西扔了下來。在眼前展開的是一座繩梯，最下方的一個橫檔就落在亞瑟膝蓋前。

「太棒了。」他低聲說。

有張臉突然出現在船舷旁邊。由於陽光從那個人背後照射下來，亞瑟看不清楚任何細節，只看得見黑色的人影。「早安，道爾夫人。」一個深沉的聲音呼喊著。「如果您不介意的話，我就不自我介紹了。我的膝蓋已經不像以前那麼靈活。如果年輕的道爾先生能爬上來的話，我們就要立即上路了。」

母親伸長脖子並看著那個人，驚訝不已。「我沒想到——我的意思是，一艘**飛船**。這安全嗎？」

儘管道爾夫人幾乎只是低聲細語著。「我向您保證，它非常安全。」那個男人堅定且禮貌地答覆，「亞瑟在我們這裡會受到妥善的照顧。」

「那……那我想，是要告別的時候了。」她說。

在亞瑟還來不及答覆之前，她已經將他緊緊地抱在懷裡，幾乎要讓他喘不過氣。「保重，我的孩子。」她在他耳邊輕聲說道。「記得寫信給我們。」

「我會的，媽媽。」亞瑟氣喘吁吁地說。「現在要先說再見了。記得要告訴瑪麗這件事，她聽了一定會很開心。」

然後，他轉身走向通往飛船的梯子，開啟了未來前往各地的旅程。

07

FLYING

飛行航程

在攀爬的過程中，亞瑟感覺胃正在翻攪著，很不舒服，他無法分辨是因為自己過於緊張，還是那條長期使用而磨損的繩索，在他手中搖晃不已。每當他以為自己找到平衡時，他的手提包就會撞上梯子，讓梯子又再度擺動了起來。

儘管清晨有些許寒意，他的手掌卻開始出汗，要緊握繩梯就更加困難了。

只剩下三階了……

現在只剩下兩階了……

亞瑟的手掌被汗水浸濕而滑了一下。

接著，他感覺到有一隻手緊抓住他的手腕，然後被猛地拉至上方，用力摔在飛船的甲板上。

「孩子，你還好吧？」那個男人問道。亞瑟眨了眨眼看著他。拯救他的人以目光炯炯的眼神俯視著他。他的皮膚是黑得發亮的青銅色。個子不高，卻有著挺直的寬厚胸膛，以及一頭令人印象深刻的黑色捲髮，與他同樣令人印象深刻的鬍子相得益彰。他有著輪廓鮮明的臉龐，有如在石頭上鑿出來的雕刻作品一樣。

「怎麼了？」男人催促地說。

「是、是的，先生，我沒事。」亞瑟結結巴巴地說道。

「那你還等什麼？快站起來，把繩梯拉上來吧。我們快要遲到了。」

男人朝著船舵的方向走去，而亞瑟聽從他的命令行動。

就在他將繩梯收好時，突然一陣劇烈的震動，令他整個人搖搖晃晃站不穩。當他再度恢復平衡站穩時，只見四周突然出現了足以完全籠罩他們的雲層。

一種前所未有的狂野感充滿了亞瑟內心，將他的恐懼瞬間驅散。眼前的景象不再是睡前故事，也不是《格列佛遊記》的其中一頁。他伸手就能觸摸到雲，用自己的手指撫摸著它們。他正在飛行——真正的飛行！

「孩子！」男人喊道。「過來幫我操縱這艘飛船！」

陽光穿過雲層照射下來，溫暖著亞瑟的臉頰。他幾乎無法相信這個口氣粗暴的傢伙和剛才那個與媽媽和藹對話的是同一個人。然而，他的臉上仍然展露了一抹笑容。「是的，先生！」

他穿過四個巨大的船錨——船的兩側分別裝有兩個——來到了船頭，他敬畏地凝視著上面巨大的氣囊腹部。

「很好。」那位船長走近時說道。「現在就由你接手了。我一整晚都沒睡。在我們抵達學校之前，我得小睡一下。」

他後退一步，露出了一個由滑輪和操縱桿組成的複雜系統，中心是一個有圓形輪圈的舵輪。「接……手？」亞瑟問道。「但我不知道該怎麼做。」

船長不理會他，用力扭開船艙木地板上的一個活板門。「我們正往正南方航行。」他一邊大聲說，一邊向下走向船艙的階梯。「等我們進入英格蘭時再叫醒我。」

「但是──」

活板門砰地一聲就關上了，留下亞瑟獨自一人站在飛船甲板上。他吞了吞口水。

船艙下方傳來一陣響亮的鼾聲。

這究竟是某種考驗，還是這個男人瘋了？無論如何，亞瑟不得不駕駛這艘飛船了。他深吸了一口氣，然後走到了舵輪旁。「你做得到的。」他低聲說道。

他花了一些時間評估一下四周的環境。舵輪的上方懸掛著一個大羅盤。他稍微向左邊轉動了舵輪，羅盤的指針便轉向了南方。

好吧，這還蠻簡單的。

舵輪的一側貼有一張手繪的地圖，上面標著幾個地標，是亞瑟在入學通知信上看見的流暢筆跡。地圖上標記了愛丁堡、利物浦、曼徹斯特，以及倫敦。然後，就在英格蘭的西北角，藏在畫有一片森林的地方，畫了標示著「巴斯克維爾學院」的小小建築物。

亞瑟的目光轉向北方。在英格蘭和蘇格蘭之間，有一條不平整的線標記為「哈德良長城」[5]。亞瑟讀過關於這座古老長城的資料，這是羅馬人統治不列顛時期所建造的防禦工程。他鬆了一口氣，只要看到這道城牆，就知道他們已經接近英格蘭了，也就是該叫醒船長的時候了。

舵輪的另一側有各式各樣的滑輪和操縱桿，有些貼上了標籤，有些則沒有。有一個巨大的操縱桿連接著將船艙固定於氣囊下的繩索，亞瑟猜想它應該是用來控制兩者之間的距離。另一個操縱桿上標有字母H。但亞瑟搞不清楚那個操縱桿的功能。

有很長一段時間，他站在那裡，像一名船長一樣眺望著前方燦爛的海洋，驚嘆於下方

---

5 哈德良長城（Hadrian's Wall），是一條由石頭和泥土構成的橫斷大不列顛島的防禦工事，由羅馬帝國君主哈德良興建。西元一二二年，哈德良為防禦北部皮克特人反攻，保護不列顛島人民安全，開始在現今英格蘭北面的邊界修築一系列防禦工事，後人稱為「哈德良長城」。哈德良長城標誌著羅馬帝國擴張的最北界。

掠過的荒野和山脈，也不時看見尺寸比一個先令硬幣還小的城鎮。

當他看見一道蜿蜒的黑色物體時，心跳突然加速。是那道長城嗎？是一條河流嗎？不，那是一條鐵軌，一列發出轟鳴聲的蒸汽火車正沿著軌道行駛。飛船似乎移動得比火車更快，這很不尋常。飛船應該是以慢速移動才對。現在他認真想了一下，飛船通常不會一口氣飛行超過幾英里……

地平線上的某處引起了他的注意。一道閃電穿過了前方聚集的烏雲，就像一根明亮的細針刺破了灰色的羊毛。

亞瑟的目光回到標有「H」的操縱桿上。他這時才意識到「H」代表了什麼。是氫氣。

氫氣是所有元素中最輕的——比氧氣還輕。這正是飛船的氣囊中要填充這種氣體的原因。它便宜、輕便，卻也非常容易起火。

又有一道閃電劃過了天空，雷聲接著震動了整個船身。他們正直奔入一陣暴風雨之中。如果閃電擊中氣囊，它將會爆炸變成了一團火球。

「哦，天呀。」亞瑟低聲說道。他考慮著是否要呼叫船長協助，但如果這是一個考驗，這麼一來就代表他挑戰失敗了。而且，他懷疑自己是否有足夠的時間下去船艙喚醒船長。他必須迅速採取行動。

好好思考呀，亞瑟。那一陣暴風雨很快地席捲他眼前的整片天空，無法繞過它了。他可以讓飛船調頭，向北方前進，但雲層很快就會將他們吞噬。

唯一的辦法就是下降。如果亞瑟能讓飛船迅速下降，它就能在閃電的範圍外航行。這部分應該相當簡單。氣囊中有越多的氫氣，飛船就會越輕，飛得越高。相反地，減少氫氣能使飛船下降，但能快到足以避開閃電嗎？

亞瑟別無選擇，只能放手一搏。又有一道閃電劃過天空，這次距離相當接近，亞瑟甚至聞得到電荷爆裂的焦味。他伸出手，把氫氣的操縱桿向下拉到底，直到無法再往下拉為止。

那一瞬間，他感覺自己彷彿懸浮在空中。

來自四面八方的雷霆咆哮著，像一群饑餓的野狼不斷逼近。

亞瑟吞了吞口水。

然後他感覺到腹部有一陣下沉的感覺，飛船開始穿越雲層，向下急速墜落。

「太好了！」亞瑟大喊道。「奏效了！」

飛船下降中——下墜、下墜，不斷地下墜——直到天色變得更為明亮，雨聲變成更為輕柔的滴答聲。當下一道閃電來臨時，在高高的暴風雲遮蔽下，他只能勉強模糊地看見閃電的微光。

他成功了！

但一時放鬆的他被另一件事給打醒。

飛船仍不斷地下墜，而且現在速度更快了。

亞瑟伸出手想要將操縱桿向上推，希望將氫氣打回氣囊之中。

但操縱桿卻一動也不動。

正下方是一座農場。亞瑟看見底下那些小牛正在愉快地吃草，完全沒發現一顆巨大的氣囊正快速朝著他們的方向墜落。他再次用力地推動操縱桿，將他全身的重量都壓了上去，但毫無任何反應。

他向後退了一步，再跑向前利用肩膀推撞那個頑固的操縱桿下方。

操縱桿仍然完全不動，但現在亞瑟的肩膀劇烈地疼痛著。

至少瑪麗會得到她喜愛的災難性故事，他想著，只是我可能再也無法親自講述這個故事了。

正當亞瑟想到這個可怕的念頭時，他的目光落在登上飛船時經過的四個鐵錨之一。如果無法增加氣囊的浮力，也許可以試著減輕飛船的重量。他匆忙地穿過甲板，從繫泊處上解開了第一個錨。竭盡全力將它拋向欄杆的邊緣。他沒有時間看著它墜落，因為船突然右傾並失去平衡。亞瑟滑向甲板的另一側，聽到第一個錨落地時發出一聲巨大的重擊聲，下方的牛隻也跟著發出了哞哞聲以示抗議。

他將下一個錨拋到船的另一側，然後走去船尾鬆開固定在那裡的錨。飛船現在已經上升了，但速度還不夠快。前方有一座大穀倉。如果他們繼續沿著目前的航向直線前進，就會撞上去。

就在亞瑟將最後一個錨拋向船外時，他聽見木頭相互摩擦的刺耳聲音，來不及了。他們已經撞上了穀倉！他跌坐在地板上，等待著最壞結果的到來。

他一直夢想著充滿各種冒險的人生，只是不曾想到會如此短暫。

突然，噪音停止了。接著，他們的高度又開始往上攀升。亞瑟鬆了一口氣，感覺有點暈眩。肯定只是輕輕擦過了穀倉的屋頂！

他都還沒時間好好喘一口氣，活板門砰地一聲打開，船長再次出現。

「這究竟是怎麼一回事呀？」他吼道。

他掃視了一下四周的情況，東倒西歪地衝向舵輪，以自己沉重的身體重量壓在氫氣的操縱桿上，使它得以向上彈起，讓他們的飛船再次飛向雲端。與那座穀倉一樣，那陣暴風雨已經消失在他們身後。

「好吧，孩子。」船長說，以嚴厲的目光直盯著亞瑟。「你差點撞毀我的飛船。更可惡的是，你把我從睡夢中吵醒了。」

「剛才有一陣暴風雨，」亞瑟解釋道。「如果我們被閃電擊中，我知道船就會著火，所以我將飛船的高度下降。但後來操縱桿卡住了，為了讓飛船再升起來，不得不把錨扔掉。」

亞瑟屏住了呼吸。這樣的解釋足以說服船長嗎？或者，他會立即將飛船調頭，直接折返將亞瑟送回愛丁堡？

那男人瞪著他看了好一會兒，接著嘆了一口氣。「那該死的操縱桿。」他抱怨道。

「我一直想把它修好。我得好好想想怎麼派人將那些錨給收回來，但我們現在到底在哪兒？」

透過雲層，亞瑟指了指剛才出現的一道殘垣斷壁，它蜿蜒地橫跨在下方的地面，延伸至眼前所及之處。是**哈德良長城**！

「先生，我們剛到英格蘭了。」

「已經到了嗎？」船長聳了聳他寬闊的肩膀。「嗯，這總比變成一堆冒著煙的灰燼好吧。但我想最好還是由我來接手吧。」

「那我通過考驗了嗎？」

「什麼考驗？」

亞瑟眨了眨眼睛，強忍心中一陣狂喜的笑聲。他終於要去巴斯克維爾學院了。**而且**，他還獨自一人駕駛了一艘飛船。

「先生？」亞瑟說。「我剛才看到了一輛蒸汽火車。但我們的速度似乎比火車還要快。這不太可能，是吧？飛船有可能比火車還快嗎？」

那男人的臉上露出了笑容，這倒是第一次。讓亞瑟驚訝的是，他竟然有一顆銀製材質的門牙。

「我的飛船可以。」他說。

「但是怎麼做到的呢？」

「你必須深入瞭解動力學的物理知識才會明白，而且也必須被閃電圈所接納，你才有機會學到這些東西。」

亞瑟完全不明白「閃電圈」是什麼意思，而且剛剛才經歷差點被火燒死的事，他已經沒有興趣再聽到任何關於閃電的事了。「但是……如果有人看見我們了，他們會怎麼想呢？」亞瑟將自己心中的疑惑大聲說了出來。

那男人大笑了一聲。「他們可能會覺得自己瘋了吧。」他說。「不過大部分的人都沒看錯——是他們該搞懂這件事的時候了！」

亞瑟心中又再次感到懷疑，這位夥伴是否是個瘋子。

「您也在學校裡工作嗎？」亞瑟問道。他希望這個問題聽起來不會太失禮，但他無法想像，這麼一個粗聲粗氣的人會在這種聲譽卓著的名校工作。比較有可能的是，或許他是擔任類似馬車夫的職務，駕駛他的飛船為學校完成一些祕密的差事。

船長哼了一聲。「我想應該算是吧，畢竟這間學校是我在主事的。道爾，我還沒有向你自我介紹嗎？」他看著亞瑟，又再次咧嘴一笑，陽光在他的銀牙上閃閃發光。他伸出了一隻滿是老繭的大手。「我是喬治・愛德華・查林傑。」他說。「巴斯克維爾學院的校長。」

08

BASKERVILLE HALL

巴斯克維爾學院

亞瑟還來不及從震驚中恢復過來，飛船就開始向下俯衝了。

「抓緊了，道爾！」校長大聲喊道。

他似乎正沿著一條穿越山谷的蜿蜒河流行駛。在他們下方，雲朵的影子掠過翠綠色的平緩山丘。在這些山丘之間，一片片秋季的森林漸漸被琥珀色的荒野所取代。

此時已經相當接近地面了，亞瑟看得見下方小村莊裡房舍屋頂上的瓦片。然後他們急轉進入一片茂密的森林。一條窄路穿過了樹林，最終通向一條鋪有礫石的車道，車道兩側是拱形的黎巴嫩雪松樹。車道延伸通往一片寬廣且層層起伏的莊園群，主要的建築物是一座巨大的石砌莊園。

從空中向下看，這座莊園看起來像是缺了一邊的正方形，擁有高聳的山牆和數不清的煙囪。上面覆蓋著四處爬行的藤蔓，呈現紅橙相間的色彩。在其中一側，有一棵巨大又扭曲的樹，居然是從一個玻璃屋的圓頂上長了出來的，最上方的枝條緊緊地纏繞在房子其中一根煙囪上。在清透的的陽光下，莊園的窗戶似乎向亞瑟眨了眨眼。

「就是那裡，對嗎？」他大聲驚呼。「巴斯克維爾學院！」

「沒錯。」校長低聲嘀咕著，一邊查看著自己的懷錶。「一分一秒都沒浪費。」

當他們飛得更近時，亞瑟看見大宅的西翼伸展出一長排的玻璃溫室。溫室後方則是一處經過精心打理的花園，裡頭有如迷宮般的碎石小徑，一路蜿蜒穿過樹籬及花圃。莊園外面的周邊地區，有著各種大小不一、修繕狀況各異的小屋、馬廄，以及其他附屬建築。其中有一棟小屋的煙囪冒出綠色和紫色的明亮煙霧。

查林傑正準備降落，將飛船停在一座如穀倉般的巨大建築物外，建築物幾乎被樹林給遮蔽了。當他們接近地面時，有一隻長了彎鉤大嘴、翅膀極其短小的大鳥正慌張地在他們即將降落的路徑上來回踱步，迫使查林傑急忙將舵輪向左轉。亞瑟曾在《愛麗絲夢遊仙境》的書中看過這種鳥類的插圖，但這不太可能是……

「迪迪！不要擋路！」查林傑大聲喊道。

「先生，那是一隻**渡渡鳥**[6]嗎？」

「牠是你能夠找到最接近渡渡鳥的生物了。據我們所知，也是整個渡渡鳥家族中的最

6　渡渡鳥（Dodo）是南印度洋上模里西斯島才有的限定物種，正式學名為「Raphus cucullatus」。葡萄牙人在一五〇五年首次登陸模里西斯島，隨意捕殺、砍伐森林、建造城市，破壞渡渡鳥的生存環境，最終因人類活動而徹底消失。

後一隻。」

突然出現一聲巨響！飛船猛然落地，亞瑟感覺整個身體都震動了一下。

「我們到了。」校長說。「這裡就是巴斯克維爾學院。現在請恕我失陪一下。」

「嗯，校長？」

亞瑟剛剛注意到一旁豎立了一個大型立牌。上面寫著：「禁止入內！前方是極其危險的沼澤地。請立即轉身回頭，以免被泥炭覆蓋而石化。那真是種極其糟糕的死法。」

校長順著亞瑟的目光看了過去。「不必擔心，道爾。」他說。「我們總得用一些辦法，將那些窺探的目光阻擋在外。」

「查林傑！」

一位身穿外國軍服、腰間佩掛著劍的男人正大步朝著飛船機廠走來。

「准將？」查林傑回答，動作十分粗魯地跳下了飛船。他嘴裡咒罵著，一隻手放在背部的腰間。

「我們非常需要你，」那人咆哮著，口音與紐因頓學院的法文老師一樣。他瞥了一眼亞瑟，然後又看了一遍。「喔，我還以為只有你一個人。」

「顯然你錯了。」查林傑也以咆哮回覆他。「艾帝安，到底怎麼了？」

亞瑟意識到，這位肯定是艾帝安．吉拉德准將了，讓他父親非常仰慕的一位克里米亞戰爭英雄。他此時感覺到自己的呼吸變得困難。

准將又轉頭看了亞瑟一眼。然後，他用更加低沉的聲音說道：「又發生了⋯⋯**另一起事件。**」

查林傑的臉色沉了下來。兩個男人大步地迅速離開，而亞瑟手忙腳亂地收拾著行李，笨拙地從飛船上爬下來。當他的雙腳觸及地面時，校長和准將早已走到通往大宅前門的台階上了。**好奇怪，真不知道那到底是怎麼一回事？**亞瑟心裡想著。

當他走近莊園大宅時，他看見一排滴水嘴石獸正守衛著這座房子，有些像是美洲豹或獅子的外形，而其他則看起來像海怪或凶猛的妖精，還有一個肯定是正在挖鼻孔的猴子。

亞瑟的目光移至前門上方，而那扇門正好在校長和准將進入後關上。他看見雕刻在石板上的徽章圖案，就和那封信件上的一樣。還有那些拉丁字⋯⋯

「*Scienta per Explorationem*（**透過探索獲得知識**）。」亞瑟喃喃自語地說。

「透過探索獲得知識。」旁邊傳來一個聲音。「這是巴斯克維爾學院立校的座右銘。」

亞瑟驚訝地發現有個女孩正站在他旁邊。她拖著一個貼滿標籤的大行李箱，比亞瑟稍矮一點，有寬闊的肩膀和圓臉，皮膚呈栗色。她的眼睛又大又明亮，帽子下是黑色的頭髮——前額的頭髮捲曲，後面編了一條優雅的辮子。

「你是這裡的學生嗎？」亞瑟不假思索地問道。

她冷漠地看著他。「當然是。」

亞瑟從來沒想過，女孩也能在巴斯克維爾學院就讀，但沒錯，這件事再合理也不過了。如果這所學校真的只收優秀、有才智的年輕人作為學生，其中許多人肯定是女孩。他想到了自己的姊姊們——凱瑟琳有完美的邏輯觀念，而瑪麗則有無限的想像力。

亞瑟自我介紹後，伸出手要和女孩握手。當她伸出手時，亞瑟聞到一股讓他想起老家的氣息。

「我叫艾琳。」她說。「艾琳·伊格爾。」

艾琳說話時帶著一種陌生的口音。對他而言，她的衣著也很奇怪。她穿著一件合身的紅色洋裝，袖口有金色的鈕扣，裙子上有多層的荷葉邊褶皺。奇怪的是，裙子前面的膝蓋處縫上了褶邊，讓底下的褲子清楚可見，並塞進了閃亮的黑色靴子裡。她的緊身胸衣上別著一個金色懷錶。

對自己破舊的旅行手提包，以及最近才修補過的外套，亞瑟突然感到有些不自在。「妳顯然經歷了一段漫長的旅程。」他說。「妳去過美國，對吧？」

艾琳皺起了眉頭。「你的**推論**沒錯。你怎麼猜到的？」

他指著她的行李。「嗯，妳的行李箱[7]是專門為了搭乘蒸汽船或蒸汽火車設計的。」他說。「這代表你應該是搭乘蒸汽火車或輪船而來。但妳的手上有薑的味道，這是治療暈船的常見方法之一，所以代表妳是搭船來的。而且妳的懷錶的時間也不對，慢了五個小時，這代表你在旅途中**真的**暈船了，所以沒注意到要調整時間。」

她下意識地摸了摸自己的懷錶。「你真是說對了。我這輩子第一次發現腳踩在陸地上是這麼令人開心的事。」

7　歐美國家最初為了便於搭乘蒸汽船及蒸汽火車時使用而推出的行李箱，最早期以木材或其他笨重的材料製成，通常有錢有勢的人才會用行李箱，多由隨從或僕人搬運。

亞瑟露出了笑容，想到了自己的旅程。「我明白你的感受。」

「你也是搭船來的嗎？」

「可以這麼說。」

他們一起踏上了台階，亞瑟幫忙提著艾琳沉重行李箱的一端。「妳的父母是外交官之類的嗎？」他問。

「你怎麼會這麼想？」她眼神銳利地凝視著他。

「妳的行李箱上貼著的那些標籤貼紙，代表妳一定經常四處旅行。」

「其實，他們是歌劇演唱家。我常跟著他們去參加巡演，但他們決定讓我在某個地方安頓下來一段時間。所以我就來到這裡了。」

「歌劇演唱家。」亞瑟重覆說道，他從來不曾聽過歌劇。「哇。」

「相信我，那工作其實沒有那麼光鮮亮麗。」

這時亞瑟分心了，眼角餘光察覺到一個物體在草地邊緣的樹叢中，看起來是有個人騎著一匹黑馬，但幾乎完全隱藏在樹叢中。那位騎士身穿深綠色斗篷，姿勢異常地僵硬，一動也不動。若不是揮動中的馬尾巴暴露了他們的行蹤，實在很難察覺。即使騎士低垂的兜帽遮住了他的臉，亞瑟仍有一種不舒服的感覺，感覺那個身影正直直地盯著他看。

「妳看。」他低聲說著，轉向艾琳。「妳知道那個人是誰嗎？」

「哪裡？」她問。

當亞瑟轉過頭的瞬間，他驚訝地的發現，那匹馬和騎士已消失在暗處之中。

在他還來不及解釋之前，莊園大宅的前門突然打開了。門前站著一位皮膚白 且身材豐滿的女人，她臉頰紅潤、額頭發光，蓬亂的灰白頭髮散落在髮髻之外，一身黃色服飾。「請將你們的行李放在這裡。」她氣喘吁吁地說道，「它們會送去你們的房間。你們是最後到達的，我們的行程恐怕會相當緊湊。」

亞瑟和艾琳看到女人身後的同伴，兩個人都愣住了。有隻灰色且巨大的動物從她的裙子後方探頭出來。

「那是不是一隻——」

「狼？」艾琳小聲地接話，當那隻動物張嘴打了個哈欠，露出了如棺材長釘般又長又尖銳的利牙。

「哦，是的，這是托比亞斯。」那個女人說。「可以叫托比就好。校長對動物學的研究很感興趣。你們應該看看他這幾年帶回來的一些生物。」

「就像迪迪一樣嗎？」亞瑟問道。

「沒錯。我特別喜愛托比。牠真是隻可愛的小羔羊。對了，我是哈德森夫人，學校的副校長。你們一定是伊格爾小姐和道爾先生了。現在請跟我來，大家一起到我的會客室見面。」

她快速地轉身走開，而托比起身並默默地跟在她身後，讓亞瑟鬆了一口氣。牠身型高大，足以讓哈德森夫人將前臂搭在牠的背上。

「女士優先？」亞瑟問，心裡仍想著那些完全不像小羔羊會有的牙齒。

「才沒這回事。」艾琳回答，臉上露出狼一般的狡猾笑容。

09

GROVER AND POCKET

格羅佛與口袋

亞瑟走進了有橡木鑲板牆的寬敞大廳。正前方有一座寬闊的樓梯，而哈德森夫人和她的「親愛的小羔羊」穿過左側的一扇門便不見人影。亞瑟和愛琳跟隨在她後方，進入一間寬敞的起居室。

那裡大約已經有二十多位學生聚集在一起，三五成群地在沙發上或壁爐旁交談著。多數的學生都穿著精緻、舒適的衣服，讓亞瑟相形見絀。

我敢打賭，在這些人之中，沒有人的母親會熬夜為他們修補外套吧，亞瑟一邊想，一邊用雙手保護性地撫平羊毛。

哈德森夫人的會客室裝飾華麗，主要色調是各種不同的黃色，壁紙上滿是淡黃色玫瑰花的圖案。房間後方擺放了一套銀色的茶具，以及好幾個盤子，上面裝滿了餅乾和塔派。亞瑟的肚子咕嚕咕地叫了起來。

他和艾琳走向放了茶點的桌子旁，雙眼盯著那些一樣是黃色的塔派。

「我覺得這應該有個主題。」他對艾琳說。「是檸檬，妳覺得呢？」

「恐怕是鳳梨。」一個幽默的聲音傳來。

一個又高又瘦、表情又相當憂鬱的男孩獨自站在桌子旁，穿著一身黑。他的頭髮也是黑色的，像烏鴉的翅膀一樣光滑閃亮。他的皮膚呈現黃褐色，戴著低垂在鼻子上的小圓眼鏡。

「鳳梨？」亞瑟重複說道。他曾聽過鳳梨這種東西，但從來沒嚐過，甚至也沒有看過。

「是的，他們在溫室裡種植了一些鳳梨。」男孩回答。「也種了一些其他的熱帶水果。我自己比較喜歡檸檬。對了，我是格羅佛．庫馬爾。」

「我是艾琳．伊格爾。」艾琳伸出一隻手，格羅佛無力地握了握她的手。「這是亞瑟……」

「道爾。」亞瑟補充道。「而且……太棒了吧！這整個地方，跟我以前見過的任何地方都不一樣。你知道我們什麼時候開始上課嗎？」

格羅佛聳了聳肩。「我不太去想時間這種事。」他說。「人終有一死，每一秒，都不過是我們前進死亡的一小步。說到結局，你想看看我收藏的一系列墓碑拓印[8]嗎？」

---

8 墓碑拓印（grave rubbings），將墓碑表面的文字、圖案或裝飾物複製到紙上的技術，通常會將一張紙放在墓碑表面上，然後以墨水或顏料在紙上輕壓或輕擦，讓墓碑上的紋理轉印至紙上。

他拿出了一本筆記本，裡面塞滿了各種尺寸大小的紙張。艾琳和亞瑟彼此對看了一眼。

「你……收藏墓碑拓印呀？」亞瑟問道。

「是的。」格羅佛說。「我母親不准我再收集動物骨頭了。你知道嗎，那讓我非常難過。」

「或許改天你能拿給我們看看。」艾琳禮貌地說。「我們要去拿一些食物吃了。」

格羅佛聳了聳肩，然後將手伸進口袋，塞了一顆檸檬糖到嘴裡。漫無目的地離開了。

亞瑟轉向艾琳。「我從來沒有遇過像這麼——」

「格羅佛有點奇怪，沒錯。」一個女孩說，她正要拿取其中一個不成對的陶瓷茶杯。「但一旦習慣這個人之後，他就會讓你開懷大笑。」

女孩紅潤的臉龐上長滿了雀斑，擁有一頭線條分明的紅色捲髮，說話時帶有亞瑟認得出的愛爾蘭口音。她穿著一件奇怪的洋裝，看起來似乎是由許多口袋縫在一起而成的。有些口袋裡放了快要掉出來的東西——橘色的毛線、一枝迷迭香，以及一條銀色線圈。

「我是瑪麗。」她說。「但我的朋友都叫我**口**袋。」

「我能理解為什麼。」艾琳說。

她讓亞瑟想起了家裡的妹妹瑪麗。他心中突然有些感傷，不禁想著此刻道爾一家的其他人正在做什麼。

口袋笑了起來。「女孩總得要有一些口袋吧，你不覺得嗎？否則我們要把青蛙、蟲子及其他重要的東西放在哪裡呢？」

「像是老鼠之類的嗎？」亞瑟笑著補充她的話，指著從肩膀口袋中探出的一個粉紅色小鼻子。

「完全沒錯。」口袋把一塊餅乾屑遞給這個生物，牠再次消失了。

「妳來這裡多久了？」艾琳問道。

「我昨天就來了。你知道自己會來到這所學校嗎？還是收到入學通知的信件時才感到特別驚訝呢？」

「這對我來說是一個驚喜。」亞瑟回答。「我昨天才收到信。」

口袋睜大了雙眼。「昨天？天啊，我幾個星期前就收到信了。不過，我還是很驚訝。我甚至覺得前一所學校的校長沒那麼喜歡我，至少她不喜歡我帶到課堂上的那些發明，但她一定是將我的名字放到名單上了。」

亞瑟皺起了眉頭。為什麼他收到信件的時間，比其他學生晚了好幾個星期？是誰把他的名字提供給學校的？

「我大概知道原因。」艾琳說。「我父母告訴我，他們為我寫了推薦函。」

「哦，就像那個吉米一樣。」口袋說，指著一個有著炭黑色頭髮、橄欖色皮膚、肩膀低垂的矮個子男孩，他和一群學生站在一起。那些男孩都穿著時髦的外套，女孩們都穿著光鮮亮麗的裙裝。「事實上，他父親以前也曾在這裡讀書。他是一位事業有成的企業家，所以吉米會被選中是理所當然的。」

亞瑟仍看著房間另一頭的那個男孩，當吉米突然轉過身來與他對望時，他們彼此凝視了很長一段時間，都打量著對方。

他們同時點了點頭。

「他和那群來自倫敦的人站在一起。事實上，他們之中沒有人會因為收到入學通知信而感到驚訝吧。哈麗葉．羅素的母親是一位公爵夫人，在英國皇室協助皇后處理日常事務！她聲稱自己使用的枕頭套曾經屬於維多利亞女王。接著，還有塞巴斯汀．莫蘭，他的父親在國會裡任職。」

口袋現在指著一個下巴突出的金髮男孩，他的身影在團體中特別高。即使遠遠站在這裡看，亞瑟也看得出他的鼻骨曾經斷裂過，儘管看起來已經恢復得很好了。

塞巴斯汀也同樣轉頭看了一眼新來的同學。他對著亞瑟笑了笑，但眼神裡卻透露出一絲不屑。

亞瑟想起了自己的父親，正愁苦地彎著身子坐在桌前的模樣。「這裡每個人都有這麼有錢有勢的父母嗎？」

「我沒有！」口袋回答。「格羅佛也沒有。我們之中有許多人都來自相當普通的家庭。哦，你看——那個就是艾哈邁德．沙伊德。聽說他的父親上次在阿富汗救了華生醫師一命。他對地質學相當著迷，開口閉口都是石頭。」

一個瘦小的男孩向他們揮著手，他身穿白色長外套和藍色背心。口袋繼續在房間裡走來走去，一一指著他們的新同學。艾哈邁德和艾琳並不是唯一來自其他國家的學生，每個人似乎都有顯赫的家世、優秀的天賦，或是特殊的興趣。亞瑟原本只想知道他入學通知信遲來的原因，但他現在開始想思考的事，是這封信**到底為什麼**會送到他手中。

「你沒事吧？」艾琳低聲說道。「你看起來就像有人踩在你的墳墓上一樣。」

「沒事。」亞瑟爽朗地回答。「只是有點累了。」

「剛才有人說**墳墓**嗎？」格羅佛一邊問，又一邊走了回來。

這時，會客室的大門再次被推開，查林傑校長快速走了進來。哈德森夫人拍手示意大家安靜。

「校長！」艾哈邁德喊道。「你的外套！」

校長低頭看了看，發現自己的口袋突然著火了。他咕噥了一聲，拍打撲滅了火。他似乎完全沒受到影響，彷彿低頭發現外套著火是一件常發生的事。艾琳強忍著不笑出來。

「好吧。」他說，他的聲音在整齊的會客室裡迴響著。「歡迎來到巴斯克維爾學院。你將會發現，與其他所謂的**學校**相比，我們這裡的做事方式非常不同。我們不會浪費時間在文法課上，也不在乎禮儀的問題。」

學生之間傳出一陣咯咯笑聲。哈德森夫人疲倦地嘆了一口氣，與旁邊坐在輪椅上身材消瘦、臉色蒼白的一位男士交換了眼神。他給了她一個理解的眼色，撫摸著自己整齊的小鬍子，眼中閃爍著笑意。

「在這所學校，我們重視的是展現創新以及創造力。這裡沒有嘮叨的家庭教師，或過於苛刻的導師會在你背後緊迫盯人。我們明白，追求知識的過程中必須要承擔一些風險。我們**期望**你們有足夠的勇氣去冒險。」

亞瑟覺得校長似乎對他輕輕點了點頭，但他不是很確定，不過這足以讓他的心情立刻振奮起來。對於亞瑟在飛船上的表現，也許查林傑對他相當讚賞，只是沒有表達出來。

哈德森夫人適時清了清喉嚨。

「好、好，我就快要說完了。」校長說。「然而，即使在巴斯克維爾學院這種地方也是有規矩的，我們期望你們遵守這些規範。我們不會有打屁股、打耳光，或是任何體罰方式。我們不需要這麼做。但如果有人在這裡違反規定，那就得要自己承擔後果。」

他的目光四處掃視著，彷彿要看看誰膽敢挑戰他的權威。亞瑟看見塞巴斯汀身旁的男孩笑著用手肘碰了他一下。塞巴斯汀的雙眼一直盯著校長看。

「現在，我來為大家介紹我們優秀的教師們。」查林傑說。「華生醫師，解剖學及生理學教授。」

坐在哈德森夫人旁邊的男人點頭鞠躬。

「吉拉德准將……」

那個將校長從飛船上帶走、略微肥胖的男人正要上前時，突然——

轟隆！

爆炸聲震得會客室的窗戶嘎嘎作響。學生們倒抽了一口氣，甚至有幾個人尖叫了起來。格羅佛揚起了眉毛，這是他第一次展現出對事物感興趣的樣子。

「該死……」，查林傑咆哮著，「不會又來了吧！」

他沒有再多說一句話，轉身便離開了會客室。

10

INTO THE RING

登上拳擊擂台

「我想我應該會喜歡他。」口袋在校長離開後說。

「我也喜歡他提出沒有煩人的家庭教師或導師這件事。」艾琳笑著回答。

「我喜歡他提到要勇敢地冒險。」亞瑟補充說。「從來沒有人會叫孩子們去冒險。」

哈德森夫人拍了拍手，要大家安靜。「由於校長被他的……嗯，實驗所耽擱了，我們就先繼續進行校園導覽吧。」

當他們要被帶出會客室時，亞瑟抓起一個鳳梨塔派塞進嘴裡。他閉上眼睛，感受酸甜的滋味在他的舌頭上舞動。這是他不曾嚐過的味道。

當他再次睜開雙眼時，哈德森夫人正要打開走廊盡頭的一扇雙開門。

「這裡是我們的圖書館。」她說。「在適當的時候，你們將有機會發掘其中許許多多的寶藏。」

亞瑟的心跳加速著，當他透過門縫往裡面看，看見一個寬敞的房間，裡頭擺滿了書架，從地板一直延伸至高高的拱頂天花板。某個角落放了一個如馬車般大小的地球儀，天花板上繪有一幅鍍金的星空壁畫。窄小的樓梯通往第二層及第三層，四處都有穿著深紫色制服的學生。第三層及天花板之間的空間被分割成越來越低矮的小樓層，就像一層層的蛋糕被重物給壓扁了一樣，可以從看起來不太牢固的旋轉樓梯進入。一位有著一頭凌亂銀髮的老人，正在一張長木桌後方的扶手椅上睡覺。

「這位是我們敬重的圖書館館長安德希爾先生。安德希爾先生？」哈德森夫人呼喚著。對方並沒有回應，她只能再次提高音量呼喊。老人的眼睛一閃，隨後再次閉上。

哈德森夫人無奈地嘆了一口氣。「噢，算了。我們走吧。」

亞瑟轉身想對艾琳說話，卻發現站在他身旁的是那個叫吉米的男孩，正帶著渴望的眼神凝視著圖書館。

接著，艾琳拉著他向前走，因為哈德森夫人已經要引導大家走向建築物的東翼了。當亞瑟跟隨著隊伍前進，他注意到一個之前沒有發現的細節。莊園的一扇前門缺了一塊玻璃窗，好像是玻璃被打碎了。

當他注意到吉米盯著他看時，便轉過頭去。

「這裡是我們所有課程的上課地點。」哈德森夫人一邊說，一邊帶著大家走入房裡的深處。「只有生物學和馬術課程會在溫室及院子裡上課。餐廳在西翼的盡頭，那裡會供應你們餐點。熄燈時間是日落時分。」

亞瑟有點心不在焉。透過途中經過的窗戶，他看見一些奇怪又有趣的事物。有一個房間裡擺滿了奇怪的標本——有一個如老鷹大小的紅藍色飛蛾被固定在玻璃箱裡，許多架子上擺滿裝有各種生物和甲醛溶液的瓶子，還有一個人類的骨架，儘管它早已沒有眼睛了，但似乎仍在注視著他們。另一個房間裡被一層霧濛濛的薄霧所籠罩，裡頭有兩個人圍坐在一張圓桌旁，手拉著手，唸唸有詞。

「他們在進行某種降靈會嗎？」艾琳輕聲地說。

格羅佛站在離窗前特別近的位置，他呼出的氣體讓玻璃起了霧。然後，玻璃的另一頭出現了一個皺著眉頭的男孩，他隨即拉上了厚重的窗簾。

在隔壁的房間裡，有位較為年長的女性正忙著解開糾結在一起的電線，她身穿側面有黑色鈕扣的白色實驗服。她抬起頭來對他們微笑，蒼白的臉龐上有一雙閃閃發亮的藍色眼睛。在她頭頂上方，有一個玻璃鈴噹用繩子懸掛在天花板上，裡面閃爍著微弱的閃電。

亞瑟倒抽一口氣。「那是——」

「電力。」艾琳屏住呼吸地說。

接下來，亞瑟感覺有人在背後推了他一把。他轉身看見托比，是牠以長長的鼻子輕推了他。那匹狼以一臉期待的目光看著亞瑟。

「我想我們應該跟上大家。」亞瑟嘀咕著。

當亞瑟和艾琳趕上時，「最後一站，這裡就是我們的禮堂了。」哈德森夫人正說著。「我們用這個地方進行——啊，史東教授，你在這裡呀。」

哈德森夫人引導學生們進入一個黑暗的巨大房間，房間裡有一排排的座位，全部面對著一個舞台。舞台上有一個拳擊擂台，裡頭站著的高大男人正戴著拳擊手套，對著空氣中不停地揮拳。他轉身面對大家，亞瑟看到他紅潤的臉上帶有許多紫色的傷疤，讓他的臉看起來像是一隻牛頭犬。

「啊，哈德森，你帶一些新血來了呀！」他開心地大聲喊道。「太棒了、太棒了。把他們帶來這裡吧，我要好好測試一下大家的能耐。」

學生們緊張地向前走去。

「**他是**一位教授嗎？」有維多利亞女王枕頭套的女孩哈麗葉小聲地發問。

史東教授擦了擦額頭上的汗水，低頭凝視著他們。

「我們之後要學習拳擊嗎？」口袋發出又尖又長的聲音，因興奮而顫抖著。

「當然會。」史東教授回答道。

「但是……**為什麼**？」哈麗葉問。

靠在擂台繩索上的教授咧嘴一笑。「這位小妹妹，拳擊不僅僅是在追求力量和速度。噢，我知道大家都是怎麼說的，拳擊手不過是一群粗暴的傢伙。但是，若想在拳擊場上生存下來，需要保持警覺。學習在面對壓力下成長，知道嗎？只要學會了拳擊，任何緊要關頭都可以保持冷靜。」

「而我們有些人會選擇避開那些緊要關頭。」哈麗葉咕噥著。

「其實呢，」教授笑容滿面地說，「我想，在哈德森夫人帶大家前去自己的房間之前，應該有時間進行一、兩場比賽。那麼，你們就有機會親自體驗了。」

「我自願，先生。」一個平穩的聲音說道。大家轉過頭去看，走上前來的是塞巴斯汀．莫蘭，臉上的表情似乎在訴說著這件事很有趣呢。這也難怪，因為他幾乎比其他人都高過將近一顆頭。誰會認為自己有望在拳擊場擊敗他呢？亞瑟不禁想著，塞巴斯汀曾斷裂的鼻子或許是以前打架造成的結果。

「太棒了！」史東教授叫道。「還有人自願站上另一個角落進行比賽嗎？」

大家陷入了一陣沉默。甚至連口袋也沒有挺身而出的膽量。

亞瑟身體靠向艾琳。「這到底是什麼樣的學校呀？」他低聲問道。

「我想，在這種學校，你要不是大獲全勝，就是一敗塗地吧。」艾琳也低聲回答道。

就在此時，亞瑟感覺到有人從他背後推了一把。他失去平衡而向前走了幾步，他立刻轉身，以為會看見托比，卻看見那一群倫敦來的同學站在他後面。他們全都直盯著前方看，但其中有幾個人竊笑了起來。吉米站在幾英尺遠的地方，盯著地上。

「太好了！」史東教授叫道。「有另一位自願者了。」

亞瑟愣住了，慢慢地轉身回頭看向擂台，發現史東教授正盯著他看。他意識到，其他人也正看著他。

此時站在亞瑟身旁另一側的格羅佛微微地向他鞠躬。「我衷心期待讀到你的墓誌銘。」他說。

11

A MATCH MET

強勁的對手

亞瑟吞了吞口水。他常常與他家對面的男孩們打架，這些男孩總是欺負他家附近那些更年幼、家境更為窮困的孩子。塞巴斯汀讓他想起了那些自以為是的男孩們。

艾琳輕輕捏了捏他的肩膀。「我會為你加油。」她低聲說道。

「我也是！」口袋說道。「試著向他們展示你的實力！」

亞瑟擺脫自己心中的疑慮，一腳踏入拳擊擂台內。

「採用業餘拳擊規則[9]。」史東大聲喊道，將一雙有襯墊的拳擊手套扔向塞巴斯汀，然後也扔向亞瑟。「戴上手套。一共三回合，每回合三分鐘，或直到其中一人倒地十秒。男士們，回到你的角落就定位吧。」

當塞巴斯汀走向他的角落時，他將雙臂於胸前伸直，擺出拳擊的姿勢，對著亞瑟微微冷笑著。亞瑟的心跳加速，此時也舉起雙手，手肘彎曲著，卻是將雙手緊貼在臉部前方。他不禁想著，被人一拳擊中下巴不知道會是什麼感覺。這個念頭還尚未在腦袋裡紮根之前，他決定先擺脫掉。**好好專注！**他告訴自己。

史東教授大步地走到了擂台中央。「男士們，準備好了嗎？接著……**開打！**」他敲響了鈴聲，便立即跳開到一旁。

塞巴斯汀和亞瑟小心翼翼地靠近對方，打量著彼此。為了讓對手保持安全距離，塞巴斯汀將手臂伸直向前，這會讓他發動攻擊時收回手臂的速度更慢。不幸的是，塞巴斯汀雖然身材高大，腳步卻快得驚人，不斷地在擂台上前後移動，讓亞瑟很難靠近並進行攻擊。突然，塞巴斯汀向前衝，擊中了亞瑟的肩膀。亞瑟吁了一口氣，一度失去了平衡，接著又挺直了身體，以一記鉤拳瞄準了塞巴斯汀的右側太陽穴。但腳步輕盈的塞巴斯汀輕巧地一閃而過，對亞瑟露出狡猾的笑容。

「輸了也沒什麼好丟臉的呀。」當兩人在對方身旁繞圈子時，塞巴斯汀低聲說道。「好吧，至少不會很丟臉。不如，我讓你隨便打我一拳，留一點面子給你吧。」

他放鬆雙臂，將手垂放得很低，遠離頭部。「來吧，道爾。」他輕聲地勸說。「這可能是你的唯一機會了。」

亞瑟很清楚塞巴斯汀心裡在盤算著什麼。如果他當真了，等到他跳起來朝這個高個男

9 Queensberry Rules，指「業餘拳擊規則」或是「昆斯伯里侯爵規則」的一組公認英式拳擊規則，以昆斯伯里侯爵（Marquess of Queensberry）的名字命名，他在十九世紀公開發表相關規則，規定三分鐘為一回合。

孩的下巴揮拳時，塞巴斯汀就會以他暴露的腹部作為目標。接著，塞巴斯汀會對亞瑟的腹部重重一擊，可能會將他擊倒在地，到時候他只能任憑塞巴斯汀擺布了。

既然塞巴斯汀要玩一場遊戲，那亞瑟也假意配合一下。

「讓我打你一拳？」他問。

塞巴斯汀點了點頭。「直接打，來吧。」

亞瑟突然彈跳了起來，似乎要以勾拳打對手的臉。接著，他更加迅速地蹲了下來並側身閃到一旁，感覺到塞巴斯汀的拳頭飛過了他的左肩上方。在那同時，塞巴斯汀暴露了弱點，亞瑟狠狠地擊中了他的肋骨。

塞巴斯汀痛苦地皺起了眉頭，將自己的手肘向下壓以保護他的肋骨。這給了亞瑟一個主意，但他只有片刻的時間可以思考。接著——

砰！

亞瑟才分心了不到一秒鐘，但就足夠讓對手狠狠揮拳打向他的臉。幸運的是，亞瑟的重心十分穩固，他的手套承受了這一擊大部分的力量。儘管如此，這一拳的衝擊力仍讓他的腦袋暫時暈眩了幾秒鐘。人群中發出陣陣的驚嘆聲，而亞瑟的腳步在原地搖晃著，但他仍保持著平衡。如果他能站穩腳步，直到——

突然，鈴聲響起了，史東衝進了擂台內。「第一回合結束了。」他喊道。「大家都有公平地遵守規則，男士們。請把握機會，為第二回合的比賽做好準備。」

一聽見群眾的歡呼聲，塞巴斯汀咧嘴一笑。亞瑟努力將自己的注意力從肩膀的疼痛轉移至塞巴斯汀的左手上，對方仍然以手保護著肋骨。

亞瑟笑了。

當史東敲響第二回合開始的鈴聲時，他想到了一個計畫。

這次就不繞著圈子走了。亞瑟直接投入戰鬥中，瞄準了塞巴斯汀的腹部。塞巴斯汀勉強地擋住了這一拳。

亞瑟再次出拳，這次塞巴斯汀也輕鬆地擋住了這一拳。當他第三次出拳時，塞巴斯汀看起來幾乎是悠閒應付了。「我開始覺得無聊了。」他說，隨即用右臂揮出一記刺拳。亞瑟低頭閃過，僥倖地躲過這一擊。「不過，我從來就不太喜歡和蘇格蘭人來往。」

亞瑟強迫自己忽略這句輕蔑的話，讓自己雙眼直盯著塞巴斯汀的肋骨。他一次又一次地將自己的勾拳瞄準那裡，但塞巴斯汀每一次都會擋住他的攻勢，並以側擊進行反擊。到了第二回合結束時，亞瑟已漲紅了臉、氣喘吁吁，塞巴斯汀則悠閒地回到自己的角落，看起來就像要去參加一場盛大的下午茶會。

「第三回合，也是最後一個回合了！」史東大聲喊叫。

亞瑟和塞巴斯汀慢慢向彼此逼近。「你在第一回合就應該接受我的提議。」塞巴斯汀嘀咕著。「如此一來，我早就當場將你打倒了，免得你丟臉——」

當他話還沒說完時，亞瑟早已將拳頭向後拉到最遠處，準備再次向對方的肋骨擊出勾拳。塞巴斯汀放下雙臂，擋住他早已預料到的一擊，然而亞瑟的拳頭卻如閃電般迅速地轉移了目標，正中塞巴斯汀的太陽穴。男孩的雙眼一瞬間睜大了，接著雙腿癱軟並跌落在地面上。

史東瞬間來到他的身旁，開始大聲地倒數。當他數到十的那一刻，史東抓住亞瑟的手並將其高舉在空中。「各位先生女士們，贏家已經產生！」

亞瑟感覺到勝利的興奮之情湧上心頭，他微笑著，將一隻戴著拳擊手套的手高舉到空中。他相當疲憊，也疼痛不堪，但不知為何，心情卻無比地興奮。

一旁圍觀的學生們開始鼓掌，人群之中有些人顯得特別熱情。

史東放開亞瑟的手，用他巨大的手掌拍了拍他的背部，力道大到幾乎要讓他摔倒在地了。亞瑟向塞巴斯汀伸出一隻手要拉他站起來。

「你沒事吧？」他問。

塞巴斯汀盯著亞瑟看了好一會兒，接著舉起一隻手讓亞瑟扶他站起來。他伸出另一隻手要和亞瑟握手。「打得真好。」塞巴斯汀說道，音量足以讓群眾都能聽見。

然而，當亞瑟試著抽回自己的手時，塞巴斯汀以鐵拳般的力量死命握著他的手。

「我想，這就是在貧民區裡長大所學會的東西。」他用一口完美的牙齒低聲說道。「我也有一些道理要親自來教教你。」

亞瑟已完全忘記哈德森夫人還在場，她從人群後方走了出來。「好吧，如果都結束了的話——」

她的話還沒說完，人群中又有另一個人走了出來，高高舉起一隻手。是吉米。

「怎麼了？」哈德森夫人答覆，口氣帶著一些不耐煩。

「我也想上場比賽。」他輕聲地說。「在擂台上，和他對打。」

他指著亞瑟。

亞瑟瞪大眼睛看著那個男孩，想知道吉米為什麼會提出這個要求。他看起來並沒有敵意。事實上，他似乎也正瞪大眼睛看著亞瑟。

「這種精神就對了！」史東喊道。「想挑戰我們這位冠軍衛冕者嗎？想要證明你的勇氣嗎？」

「怎麼樣呢，哈德森夫人？我們還有時間再進行一場比賽嗎？」史東問。

「時間不太夠，不行。」哈德森夫人簡短地說。

「那我們就進行一回合吧！任何人都可以抽出短暫但很重要的三分鐘。」哈德森夫人挫敗地嘆了一口氣，再次坐回座位上。史東揮手示意吉米進入擂台內，下一刻他又立即敲響鈴聲。

像亞瑟一樣，吉米蹲低躲在自己的拳頭之後，充滿了隨時能爆發的力量。他比亞瑟矮小，身材纖細，灰色的小眼睛專注地打量著亞瑟。

他的舌頭輕舔了嘴唇一下。在吉米往前一躍之前，這是亞瑟收到的唯一警告，讓他有足夠時間閃躲吉米揮出的一拳。

他們的目光再次交錯，亞瑟感覺到一種奇怪的連結，就像在他們之間有一股電流正流動著。他們在對方身旁盤旋打轉。

「你想讓塞巴斯汀看見你累了，對吧？」吉米問道。他揮出一拳，而亞瑟擋住了。

「人們有時會低估我。」亞瑟回答。「但這情況對我有利。」

現在換亞瑟要瞄準出拳攻擊對方的腹部。吉米似乎早就預料到對方的攻勢了，向後跳開了一步，亞瑟的拳頭只是輕輕擦過了他。

「你一遍又一遍地瞄準同一個部位，就像忘了還有其他地方可以出拳一樣。但你沒有忘記，你只是想讓他忘記。」

「我沒有讓他做任何事。我只是……鼓勵他這麼做而已。」

吉米笑了，但不是像塞巴斯汀那種沾沾自喜的冷笑，而是一種讚賞的微笑。

下一刻，他再次出拳，這次他出了左拳。觀眾中傳來一陣像微風般的低語，兩個男孩同時變換了姿勢，開始往相反的方向繞圈。

這場比賽感覺更像是一場舞蹈，而非一場戰鬥。

自始至終，他們的目光都不斷注視著彼此。他們的三分鐘肯定就快要結束了，但兩人都未擊出有力的一拳。吉米好像要引誘亞瑟不斷靠近，就為了——

就在吉米擊出左拳的那一刻，亞瑟也向前擊出自己的左拳。他感覺到自己的手套與吉米的臉頰彼此碰撞，同時也有一拳打到自己的臉上，讓他倒向了另一側。接下來他只記得腦袋撞到地面了，似乎躺了很長一段時間，但也可能只有幾秒鐘，他看見眼前有閃爍的星星。當腦袋不再暈眩時，他呻吟了一聲，強迫自己坐了起來。

令他驚訝的是，他看到吉米也躺在地上。他們在同一時間出拳並打中對方。男孩們看了彼此一眼，都驚訝地眨著雙眼。接著，吉米嚴肅的眼神突然一亮，露出了一抹微笑。

人群雀躍地歡呼著，這顯然是一場精采的表演。

「你的左勾拳真是厲害。」吉米說。

「我也想對你說同樣的話。」

「我想，我們還沒有正式地向對方自我介紹。」當他們再次起身站起來時，吉米說。

「我是亞瑟．道爾。」亞瑟一邊說著，一邊脫下手套並伸出一隻手。

「我是詹姆斯，朋友們都叫我吉米。」這位強大的對手說。「吉米．莫里亞蒂。」

12

A ROOM WITH A VIEW

景觀宿舍

「史東，今天就到這裡吧。」哈德森夫人宣告。「我們可不希望一八五七年的那場推擠事件再次上演。」

「啊！沒那麼糟糕吧。」史東教授回答。然後，他皺起了眉頭補充說：「好吧，除了被大家壓著的那個小子之外，他從此再也不那麼……」

若在一小時前，這句話可能會讓亞瑟驚慌。不過，他現在已經明白了，巴斯克維爾學院跟他所知道的任何一個地方完全不一樣，而他也發現自己已經喜歡上這裡了。

哈德森夫人急忙帶領他們穿越廣闊的莊園，準備去參觀西翼，但當他們到達她的會客室，校長洪亮的聲音召喚她進去裡面。亞瑟先前不曾聽過他的口氣如此擔憂。

之後，哈德森夫人帶領其他人走到外面，亞瑟卻逗留在原地。透過會客室門外的縫隙，他隱約地看見查林傑校長、華生醫師及吉拉德准將緊緊靠在一起的身影。他們正在低聲討論著什麼事。亞瑟靠得更近了一些。

他先是聽見「**安全措施**」和「**任何物件失竊**」這些字句，接著聽見一聲急切的吠叫聲，低頭便看見托比用牠那雙指責的黃色眼睛盯著他。亞瑟不需要被提醒第二次。那匹狼轉身走向前門的台階，亞瑟則緊跟在後。當他經過此處時，用手指拂過前門上華麗雕刻的橡木，仔細端詳著那片破碎的玻璃窗。

亞瑟再次回到同學的行列，看見哈德森夫人正忙著攔下一位路過的男孩，看起來十六歲左右，戴著一副大眼鏡，有一頭散亂的金髮，他睜大雙眼並露出了驚訝的神情。他每根頭髮都豎立了起來，讓他整個人就像個巨大的蒲公英毛球。

「只要帶他們去塔樓就可以了。」哈德森夫人指示著他。「告訴他們要怎麼安排。布魯諾，他們只是一年級的新生，你一定應付得來。」

「當……當然。」那個名為布魯諾的男孩說。「我是最佳人選。」

儘管他聽起來一點也不確定自己是不是。

「很好。」哈德森夫人轉身面向其他學生。「布魯諾現在會帶大家去塔樓。你們將行李安頓好之後，再去學院餐廳享用晚餐。」

她和大家擦身而過，走回莊園大宅裡。

「啊。」布魯諾說道，他仍然眨著眼睛，顯然對眼前這一大群人感到驚慌。「是的。那麼我們就出發吧。」

「那座塔樓是做什麼的？」艾琳問道。

布魯諾指著西邊的邊緣，矗立了一座若隱若現的高聳石頭建築，塔身像是朝著樹林的方向傾斜著。「塔樓是一年級和部分二年級學生的宿舍。這是因為你們還不能選擇自己的圈子。」

「圈子？」艾琳問道。

布魯諾點了點頭。「就是你的學習領域，學習圈總共有五個——鋼鐵圈（Iron）、曙光圈（Dawn）、閃電圈（Lightning）、靈魂圈（Spirit），以及城堡圈（Citadel）。如果你對化學、冶金或工程感興趣的話，就可以加入鋼鐵圈。曙光圈是比較大的團體之一，它涵蓋了所有的生命科學領域，例如：生物學、解剖學、動物學等諸如此類的課程。喜歡數學、物理和天文學的聰明學生則會加入閃電圈。如果你問我的話，我會說靈魂圈是最小的一個團體，也是最奇怪的一個。他們研究無法解釋的現象，像是鬼魂和占卜等等。其他所有的學生，無論是女孩或男孩，未來打算要進入企業和政府工作的，就會加入城堡圈。這是一個學習層面包羅萬象的學習圈——他們要學習語言、音樂、軍事歷史、馬術科學[10]等等，還有與國王交談時得要瞭解的一切話題。多數富裕家庭的子弟，像是公爵的兒子或國會議員的女兒，最終都會進入城堡圈。不過我沒有。我是一位鞘翅目植物的甲蟲學家，所以我加入了曙光圈。當你被某個學習圈接納了之後，你就會住進主導該學習圈的教授所管理的住處。」

「甲蟲學家是什麼？」亞瑟問道。

布魯諾轉過身來，用一種被冒犯的眼神看向亞瑟。「當然就是研究甲蟲的人。甲蟲比人類有趣多了。」

艾琳咬住嘴唇，強忍著笑聲。

亞瑟聽完學習圈的事，越想就越興奮。

這些學習圈聽起來都很迷人，他怎麼能只選一個呢？就連靈魂圈，即使聽起來有些奇怪，卻也帶著一種特殊的吸引力。然而，他的其他朋友似乎迫不及待地想要做出選擇了。

艾琳和吉米立刻開始談論起城堡圈聽起來有多麼實用。格羅佛則開始不停詢問布魯諾關於靈魂圈的問題，問他們是否曾經成功地接觸亡者。

---

10 equestrian science：研究與馬匹相關的各種專業知識和技術，是對馬匹以及與馬匹相關活動的深入研究，要研究馬匹的生理結構和生物學，甚至是馬匹的日常護理、飼料管理、馬房管理等。

「鋼鐵圈。」口袋帶著如夢似幻的口氣說著。「那一定是最適合我的選擇了。不過，閃電圈聽起來也令人覺得興奮……」

「你可以同時加入兩個學習圈。」布魯諾說。「在之後的學年中，有些學生會跨越不同的學習圈，加入多個團體。不過，這不是什麼輕鬆的事。光是家庭作業的分量就……」

也許那就是我會做的事，亞瑟心想。他想要學習一切的事物。

布魯諾沒有選擇走那條蜿蜒的小路，反而直接穿過高高的草叢，直接走向塔樓。即使這座塔並沒有傾斜，看起來仍然是一座很奇怪的建築，在這片鄉野之間就更不尋常了。這座塔樓呈圓形，外牆長滿了常春藤，乍看之下可能會被誤認為是一棵大樹的樹幹。它的頂部矗立了幾根煙囪，但上頭既沒有時鐘也沒有塔鐘。

他們來到塔樓的下方，眼前有一扇看起來很古老的木板門，上頭有一個鐵製的把手。

「到了，我得趕緊離開了。」布魯諾說。「我實在不能再放著我的解剖標本不管。很高興——也是希望——好吧，大家保持聯繫。」

布魯諾以一種奇怪的姿勢鞠躬，隨後邁開大大的步伐，笨拙地奔向學院的方向。

那扇門特別低矮，大多數的學生得要低著頭才能進入塔樓內。當他們進入黑暗的前廳時，艾琳打了個寒顫。這裡除了一張破舊地毯、一張放著煤氣燈的桌子，以及一張上頭滿是銀色長毛的天鵝絨躺椅之外，什麼也沒有。他們面前有一扇刻有名字的門牌，但亞瑟不用看也知道，上頭會寫著哈德森夫人的名字。躺椅上的長毛顯然是托比的，這意味著那匹狼很可能就睡在那裡。若不是為了守著女主人的門，為什麼要這麼做呢？

「這裡感覺就像是一個墓穴。」艾琳說，將雙臂交叉在胸前。旁邊一位黑髮女孩害怕地睜大雙眼並環顧四周。

「不完全是。」格羅佛在他們身後說道。「墓穴還比較有趣。我曾經把自己關在一個墓穴裡三天。」

「為什麼我一點也不覺得驚訝呢？」亞瑟問。

左邊有一座呈現螺旋狀的樓梯。他們一個接著一個地走上石頭階梯，眾人的腳步聲在四周迴響。很快地，他們來到了一個圓形的樓梯平台上，兩側各有一扇門，其中一扇門半開著。裡面的床上坐著一個女孩，她拿放大鏡仔細看著亞瑟見過最厚重的一本書。

「哦。」她抬起頭說。「你們一定是一年級的新生，要尋找自己的房間嗎？」

幾個人點了點頭。

「你們得要繼續往上爬。」她說。「你們的房間都在最上面的幾層，在二年級學生的樓上。」

他們繼續往上爬，仔細看著路過房門外的小名牌，尋找著自己的名字。

「我覺得塔樓越來越窄、越來越陡了，只有我感覺到嗎？」艾琳氣呼呼地說道。

再往上一個樓梯平台，艾哈邁德和格羅佛找到了自己的房間，對面是塞巴斯汀和一個名為羅蘭．斯坦利、臉像馬一樣長的男孩。

哈麗葉和那個容易緊張的黑髮女孩——亞瑟從門上的名牌上得知她的名字是蘇菲亞．德萊昂——在接下來一個樓層脫隊了。現在剩下的人已經不多。

當亞瑟到達另一個樓層時，他大步走到那唯一的一扇門前方，看到上面的名字。

亞瑟．道爾

詹姆斯．莫里亞蒂

他轉身對後方的吉米微笑，而吉米也正凝視著他。「看來住在這間的就是你和我了。」他說。

吉米點了點頭。「看起來是這樣。」

艾琳和口袋繼續往樓梯上方走去。「晚餐時見了。」亞瑟喊道。

「如果我們真的找得到房間的話。」艾琳一邊回答，一邊繼續往上走。

「我想，我們現在必須好好瞭解一下彼此了，以朋友的身分，」吉米說，「而不是對手。」

亞瑟笑了。「我很高興是你，而不是塞巴斯汀那種人。」

他立刻後悔自己說出了這句話，因為他想到吉米也**曾是**像塞巴斯汀的那種人。

但吉米似乎一點也不介意。「我和他的家族已經熟識很多年了。」他回答。「他的確是一個糟糕的勢利鬼，特別是對外來者。我的意思是——我並不是說你是——」

「沒關係。」亞瑟說，他鬆了一口氣，因為兩人之間扯平了。「我**是**一個外來者沒錯。這是我第一次來英格蘭。」

吉米睜大了雙眼。「你的**第一次**嗎？」

「我在倫敦有親戚。」亞瑟急忙補充道。「我的叔叔、阿姨們。」

「但你從來不曾去拜訪他們嗎？」

亞瑟覺得自己的臉頰開始發燙。「他們……非常忙碌。」他說。

他無法將真相告知他的新朋友——他父親那些富裕的兄弟姊妹們，早已不想再和道爾先生有任何牽連了。他們認為他總是病懨懨的，讓這個家族蒙羞。

「我們趕快進去吧。」他說，在吉米還沒提出更多問題之前。「哈德森夫人提到關於晚餐的事，我餓壞了。」

此外，他也迫不及待地想要看看他的新家。

這是一個半圓形的小房間，裡頭有兩扇窗戶。每個窗戶下方都放了一張桌子，而桌子的兩側各放著一張窄小的床。門邊有一個洗臉盆、一個簡樸的煤火壁爐，以及兩個窄小的衣櫃，每個衣櫃分別配有一套紫紅色的西裝、一條同色搭配的領帶，以及一件白襯衫。房間的大小只有三步的寬度、六步的長度。亞瑟想像中的船艙大致就會是這個樣子，只是窗外沒有一片蔚藍的海洋，只有四處蔓延的綠色藤蔓。

亞瑟對窗外的景致感到好奇，走到窗前並打開了窗戶。他清除窗戶上的常春藤，看著夕陽映照在雜草叢生的田野和蜿蜒的小徑上，並讓莊園大宅的窗戶散發出耀眼的光芒。

「真不錯。」亞瑟輕聲地說。在家裡，他唯一看得到的景觀，是一條又一條的曬衣繩。

「真的很不錯。」吉米贊同地說。「你覺得這個是做什麼的？」

他指著他們桌子之間的地上，那裡有一圈粗厚的繩子，綁在地板上突出的一個鐵錨上方。

此時的亞瑟仍側身探出窗外，正開始思考各種可能性時，突然感到頭頂上有一個陰影，他抬頭一看，發現有東西正要往下掉，對著他的頭部直衝而下。

「啊啊啊！」有人用低沉的聲音大聲喊著。「準備投降……受死吧！」

13

A CURIOUS KIND OF THIEF

奇怪的小偷

當一條粗厚的繩索從上方某處急速下墜之際，亞瑟立即從窗邊縮回了上半身。下一刻，有一雙靴子映入眼簾，接著是一條紫色的裙子。然後，又看見一個惡作劇的微笑及一隻閃閃發亮的眼睛。

當她從窗戶爬了進來時，「口袋！」亞瑟大喊。

「對你來說，是口袋船長。」她說道，眨著未被黑色眼罩遮住的那一隻眼睛。

口袋才剛一落地，窗外又出現了另一雙靴子，這時爬進房間裡的是艾琳，動作比口袋剛才稍為優雅一些。她們倆都換上了新制服，與男孩衣櫃裡掛的制服類似。口袋穿的是裙子，而艾琳則選擇了褲子。

「好吧，至少現在知道那條繩索的用途了。」吉米嘀咕道。

「建造這個地方的人一定很害怕發生火災。」艾琳說。「但這也不足為奇。你能想像爬那些樓梯來逃生嗎？」她的目光落在吉米身上。「我希望我們沒有打擾到你們。」

「完全沒有。」亞瑟說。「我想這代表著妳們找到房間了吧。」

「在你們房間的正上方，太方便了。」口袋一邊說，一邊摘下了她的眼罩。

「吉米，這位是口袋。」亞瑟說。

「是的，我們今天早上見過面。」吉米答覆。他用一種既覺得有趣卻又好奇的眼神看著口袋。

「喔，對了。還有這位——」

「我是艾琳。艾琳．伊格爾。」

她伸出一隻手，吉米握了握她的手。「妳是美國人？」他說。

「半個美國人。」艾琳進一步解釋，專注地看著他。「我的母親是美國人，父親是威爾斯人。」

「好吧，妳的口音**聽起來**完全不像威爾斯人。」

「或許是因為我從來沒去過威爾斯。你還有其他觀察到的心得要分享嗎？」

這兩個人沉默了，卻帶著猜疑繼續打量著彼此。亞瑟清了清喉嚨，急於終結兩位新朋友之間的緊張氣氛。

「我和吉米最好快點換好衣服，準備去吃晚餐。」他說。「如果我們遲到了，哈德森夫人可能會派托比來找我們。我真的不想得罪這麼……」

「鋒利的尖牙？」艾琳接了他的話。

「沒錯。」

正當艾哈邁德和格羅佛從房間裡走出來時，亞瑟和其他人剛好碰見了他們。他向艾哈邁德自我介紹，在走向莊園大宅的途中，亞瑟聽著艾哈邁德講述自己從阿富汗到巴斯克維爾學院的旅程，其中包括搭乘了一艘幾乎要翻覆的船隻；以騎駱駝、騎馬的方式冒險長途跋涉；並在義大利短暫停留，參觀了龐貝古城的古物發掘行程。

當艾哈邁德講述自己曾造訪的地方、曾經歷的冒險，亞瑟感到既著迷又羨慕。在後面幾步之遙的距離，吉米和艾琳似乎正在爭論誰曾造訪最遠的地方。芝加哥、華沙，以及伊斯坦堡——這些亞瑟只能透過書本才能得知的地方（如果他真的曾聽說過這些地方的話）。當發現他們都曾在巴黎同一家酒店餐廳用餐時，彼此之間的冷漠隔閡便立刻消除了，服務他們的人是同一位油膩膩的侍者，一旦他以為沒人注意，就會在一旁挖耳垢。

吉米曾經稱呼亞瑟是外來者，不過，當艾琳和吉米一起大笑時，他心裡也是這麼想的。他不像其他人一樣，有一些有趣的故事可以分享。直到這天早上為止，他甚至不曾離開過蘇格蘭。

到達莊園大宅的台階後，他終於鬆了一口氣。在踏上台階最上面一層時，他停了下來，終於明白前門破碎的玻璃窗為何讓他感到困擾了。

儘管在某些極度絕望的時候，他曾考慮要偷竊，但他從來不曾付諸行動。不過他的確認識很多小偷。然而，無論是偷竊他人身上的財物或是偷開門鎖，他們都知道工作時最關鍵的事，就是不要引起注意。

艾琳和吉米在他身旁停了下來。

「亞瑟，怎麼了嗎？」艾琳問道。

「我剛到這裡的時候，准將就急忙地將查林傑校長帶走了。」他低聲地解釋著。「他說，又發生了另一個『事件』。後來，我又看見他們在這裡的台階上對話，並指著窗戶。在我們的導覽結束後，我無意中聽見一些老師說要強化安全措施，以及是否有任何東西被偷。」

「打破門窗闖入。」吉米和艾琳同時說。

亞瑟點了點頭。「聽起來是這樣沒錯。但是……什麼樣的小偷會選擇打破前門的門窗闖入呢？」

14

THE BUTTERY

學院餐廳

學院餐廳充滿了活力的喧囂，並飄散著美味的香氣。這是一個寬敞的空間，有高高的橡木牆面以及在頂部接合的拱形天花板。天花板上橫越一條又一條的木樑，桌邊坐滿了學生，他們正傳遞著一盤盤熱氣騰騰的菜餚。房間最後面的牆上有一幅壁畫，描繪著普羅米修斯從眾神手中竊取火種的情景。

他們身旁突然出現了一位穿著圍裙、臉頰泛紅的女人，顯然就是廚師，「一年級新生坐在最遠的那一端。」她大聲喊道。「趁你們在這兒，就順便把這些東西拿過去吧。」

她把幾個蓋著蓋子的菜盤推向亞瑟和吉米。其他一年級新生坐在一張長桌的遠端，那長桌幾乎就和房間一樣長。大廳的其他地方散落著一些較小的桌子。有些桌面上裝飾著插有野花的小果醬罐，有些桌面則裝飾著一疊疊成堆的書籍，或是閃閃發光的奇怪樂器。學生也因為坐在不同的桌子，而做著跟其他桌不同的事。有些人只是靜靜地坐著，有些人則在打牌。房間最後面有一張桌子底下撒滿了乾草，而桌邊的學生們一聽見准將所說的話，便引發了一陣笑聲。

「我猜，不同學習圈的人都分別坐在不同的桌子。」艾琳說。

亞瑟點了點頭，指著四周不同的桌子旁，分別懸掛著五面巨大的徽章三角旗，每一面三角旗上都繡有不同的符號及拉丁文字，並以白線繡在深紫色的天鵝絨上。離他們最近的一面旗幟上有個從中心射出光芒的半圓，另一面是被閃電劈開的三角形，還有一面是上方有一顆星星的一座塔樓。「你們看。」亞瑟說。「那一定就是曙光圈、閃電圈及城堡圈的符號了。而且學生們的制服肩上都縫有相同符號的小徽章。」

當吉米經過他們身旁時，塞巴斯汀和另外兩個男孩叫了吉米一聲。他們坐在離二年級最近的位置，而二年級占據了這張長桌的另一半。

「這裡有位子。」塞巴斯汀說。他看了一眼亞瑟和艾琳，接著又看了吉米一眼。「這是你的位子。羅蘭剛才和我提到了拉格斯比莊園的獵狐活動，這些活動真是充滿傳奇。但我想這個話題應該提不起他們的興趣……我是指你的同伴們。」

「是的。」艾琳回答。「確實沒興趣。」

吉米眨了眨眼睛。他保持沉默，在那麼令人尷尬的一刻，亞瑟確信他就要坐下了。「謝謝你。」他終於說道。他舉起廚師給他的大碗。「不過，我要把這個拿到另一邊去。回頭見了，塞巴斯汀。」

塞巴斯汀對吉米淺淺一笑，而亞瑟壓抑了自己勝利的笑容。他、艾琳和吉米在長桌的另一端坐了下來。

亞瑟打開大碗上的蓋子，看見了麵包卷，他拿了一個，接著便傳遞了下去。那些麵包卷被放在盤子上時發出沉悶的重擊聲。

「真希望他們現在就讓我們選擇自己的學習圈。」口袋說。她若有所思地盯著一張桌子看，是亞瑟在導覽時瞥見的那個身穿白色實驗服的女人，身旁坐著一大群學生。他們似乎快速地交談著，好像對話本身就是一顆剛從熔爐取出的火熱鐵球。制服的肩膀上有個徽章，縫著一把錘子、一個玻璃瓶交叉的圖樣。

那一桌肯定是屬於鋼鐵圈的人，亞瑟想。

「那是黛娜．格雷教授。」口袋解釋道。「我讀了所有關於她的事蹟。她現在正在進行製造電燈的研究。但還不僅如此！電力可以啟動**所有東西**，像是馬車、自行車和烤箱……」

亞瑟一邊試著理解這個想法，一邊拿著湯匙舀出一勺濃稠的豌豆泥，但除了食物之外，他很難集中注意力去思考其他事，畢竟他想不起來上次享用如此豐盛的餐點是什麼時候了。

「格羅佛，你呢？」艾琳問道。「你知道自己想要研究什麼嗎？」

「我想成為一名訃聞撰稿人。」他說。

「那是什麼？」艾哈邁德問道。

「就是撰寫訃聞的人。」

吉米皺起了眉頭。「所以你想要研究……死去的人嗎？」

格羅佛眨了眨眼。「還有什麼比死亡更令人著迷的呢？」他看了一眼附近的一張桌子，露出了渴望的眼神，這張桌子比其他桌子小，桌面鋪著蕾絲布，點著細長的錐形蠟燭。在桌子中央，他認出了進行校園導覽時，在一間霧濛濛的房間裡唸唸有詞的兩個學生。他們身旁的座位都空著，兩人擠在一塊交談。左邊的男孩身材高大卻駝背，有蒼白的皮膚及深邃的五官。另一個男孩有一頭棕色的短髮，看起來年紀較小，但也有可能是因為他的臉頰泛著紅潤的玫瑰色，還有個微微向上翹的鼻子。

「靈魂圈。」格羅佛說，發現亞瑟也正盯著他們看。

「我們之前見過他們倆了。」亞瑟說，指著這兩個人。「當時他們正進行某種……儀式嗎？」

和其他學生不同的是，這兩人穿著一身白色衣服，肩膀上的徽章是一隻張開的手，掌心上有一隻眼睛。

「一個二年級學生告訴我，他們的名字是湯瑪斯．胡德和奧利．格里芬。」格羅佛說。「他們一向獨來獨往，但顯然有各種關於他們的謠言。聽說他們擁有某種能力，能看到一些超現實的事物。」

亞瑟感覺有一股寒意從脊椎竄了上來，趕緊將目光從那些陌生的男孩身上移開。

「好吧，」吉米一臉懷疑地說，「我想，在這裡，你的確可以學習到一切你想學的東西吧。」

「你爸爸以前也在這裡讀書，對吧？」亞瑟問。「他現在的工作是什麼？」

「他是一位商人。」吉米含糊地說。「那你爸爸呢？他是做什麼的？」

「他是一位藝術家。」亞瑟回答。

「什麼樣的藝術家呢？」艾琳問道。

「一位插畫家。他現在正在繪製《美女與野獸》的插畫版本。」

但已經進行好幾個月了，卻幾乎一點進展也沒有。

「這太令人興奮了！」口袋說。「我爸爸是養羊的農夫。他或許不太富有、不太出名，但我們農場的羊隻產出了愛爾蘭最溫暖的羊毛！」

吉米和亞瑟隔著桌子交換了彼此的眼神。吉米臉上有一種陰鬱的神情，亞瑟感覺到對方也反映著自己的心情。他們彼此之間產生了一種理解。亞瑟可能在迴避關於他父親的真相，以及他的家庭有多麼貧窮。而吉米也有一些不想說的事情。

「那些事在這裡都不重要了，對吧？」艾哈邁德問道。「在這個地方，我們可以成為任何我們想要成為的人。」

亞瑟發現自己也跟著點頭，艾哈邁德說的沒錯。或許，他不是來自一個擁有高級物質享受的富裕家庭，但這又有什麼關係呢？他擁有和其他人一樣多的點子與夢想。也許過去不曾有機會四處遊歷，但這件事在某一天將會有所改變，他對此深信不疑。他會**確保**這件事成真。

他的故事將於此時此地的巴斯克維爾學院開始，而且除了他之外，沒有人可以寫下這個故事。

15

DR. WATSON PLAYS A TRICK

華生醫師施展戲法

第二天等待他們的不是什麼突發性事件，卻也驚天動地。

亞瑟和吉米雙雙從床上跳了起來，睡眼惺忪看著早晨的陽光。

「發生了什麼事？」吉米嘀咕著。

亞瑟掀開了被子，走到窗前。他看見一個穿著軍裝的人騎著馬在庭園裡狂奔，還一邊吹奏著法國號。吉拉德准將可能正嘗試演奏一首歌曲，但那些刺耳的聲音讓亞瑟想摀住耳朵。他砰地一聲就關上了窗戶。

「我認為這就是我們的晨喚服務。」亞瑟說。

吉米呻吟著，將被子蓋在自己頭上。

「快點起床了，不然我們會錯過早餐。」亞瑟說。「而且我幾乎肯定自己聞到了培根的味道。」

那天早上的早餐時間，空氣中充滿了緊張不安的興奮氣息。大家不是像嬰兒一樣睡得很沉（或是像格羅佛睡到像個死人），就是根本沒睡著。口袋大半個晚上都醒著，忙著在制服上加上一些口袋，興奮得快要坐不住。哈麗葉的室友蘇菲亞·德萊昂，那個安靜的女孩，正低著頭看著自己的盤子。

用餐結束後，哈德森夫人匆忙走到長桌的前端，手裡拿著一本打開的筆記本。

「本學期的課表如下。十磅的糖，接著是五加侖的——不對、不對，這根本不對。」她開始翻閱筆記本的頁面。「啊，是的，在這裡。早餐後，你們將立即前往華生醫師的教室報到，上《人類生理學》……」

她向大家說明當天的課程安排，其中包括格雷教授、史東教授的課程，以及一位名為洛林教授講授的《自然界概論》。

「有人知道我們要去哪裡嗎？」艾哈邁德大聲喊道，因為哈德森夫人將他們從學院餐廳中趕了出去，卻沒有提供任何進一步的指示。

亞瑟記得他曾看見一間教室裡擺著一具骷髏。那間肯定是華生醫師的教室吧？

「我應該知道。」他說。

他帶領大家穿過走廊，經過早已擠滿學生的教室，最後來到有骷髏的那間教室。那扇門敞開著，華生醫師坐在一張書桌後方，正將一支鋼筆浸入墨水瓶裡。

亞瑟清了清喉嚨。「您好，先生。」

華生醫師抬起頭來。「啊。」他露出溫柔的笑容，「你們來了。我才剛準備要請准將組織一支搜索隊伍了呢，他非常喜歡做這些事。請進來吧。」

他將輪椅從辦公桌後方推了出來，移動至教室中央，而亞瑟和其他人也同時就座，他開始觀望著四周架子上陳列的暗色罐子。其中一個罐子裡還裝著一隻人手。

「大家最好不要亂來喔。」艾哈邁德喊道。「有好多眼睛正監視著我們！」

他指向教室後方一排裝有**眼球**的罐子。

亞瑟發現自己不自覺地睜大了雙眼，突然很慶幸自己的雙眼仍安全地留在臉上。

「隨著時間過去，你們就會習慣了。」華生醫師愉快地說道。「對現在的你們而言，它們看起來或許很可怕，但這些標本研究可以幫助我們理解人體的運作原理以及它具備的奇妙能力。」

亞瑟觀察著他的同學們，他們的表情時而驚恐、時而著迷。但是……是不是有人不見了？

「先生，您所說的奇妙能力是什麼？」塞巴斯汀問。

「我曾遇見一些女性，她們在危機時刻展現了難以解釋的力量。」醫生說。「還有一些男性身受致命之傷，卻仍得以倖存下來。在這個教室裡的每一個人，都有一種神祕的能力，可以感知到迫在眉睫的危險。想像一下，當你覺得有人在監視你時，手臂上汗毛就會豎起的感覺。我的膝蓋可以相當精確地預測即將到來的暴風雨，為什麼呢？這一切都和心靈及身體之間那不可思議的聯繫有關。」

就在此時，門突然打開了，蘇菲亞．德萊昂出現在門口，臉色蒼白且氣喘吁吁。她的脖子上繫著一條象牙色的圍巾。

「我很抱歉，先生。」她尖聲說。「我……有點迷路了。」

「事實上，我認為妳來得正是時候。」華生醫師答覆，目光卻停留在她的圍巾上。

「我正要向同學們介紹弗朗茨．梅斯梅爾的理論[11]。有人聽過這個人的名字嗎？」

亞瑟舉起了手。他曾在前一所學校的圖書館借了一本書，在書中讀到了關於梅斯梅爾

11 德國醫生弗朗茨・梅斯梅爾（Franz Mesmer）為德國心理學家、催眠術科學的奠基者，於一七七五年推廣「動物磁性」，相信有一種看不見的磁流體在人體內流動並影響我們的健康和行為，經他改進後被稱為「梅式催眠術」（mesmerism）的治療法。後續，他探索的催眠現象於十九世紀獲得了關注，並有了一個新的術語「催眠」（hypnosis）。現代若提及「animal magnetism」大多是指「人格吸引力」或「魅力」。

的事。「弗朗茨．梅斯梅爾發明了動物磁性的概念。」他解釋道。「他認為，每個生物體內都存在著一種力量，可以用來治癒疾病。但是他——」

「正是如此。」華生醫師表示同意。「這會讓我們想起了——妳叫什麼名字？」

亞瑟皺起了眉頭，為什麼華生醫師要打斷他的話呢？

「蘇菲亞．德萊昂。」那個女孩回答。

「好的。德萊昂小姐，現在呢，可以請妳摘下圍巾，以便我檢查皮疹嗎？」

蘇菲亞驚訝地抬起頭來，然後慢慢地點了點頭。

亞瑟向前傾身。**華生醫師怎麼會知道她長了皮疹呢？**

她解開了圍巾，露出脖子上長滿的紅色斑點。

「妳時常會出現這樣的皮疹嗎？」華生醫師問。「還是當妳感到焦慮的時候？例如到新學校的第一天？」

蘇菲亞再次點了點頭。

華生醫師指著黑板下方一個看起來像是個大鍋子的東西，裡頭插了幾支以奇怪角度突出來的鐵棒，這時全班都屏氣凝神。

「這是一種常見的疾病。」華生醫師說。「現在，如果妳允許我這麼做的話，我想要示範一下梅斯梅爾的方法，有助妳消除皮疹。妳所需要做的事，就是抓住其中一根鐵棒。」

他指著他們之間那個奇怪的儀器。蘇菲亞小心翼翼地向前走了一步，並伸出了一隻手。亞瑟注意到，華生醫師的手瞬間消失在大鍋子裡，隨後又握住了另一根鐵棒。

「很好。現在妳只需要將目光集中向下看，對，就是這樣，然後深吸一口氣。將妳的目光集中在這個鐵鍋上，我會利用裡面的磁鐵來引導我們之間的能量。」

華生清了清喉嚨。當他再次開口時，聲音變得更為緩慢且低沉。

「在巴斯克維爾學院裡，妳很安全，也受到大家的歡迎。」他低聲說道。「妳即將踏上生命中最美好的歲月。是不是這樣呢？」

當華生醫師繼續說話時，蘇菲亞的眼瞼開始變得沉重。

「是的。」她說，像是在做夢一般。

「在這裡沒必要感到焦慮，是吧？」

「是的。」

亞瑟身旁的艾琳倒吸了一口氣。他順著她的目光望向蘇菲亞的脖子，皮膚正從紅色漸漸褪成粉紅色。

「那妳感覺很輕鬆了嗎？」華生問。

「是的。」蘇菲亞再次說道。

粉紅色又漸漸褪為橄欖綠的顏色。大家都注意到了，整個教室裡開始傳出低語。

「很好，德萊昂小姐。我認為這樣應該就可以了。妳可以將手放下了。」

蘇菲亞的手鬆開了鐵棒，與此同時，華生醫師打了一個響指。蘇菲亞眨了幾下眼睛，環顧四周，彷彿不記得自己身在何處。她用手指輕輕拂過自己的脖子。「它消失了嗎？」

「確實如此。」華生回答她。

「你……你治好了我的皮疹！」她大聲驚呼。

她的聲音不再顫抖。

「妳可以回到座位上了。」華生醫師熱情地點頭說道。

亞瑟皺起了眉頭，原來華生醫師打斷他的發言，是因為剛剛他要說的是自從梅斯梅爾提出動物磁性這概念以來的幾十年裡，已被證明是錯誤的。華生肯定猜到他會這麼說！

然而，他們都親眼看見蘇菲亞的皮疹已逐漸消退了。稍早的時候，她感到焦慮及恐懼。而現在，她的臉上帶著平靜的表情坐在那裡，檢視著這裡一排又一排令人毛骨悚然的罐子。

「對於我的小示範，有誰有任何疑問嗎？」

「這一定是什麼魔術戲法吧。」艾哈邁德說，「不是嗎？」

他直接把亞瑟心裡的疑問說了出來。

醫生臉上浮現一抹笑容，他招手要艾哈邁德上前。「來吧，你自己親自來看看。」他說。

艾哈邁德咧嘴一笑，大步地走上前，抓住了其中一根鐵棒。

「現在，請將視線集中向下看。仔細聽著我的聲音。」

亞瑟仔細地觀察，教授的聲音變得緩慢且低沉，而艾哈邁德的眼神開始變得呆滯。他再次看見華生醫師的手伸進水中片刻，接著又回到了鐵棒上。

「那麼，薩伊德先生，你還記得我們第一次見面的那天嗎？」

艾哈邁德點了點頭。亞瑟記得，艾哈邁德的父親和華生醫師在阿富汗就認識了。

「當時我唱了一首歌給你聽。我相信，那是你學會的第一首英文歌。現在可以請你幫我們回憶一下嗎？」

一陣沉默之後，艾哈邁德便接著唱起歌來了。

「一閃一閃亮晶晶！滿天都是小星星！」

大家都笑了，就連華生醫師也微笑了起來。

當艾哈邁德唱完第一段歌詞時，「就唱到這裡吧。」華生醫師說，他打了一個響指，艾哈邁德的動作瞬間僵住了，但嘴巴仍張得大大的。華生醫師開始禮貌地鼓掌。幾個同學也跟著一起鼓掌，艾哈邁德於是鞠了一個躬。

亞瑟的雙眼仍盯著那個大鐵鍋。

「先生。」當艾哈邁德回到座位上時，他說道，「您能讓我們看看大鍋裡有什麼東西嗎？」

華生醫師故作神祕地看著他。當他將手伸進大鍋裡並取出了一樣東西時，嘴角輕微抽動著。

他拿出一個巨大的黑白旋轉陀螺。華生博士輕輕甩動著，讓它旋轉得更快，黑白相間的部分變得模糊，那樣的畫面如此……

「令人看到入迷了。」亞瑟說。「這就是您剛才所做的事！」

「確實如此。」教授現在笑容滿面地說。「你是怎麼知道的？」

「我看到您伸手在鍋子裡擺弄著一些東西。」亞瑟說。「另外，我知道弗朗茨·梅斯梅爾的理論在很久以前就被證明是錯的。但他使用的一些技巧**確實**有效，例如催眠，也就是大家熟知的催眠術。他的姓氏梅斯梅爾就是「令人著迷」（mesmerizing）這個字詞的由來！」

班上所有人的目光都集中在亞瑟身上，他突然感到脖子發熱。

「那麼，等一下。」口袋說。「華生醫師剛才催眠了他們嗎？」

「是的。」亞瑟回答。「他讓我們大家以為那個大鍋子具有什麼神祕的療癒力量，但真正有魔力的是華生醫師的**話語**，讓艾哈邁德在全班同學面前唱歌，也讓蘇菲亞身體上的皮疹消失不見。」

「所以這不是什麼魔術戲法。」吉米說。「正如華生醫師所說，這是心靈和身體之間的聯繫。」

現在所有人都轉頭看向蘇菲亞，她的表情看起來很驚訝，卻沒有不高興。

「真是太棒了，華生醫師！」她一邊說，一邊著拍手。

教授微微地點頭示意。「道爾先生說得對。弗朗茨・梅斯梅爾所提出的動物磁性理論，很久以前就已經證明是錯的了。」他說。「但是，沒有人可以否認，他確實對他的患者們有幫助。最終，科學家們意識到，他的力量並非來自於他那些奇怪的儀器，而是來自於他能讓病人進入催眠狀態的能力，這種狀態能讓患者更容易地接受建議。他以一種低沉且平穩的語氣，和某種視覺上的輔助工具讓他們的雙眼感到疲倦。一旦他們處於這種狀態時，梅斯梅爾就會建議病人讓身體康復，而他們會在毫無意識的情況下接受建議。」

「那艾哈邁德呢？」口袋問。「他的身體沒有任何不適呀！」

「沒錯。」華生醫師說道，帶著溫柔的表情看著艾哈邁德。「但我知道他是一位天生的表演者。我相信他只需要一點點鼓勵就能進行一場精采表演。」

艾哈邁德咧嘴一笑。

「當你在巴斯克維爾學院開始學習時，要記住這件相當重要的事。心靈比我們所知道的更為強大。它唯一的限制，就是我們對它設下限制。現在，請各位將注意力轉移到我這位朋友拿破崙身上……」

華生醫師將自己的輪椅推向角落的骷髏旁，開始講解肌肉骨骼系統，全班開始忙著寫下筆記。

課程結束時，他揮手示意，要亞瑟來到他的辦公桌前。

「道爾先生，做得很好，你識破了我的小把戲。我們的注意力時常會被生活中那些舞台道具影響。」他指著那個大鍋子。「那就會錯過它們試圖讓我們分心的真相。」

「謝謝你，先生。」亞瑟說。「這是一次非常精采的示範。」

「你過獎了。」醫生回答，他猶豫了一下。「不過……你確實讓我想起了一位親愛的朋友。」

「先生，是誰呢？」亞瑟問。「但你怎麼會——」

他本來想問華生醫師為什麼會知道他的名字。畢竟，他剛才還得要詢問蘇菲亞叫什麼名字。

但就在此時，蘇菲亞親自來到亞瑟身旁，打算向華生醫師表示感謝，亞瑟只好將他的疑問吞回去。

16

MAGIC MADE KNOWABLE

從魔法到可知

當全班同學湧入格雷教授的實驗室時，口袋似乎緊張到快要精神崩潰了。

「呼吸，口袋。」艾琳說。「她又不是神之類的。」

「但她**就像**神一樣。」口袋反駁道，最後吐了一口氣。「她瞭解電力，這就像是一種擁有魔法的力量。」

「神才不會施展魔法。」吉米說。「施展魔法的是女巫。」

「我這輩子還曾被叫過更糟糕的稱呼。」一個低沉且柔和的聲音傳來。

當大家轉過頭來，看見格雷教授坐在門邊的一張凳子上時，吉米的臉色變得蒼白。她身材苗條，坐姿端正，儘管滿臉皺紋，卻仍給人一種充滿活力的感覺。她的藍色眼珠子炯炯有神，對著他們閃爍著光芒。

「我很抱歉，教授。」吉米說。「我並不是那個意思——」

「請原諒我的朋友。」口袋打斷吉米的話。「呃，他還不算是我的朋友啦。我們昨天才認識。事實上，我也不確定自己是否想交這個朋友。哦，對了，我是瑪麗，瑪麗·莫斯坦。大部分的人會叫我**口**袋，但您想怎麼叫我都可以。」

她以一個搖搖晃晃的的屈膝禮來結束她那奇怪的自我介紹。

「我想，叫妳口袋這個名字就好了。」教授說。「而且妳也不必拋棄妳的朋友。科學只不過是讓魔法變成可以理解的知識而已。所以，妳也可以說女巫就是最早的科學家。請大家入座吧。」

華生醫師的教室裡堆滿了裝有標本的罐子，而格雷教授的實驗室則堆滿了閃閃發光的巨大裝置，複雜得讓亞瑟摸不著頭緒。每個座位前方都擺放了一個玻璃瓶，裡頭裝了一些水，瓶口塞著軟木塞，而每個軟木塞中都連著一條露出的電線。

「你們看見了什麼？」格雷教授一邊在教室前方滑步走著，一邊問道。

「就是一個玻璃瓶，」艾琳說，「裡面裝了一些水。」

「還看見了什麼呢？」

「有一條電線穿過了軟木塞並伸了出來。」哈麗葉喊道。

「我會數到三。」格雷教授說。「在我倒數時，你要輕輕握住電線的末端，一……二……三。」

亞瑟一捏住電線時，就立刻感覺到手上傳來一陣劇痛。他立即將手抽了回來。從同學們的尖叫聲中，他得知大家也感受到相同的疼痛了。格雷教授甚至連眼睛也不眨一下。

「現在呢，」她說，「誰可以告訴我那個瓶子裡還有什麼？」

口袋舉起了顫抖的手。「有電。」她說。「這些就是萊頓瓶。」

「非常好。那妳能告訴我們那是什麼意思嗎？」

口袋昂起她的下巴。「萊頓瓶是一種儲存靜電的容器。這些電線會將電流傳導到玻璃瓶中，電流儲存在那裡，當我們的手指接觸到電線，電流就會釋放出來。」

「非常好。」格雷教授說，而口袋露出了得意的笑容。「電力是存在於生活周遭的眾多無形力量之一，它以無數種方式塑造著我們的生活形態。而我們才正要開始著手構思，**我們**該如何塑造**它**。在這一堂課中，我們將學習這些力量。我們會研究煉金術的過程，也就是將某種普通且看不見的東西，例如摩擦力，轉化為某種不可思議的力量，例如突如其來的閃電。這門課，將會帶你學會構築夢想的藍圖，因為純粹理性的思維永遠無法建構出未來的世界——在未來，我們可以利用無盡的知識來重塑這個世界。這樣的未來即將來到了，只要我們有幸活著見證這一切。」

當她說話的時候，亞瑟發現自己全神貫注地聽著她的一字一句。他想起了口袋曾說的事，那個有電燈和馬車的世界，他想像著自己回到愛丁堡，發現那裡充滿了各種轟隆作響的奇妙機器。他想像著天空中布滿像查林傑校長所駕駛的那種飛船，街上熙熙攘攘的人們不再因疾病而困擾，因為他們的心靈已經治癒了自己。

這是一個偉大不凡的夢想。

後來，當班上其他同學都去吃午餐時，口袋留下來請格雷教授幫她簽名，她拿出了一本教授多年前發表關於女性科學家研究工作的小冊子，她已經讀了它好幾十遍了。當口袋回到餐廳時，亞瑟正要把牛肉腰子派上的熱氣吹涼，準備吃下第一口。

「你們絕對不會相信這件事。」口袋說，整個人癱坐在艾琳和格羅佛之間。「格雷教授**要離開了**。這學期結束後，她就要退休了！」

「是呀，她確實已經很老了。」艾琳說。「所以，我會相信這件事。」

「但是，你相信我的運氣居然那麼差嗎？」口袋哀嚎著。「多年來，我一直好想見到她。現在我終於來了，她卻要離開了。還有派嗎？」

艾琳將自己的盤子推向口袋。「妳可以吃我的。但說真的，要把這個牛肉腰子派當午餐？我寧願只吃一個火腿三明治就好。」

「至少，她邀請我加入她的研究小組了。」口袋一邊說，一邊吃著艾琳的那一份派。

「我會在課後協助她進行實驗。所以我必須在她退休之前盡可能地向她學習。」

「這就是學習的靈魂所在。」亞瑟說。

「說到了靈魂。」格羅佛喃喃自語地說，「你們覺得我們什麼時候才能學習到靈魂相關的科學呢？我好渴望開始與死者進行交流。我已經為莎士比亞和俄國女皇凱薩琳大帝列好一長串的問題清單了。」

亞瑟和吉米的目光對望了一眼，接著又一同迅速地轉移視線，就怕兩人會開始大笑了起來。

「歡迎來到溫室。」半小時後，洛林教授對著湧入溫室的學生們說。洛林是個身材矮小且精瘦的男人，頭頂的禿髮稀疏且蓬亂，指甲裡全是泥垢。

「這太壯觀了。」艾琳低聲說道，打量著這個寬敞巨大的空間。在他們面前，有一棵多瘤的大樹從翡翠色的地磚中冒了出來，一直延伸到天花板的玻璃穹頂上方，樹枝已將玻璃穹頂穿破。這裡其他地方也長滿了和人一樣高人的蕨類植物，以及茂盛的藤蔓所交纏而成的網子。

「正如你們已經看到的那樣，」洛林繼續說道，「巴斯克維爾學院是數百種植物、樹木、真菌及動物的家園，其中有一些甚至已經消失在世界上了。」

亞瑟想起了迪迪，那隻不完全是渡渡鳥的生物，查林傑教授曾說她是同類中的最後一隻。

洛林說話的語速很快，彷彿自己的舌頭跟不上他的思緒。

「所有的動物——至少是那些危險的動物——都飼養於我們的動物飼養所裡，所以你不必擔心突然有鱷魚冒出來，要找下午茶點心吃。」他大聲地發出一聲「啊哈」，亞瑟猜想那應該是他的笑聲。「不過，這裡有許多有毒的植物，有些甚至還會致命，所以多數都會放在毒性植物花園的範圍內，但還是有少數必須種植於其他的區域。提醒你們一下，他們看起來都很無害。但即使是毒性最強的植物，例如毒芹，也時常會被誤認是歐洲防風草或胡蘿蔔。」

「那還真是……不太方便呢。」皮克特說。

「除非你有一個需要除掉的敵人。」有人低聲嘀咕道。亞瑟轉身，看見塞巴斯汀正直盯著他看。

吉米翻了一個白眼。「不要理他。」他說。「你昨天在比賽中擊敗他，他還在不高興。」

「我不擔心。」亞瑟說。事實上，他很驚訝，都過了那麼久了，塞巴斯汀竟還要在場外繼續他們的競爭。他一整天都在等待這一刻，但塞巴斯汀似乎完全專注於課程上。「但是……如果塞巴斯汀有一天約我去喝茶，我想我會拒絕他。」

洛林教授示意全班同學跟隨他的腳步，穿過一條狹窄通道，這條通道連接著溫室及玻璃屋。他穿著橡膠長靴，走路時會發出吱吱作響的聲音，身後則留下了一串淡淡的泥濘腳印。

當他們從黑暗的隧道走出來，亞瑟感覺自己彷彿來到了另一個大陸。這裡的空氣潮濕且氣味濃烈，彌漫著綠色植物的氣味。他們仍然站在一條走廊上，而走廊的牆壁完全是由玻璃所製成。兩側的門有相同大小的間隔空間，通往一連串的玻璃屋。

「每間玻璃屋的設置都模擬了不同的環境，」洛林教授解釋說，「或是要符合特定類型的物種。我們有熱帶及亞熱帶的溫室、沙漠溫室、蘭花溫室、沼澤溫室、食肉植物溫室。總共有三十個。」

「先生，你說食肉植物嗎？」艾哈邁德重複道。「就像是會吃掉……肉類那樣的植物嗎？」

「主要以昆蟲為主。有些甚至能吃下老鼠，或是鼩鼱。請注意，這也只限於我們發現的一些物種而已。」

亞瑟正努力集中注意力，但他看了幾眼路過的那些小溫室後便分心了。這裡有個幾乎被一個巨大水缸占據的溫室，水面上覆蓋著各種可以想像得到的多彩睡蓮。還有一個溫室長滿了許多細長的植物，針葉向各個方向伸展。有些溫室裡有繽紛的色彩，而另一個溫室的空中漂浮著數百隻半透明的蝴蝶，每一片翅膀都像是一扇小小的玻璃窗。

「這裡就是我們的動物飼養所。」洛林說。「是飼養動物的家園，而不是植物。在這裡，你可以看見我們最有趣的居民之一。」

他在一座特別大的玻璃溫室前停了下來。亞瑟瞥了一眼，然後睜大眼再看了一次。在棕櫚樹叢之間，坐著一個身材魁梧、頭髮蓬亂的女孩。她對面坐著一個龐大的身影，有琥珀色的大眼睛、扁平的鼻子，全身覆蓋著黑棕色的毛。

「大家來見見幸運兒吧。」洛林說道，他自豪地挺起了胸膛。「牠是我們的黑猩猩居民。之所以會這麼稱呼牠，是因為牠是從一個馬戲團裡被救出來的，當時牠的飼養員把牠打得差點喪命。」

如果這隻可憐的動物不需要被人們拯救的話，就更幸運了，亞瑟悲傷地想著。

幸運兒和女孩之間擺著一些東西。

「先生，」亞瑟說道，幾乎不敢相信自己的眼睛，「他們正在打牌嗎？」

洛林點了點頭。「自從幸運兒來到這裡以後，西妮德一直是牠最親密的同伴。當時牠就像個小嬰兒，她則一直在研究關於幸運兒的智力。幸運兒非常擅長玩『記憶』這種益智遊戲，儘管牠他還沒掌握惠斯特牌的竅門。」

「我們可以見見牠嗎？」艾琳問道。

「當然不行。」洛林指著門上掛著的牌子說道，上頭寫著「禁止進入」。

「黑猩猩不僅擁有驚人的智力，力氣還比男性人類大上五倍之多。當牠們被激怒時，就會變得非常有攻擊性。除非西妮德和幸運兒在一起，否則我一向會把牠的棲息地上鎖。現在呢，大家請將注意力轉向這邊──」

亞瑟不情願地轉身，加入隊伍後方的格羅佛，突然聽見身後傳來的一聲驚呼。

「幸運兒，**不要！**」

所有人都快速地轉過身來。幸運兒棲息地的大門此時正敞開著，那隻黑猩猩正站在門口，目光來回掃視著四周。

「是誰打開了這扇門？」洛林教授低聲咆哮著，慢慢地走到學生們的前方。

「**嘖嘖**，亞瑟。」一個聲音在亞瑟耳邊低聲說。「你怎麼可以做出這麼魯莽的事情呢？」

塞巴斯汀就站在那裡，一臉關切的無辜表情，他身旁的羅蘭則冷笑著。

「我沒有——」亞瑟結結巴巴地說。「等等。是你打開的，對嗎？」

「我們親眼看見是你做的。」羅蘭說。「所以這是二對一的情況了。」

亞瑟感覺胸腔裡燒起了一把怒火。他向塞巴斯汀邁出了一步，但就在此時，他不小心撞到了格羅佛，讓格羅佛的筆記本掉落在地上。

「我的墓碑拓印！」他大聲喊叫，紙張四處飛散。

艾琳試著抓住他的手臂。「格羅佛，先不要管那些紙了！」

但她還沒來得及抓住他之前，格羅佛早已向前衝了過去。

幸運兒對著格羅佛齜牙咧嘴，而男孩跪在距離黑猩猩只有幾英呎的地方，拚命撿著他那些四散的紙張。格羅佛抬起頭來，嗚咽著，將那些拓印緊抱在胸前。

如果沒有人立即採取行動的話，格羅佛很快就需要有人幫他寫訃聞了。

17

A LUCKY BREAK

突破幸運兒的心防

「你知道吧，突然意外死亡的人往往無法順利進入靈界。」格羅佛低聲說道，嘴唇顫抖不止。接著，他發出一種介於尖叫及嗚咽之間的聲音。

「安靜點，小子。」洛林教授神情緊繃地低聲說。

「幸運兒，快點進來吧。」西妮德喊道。她蒼白的臉上已完全沒有血色。

但幸運兒似乎沒有聽見。他又向前踏出一步，露出了利牙。

艾琳倒抽了一口氣。格羅佛嗚咽著。現在就連塞巴斯汀也顯得有些害怕。

想想辦法，亞瑟，想想辦法呀。

他不相信那隻黑猩猩真的想攻擊格羅佛。但是當格羅佛向前衝時，嚇壞了這隻動物，而且牠害怕人類的理由充分。要是有辦法讓幸運兒平靜下來，並讓牠明白自己是安全的就好了。

有了！

他試著準確地回想著，華生醫師提及梅斯梅爾時說到的技巧。**他以一種低沉且平靜的語氣，和某種視覺上的輔助工具讓他們的雙眼感到疲倦。**

「我需要妳的懷錶。」他對艾琳說。

「什麼？為什麼？」

「相信我就對了。」

艾琳解下她翻領下扣著的懷錶，將它遞給了亞瑟。如果黑猩猩可以像人類一樣玩牌的話，他們是否也能被催眠呢？

他現在準備要找出答案了。

「幸運兒！」他呼喚著，盡量試著讓自己的聲音低沉、堅定且平靜。

黑猩猩轉身並對亞瑟露出了牙齒。

「沒事的。」亞瑟緩緩地說，「你很安全。你不會有危險的。」

他一邊說話時，也一邊高舉著懷錶，讓錶鍊左右擺動著。

幸運兒看起來並沒有被說服。下一刻，他就立即朝著亞瑟衝了過來。

快跑！亞瑟腦海中的那個聲音大聲喊叫著。

但他無處可逃。幸運兒擋住了他們來時的那條路，他只能在原地站穩了。

他不停地晃動著懷錶。

「這裡沒有人會傷害你。」他說，努力要模仿華生醫師的口氣。「再也沒有任何人會傷害你了。」

亞瑟努力要保持冷靜，準備好迎接向他逼近的黑猩猩，現在是立即採取行動的最後時刻了。

「慢下來吧，」亞瑟低聲說道，「停下來，幸運兒。」

一聽見自己的名字，黑猩猩突然停了下來。亞瑟的臉頰上感覺到那隻動物熱熱的呼氣。幸運兒終於對懷錶產生興趣了。他瞇起了眼睛，一臉好奇。亞瑟不停地來回擺動懷錶，而黑猩猩的眼睛也跟著移動。

「很好，幸運兒。」他安慰道。「繼續看著懷錶，就是這樣。」

那隻動物逐漸不再發出咆哮聲，雙眼開始變得呆滯。這方法發揮作用了！與此同時，西妮德正慢慢地走出幸運兒的棲息地，朝著牠走來。

「來吧，幸運兒。」她輕聲說道。「我們繼續玩我們的遊戲吧？我相信你就快要打敗我了。」

「跟著西妮德吧。」亞瑟說。「你想要和她一起去。」

幸運兒眨了眨眼睛，然後慢慢轉身走回門口，西妮德輕輕地撫摸著牠的手臂。

幸運兒一進去棲息地後，洛林教授立即關上身後的門，然後迅速上鎖。

格羅佛起身站了起來，接著又整個人癱軟下來。艾哈邁德急忙過去扶住他。

亞瑟終於鬆了一口氣，呼吸仍然顫抖不穩。

洛林轉身面對著他的學生們，臉漲得通紅，目光落在亞瑟身上。「你……」他開口說，「那……那真是……」。

「太棒了！」口袋驚呼地說。

「但是，先生。」塞巴斯汀突然插話，下巴劇烈顫抖著。「亞瑟就是那個——」

「救了格羅佛一命的人。」艾琳接續他的話，一邊將她的懷錶拿了回來，她的力道比亞瑟預期得更大一些。他記得，這是她父親送給她的懷錶。而且從懷錶的重量來看，想必也價值不菲。

幸運兒和西妮德再次相對而坐，彷彿什麼事都不曾發生過一樣。西妮德抬起頭，對著亞瑟露出一個勉強的微笑。

「你……你救了我。」格羅佛說著，對著亞瑟眨著他睜大的雙眼。「如果沒有你的話，我現在可能已是個永遠徘徊於於世間的鬼魂了。」

「嗯，不用客氣。」亞瑟說，臉頰漲得通紅。

「為亞瑟歡呼三聲！」艾哈邁德大聲喊叫。

「絕對不行。」洛林厲聲說道。「不准再打擾幸運兒了。這堂課結束了，解散。」

「但是，先生！」羅蘭試著要說話。

這一大群學生已經將他和塞巴斯汀推向走廊。

「這些一年級新生呀，」亞瑟聽見教授對著空氣喃喃自語，「老是帶來一堆麻煩的問題。」

18

THE UNSOLVED MYSTERIES OF THE BASKERVILLE BUGLE

《巴斯克維爾號角報》的待解之謎

亞瑟的英勇事蹟迅速傳了開來，在第二天早上時，幾乎所有人都聽說了這件事。早餐時，二年級的學生讓亞瑟坐在長桌中間，這樣他們就可以聽他再次述說這個故事。在以前的學校讀書時，亞瑟根本就不喜歡在全班同學面前發言，查林傑校長在這時打斷他，表示要找他談話，這讓他鬆了一口氣，而場面便由艾哈邁德接手。當他們走出餐廳時，好多雙眼睛跟隨著他們的身影。當亞瑟抬頭一看，他驚訝地發現，就連那兩個來自靈魂圈的奇怪男孩，平時總是沉浸在自己世界裡的湯瑪斯和奧利，也在他經過時盯著他看。

「道爾，」當他們一到達走廊上，校長便大聲地問他，「我聽說了，當洛林教授那隻黑猩猩要將格羅佛．庫馬爾撕成碎片之前，你成功地將黑猩猩催眠了？」

「是的，先生。」亞瑟說。

「我希望不要再讓我聽見你做這麼愚蠢的事。」他說。接著又壓低嗓門說：「總之，這是洛林和哈德森要我對你說的話。不過，你讓我不用寫一封非常尷尬的信給那個男孩的父母了。我真希望當時能在場目睹一切。」

校長轉身大步離開後，有一位身高引人注目的女孩走近亞瑟身旁，她留著短到幾乎貼近頭皮的黑色捲髮。「嘿，我可以借用你一些時間嗎？」她說。「我想要採訪你，放心，你只會錯過第一堂課的前面幾分鐘。」

「採訪？」

「我是艾菲亞，來自城堡圈的學生，在學校的校刊社工作。」她解釋道。「西妮德告訴我，你就是那個催眠黑猩猩的人。我想要寫一篇關於你的故事。」

亞瑟有點猶豫不決。但他眼前突然有個畫面，就是當塞巴斯汀看見有篇報導是在講述亞瑟的英勇事跡時，臉上會出現的表情。然後，他想到了父親將它和其他剪報一起釘在書房牆上的畫面，也許這能提醒他在亞瑟離家時答應會照顧家人的承諾。

「好吧。」他說。「不要花太長時間就行。」

女孩露出了微笑。「跟著我來。」

她帶著亞瑟上了二樓，他還不曾來過這個地方。他們經過幾間教職員辦公室的門外，其中一道門上掛著乾燥的香草，名牌上寫著「阿嘉莎．福克斯」。在名牌的下方貼著一張說明，上面寫著：**福克斯教授和精靈們一起去旅行了**。

「那一張說明……」

「是真的嗎？哦，沒錯。」艾菲亞說。「福克斯教授負責教心靈科學的學科，她是靈魂圈的負責人。她時常會離開好幾個星期，回來後聲稱自己穿越了**人界與冥界之間的界線**。我曾有一次試著用這個藉口來翹課，結果洛林教授懲罰我去幫豪豬洗澡。儘管如此，她的靈魂圈似乎每一年都不斷擴展，但相較於其他四個圈子，靈魂圈仍然很小。你可以在學校裡看見他們的成員，他們有些人喜歡穿著白色的衣服。」

亞瑟才正要回應，突然被一陣叮叮噹噹的喧鬧聲嚇了一跳，讓艾菲亞笑了。「那間是鐘錶學社團的會所。」她一邊解釋著，一邊打開了左邊的門，門後出現一個擺滿各種時鐘的空間，每個時鐘都以自己獨特的聲響來進行報時。

「鐘錶學？」亞瑟重複問道。

「就是喜歡修理鐘錶的相關研究。」艾菲亞說。「據說，這所學校最初的創校者貝克勳爵對這些鐘錶相當著迷，規定他的這些收藏品必須永久保存在學校裡。因此，學校裡有一個鐘錶學社團，但我確信至少有三十年沒有學生加入社團了。」

亞瑟看著一排又一排的鐘錶，有精心雕刻的布穀鳥鐘、布滿灰塵的船隻時鐘，也有金色的壁爐時鐘及銀色的鐘擺時鐘，甚至在地板的中央還擺放了一個巨大的日晷。除了遠處牆面中間有個大缺口之外，所有的空間都被各種時鐘給占據了。

就在最後一個時鐘的報時鈴聲停止時，亞瑟聽見了一聲口哨聲，一轉身發現艾菲亞已經走到走廊的另一頭了，正不耐煩地向他揮著手。

看見她正大步地走進一個大房間時，他趕緊跟上她的腳步。進入後，亞瑟的目光立即被角落一個巨大的黑色機器所吸引。它的造型看起來像是個馬隻雕塑作品，但像是沒看過馬的人所製作的。它的側面有一個托盤，上面有個操縱桿，底下還有一種像車輪的結構，而頂部有一隻金色的老鷹。

「那就是我們的印刷機，」艾菲亞說，「是一款來自美國的設計。他們真的很愛老鷹，對吧？我們就坐在這裡吧。」

她突然向房間的另一頭點頭示意。那裡有幾張長長的木桌，每一張分別擺放著一盞煤氣燈。大部分的桌面上都有四散的文件，其中一張桌前坐了一個高大的捲髮男孩，正讀著一本名為《觀察家》的雜誌，他還將雙腳擱在桌面上。

艾菲亞在最後一張桌子前坐下，開始翻找著抽屜裡的東西。「我要找出我最喜歡的那一支筆，沒有它，我就會迷失方向。」

當她翻找著東西時，亞瑟看著後方的牆面，有幾期《巴斯克維爾號角報》的舊校刊釘在一塊軟木板上。有人在那些舊校刊的上方釘上一張紙，寫了占滿整張紙的大字：**待解之謎**。

他走近一步，仔細瀏覽那些文章。其中一篇報導了有多位目擊者發現學校四周的樹林出現鬼火事件。另一篇則涉及一個神祕爆炸事件，發生在洛林教授珍貴的牡丹花床上（「**牡丹爆炸案，是失敗的惡作劇，還是陰險的計謀？**」）。其中兩篇文章被釘在一起。儘管其中一篇寫於一七八九年，另一篇寫於一八二五年，但兩個標題卻非常相似。第一篇的標題是「**一位二年級學生被掉落的肖像畫擊中，休學以進行治療**」，而第二篇則是「**教授遭肖像畫襲擊幸而死裡逃生，在『神智恍惚』的情況下離校**」。

「這太有意思了，對吧？」一個男孩的聲音說道。亞瑟轉身，看見那個拿著雜誌的男孩正盯著他看。他說話帶有愛爾蘭語的輕快語氣，臉上則掛著被逗樂的笑意。「同一幅畫分別砸到**兩個**人身上，時間還相隔三十多年，這機率有多小呢？」

「兩次都是同一幅畫作？」

男孩點了點頭。「是一幅貝克勳爵的巨型肖像畫。據說，完成之後，他對自己這幅畫中的外貌相似程度非常不滿。但他也有道理，那幅畫作確實畫得不好。」

艾菲亞笑道。「奧斯卡說得沒錯。他的眼睛看起來像是分別看著不同的方向，而他的表情就像有人剛踩到他的腳趾。不過，傳說中，如果你在經過這幅畫作時說了一些他的壞話，他的鬼魂就會將肖像畫從牆上推下來報復你。」

「是這樣嗎？」亞瑟問。「所以才會有兩個人在不同年代被同一幅畫作砸傷嗎？」

奧斯卡挑起一邊眉毛。「別讓勳爵大人聽見你如此貶低他的靈魂。」

鬼魂可能在人間徘徊的概念，亞瑟一向很感興趣。然而，要說鬼魂為了報復而重傷侮辱肖像畫的人，似乎不太可能發生。

「兩位受害者離開學校之後就再也沒有回來了。」艾菲亞說。「他們沒有你的朋友格羅佛那麼幸運，現場並沒有人拯救他們。說到了這裡……」

她終於找到了自己最喜歡的那隻鋼筆了。亞瑟開始講述這個故事，她將它浸入墨水瓶中，並開始記錄。

當他回答完所有的問題後，艾菲亞放下鋼筆，向後靠在椅子上。「我想我已經得到所有我需要的訊息了。」她說。「你還有其他事要補充的嗎？」

亞瑟猶豫了一下。他心裡一直有個揮之不去的念頭，要不是他忙著要適應巴斯克維爾學院的生活，這件事肯定會占據他更多心思。他所著迷的所有事情當中，讓他最感興趣的是那個待解之謎。「其實，還有一件事。」他說。

「哦？」

「你有聽說一起入侵事件嗎？」他問。「是前幾天發生的事。」

艾菲亞和奧斯卡互相看了對方一眼。「你怎麼會知道這件事？」艾菲亞問道。

「嗯，首先，前門的窗戶被砸碎了。」

「但這有可能是各種原因造成的。」奧斯卡說。「一個板球，或一隻方向感有問題的知更鳥。」

「我還聽見有些教授在談論這件事。」亞瑟承認。

艾菲亞的臉上露出了輕鬆的表情。「哦，」她說，「好吧，你先暫時不要把這件事告訴其他人，好嗎？我正在進行一項調查，在我們正式印刷之前，我不希望這個故事被洩露出去。」

所以亞瑟**一直以來**的推論沒錯。「有什麼東西被偷走了嗎？」他問。

艾菲亞靠得更近了。「嗯，這就是奇怪的地方了。」她說。「沒有任何物品被通報遺失。如果你不想偷東西的話，為什麼還要費盡心思破門而入呢？」

亞瑟皺起眉頭，思考著。「除非在尋找他們找不到的東西？」

「我想這有可能。」艾菲亞聳了聳肩。「無論如何，他們仍然非常認真看待這件事。」

「你的意思是指什麼？」

她指著窗戶，窗戶外安裝了二條鐵條。

「這鐵條是昨晚安裝的，而莊園裡的每一扇窗戶上都有。」

亞瑟盯著那些鐵條，納悶自己之前怎麼沒有注意到這一點。

就在他們走到門口時，門被推開了，出現了一張熟悉的臉。

「格羅佛！」

「哦，你好，亞瑟。」格羅佛說。

「是格羅佛·庫馬爾嗎？」艾菲亞問。「所以你就是被亞瑟拯救的那個人！我原本打算稍後再去找你，但這樣更好。我現在就可以採訪你了。」

「採訪我嗎？但我還沒進行申請呢。」

艾菲亞皺起了眉頭。「申請什麼？」

「我要來詢問《巴斯克維爾號角報》是否需要一位訃聞撰稿人。」格羅佛回答。

艾菲亞的眉頭皺在一起了。

「那是指一位專門撰寫訃聞的人。」亞瑟補充道。

「哦……這樣啊，我們目前的人員已經夠多了。」艾菲亞說。「泰絲負責我們的『親愛的泰絲』專欄，溫妮則是負責觀點評論，而奧斯卡負責藝術和文化。」

格羅佛低下頭並嘆了一口氣。亞瑟給艾菲亞一個懇求的眼神。「拜託。」他用嘴巴無聲地示意。

「好吧。我想你可以先提供我們一份文字範本。」她不太情願地說。

格羅佛再次挺直了身體。「謝謝你！」他大聲地回應。「我會寫一篇你讀過最好的訃聞！」

隨後便從房間飛奔而去，格羅佛發出亞瑟認為應該是開心的尖叫聲。亞瑟看到他在走廊直接撞上了一個穿著白衣的高大男孩，他正從福克斯教授辦公室走了出來。那個男孩瞪了格羅佛一眼，似乎正準備要斥責他，但這時奧斯卡出面介入了。

「湯瑪斯，別再欺負這些小鬼了。」他喊道。「無論如何，你也只能怪你自己，早該透過水晶球預知這件事才對。」

那個男孩對奧斯卡嗤之以鼻，而格羅佛在道歉之後便迅速跑開了。

「等一下！」艾菲亞喊道。「那訪談怎麼辦呢？哦，算了，他已經走了。」她轉身面對亞瑟。「他有點**奇怪**，對吧？他覺得他要為誰寫訃聞呢？我的意思是，還沒有人死去，就目前為止。」

她被自己的玩笑話逗笑了，但當亞瑟瞥了一眼裝了鐵條的窗戶時，一股寒意從背脊竄了上來。裝設這些鐵條的目的，是為了保護學校免受外界的侵擾。但入侵者到底想要什麼？他們又願意付出多大的代價取得想要的東西？他突然想起剛到達時，在森林裡看見的那位騎著黑馬的綠衣騎士。這會是謎題中的一部分嗎？

這句話迴盪在亞瑟的腦海中。**還沒有人死去……就目前為止**。

19

THE CLOVER

三葉草

有些事不太對勁。

隔天清晨，亞瑟醒來時，空氣中瀰漫一股奇怪的氣息，好像剛剛有人來過這裡一樣。

不過，到底是什麼喚醒他？這時准將還沒吹響號角。

當亞瑟坐起身，他聽見了一陣輕微摩擦的聲音。他移動枕頭，令他驚訝的是，他發現了今天早上才出現的東西。

那是一張寫給他的紙條。

亞瑟瞇著眼睛，試著在灰暗的光線下辨識紙上寫的字。這封信是以翠綠色的墨水書寫於硬質羊皮紙上。

不到一星期的時間，他已經第二次收到了令人出乎意料的邀請函。

誠摯邀請您於今晚午夜時分出現在三葉草的成員們面前。

隨身攜帶一株三葉草即可獲准進入。

不要向任何人透露此事。

「你也收到了，對吧？」

亞瑟從邀請函中抬起頭來，發現吉米也醒了，低頭盯著一張完全一樣的紙條。

「『三葉草』是什麼？」亞瑟問。

「是一個祕密社團。」吉米回答。「一個通往成功與權力的捷徑。我父親也曾是其中一員，所以我知道自己會收到邀請函。只是沒想到會來得這麼快。」

他一邊說話，一邊咬著手指甲旁的倒刺，似乎對什麼事情感到焦慮。

「**祕密社團**？」亞瑟重複說道。「就是有暗號和儀式的那種祕密社團嗎？你說那是通往成功的捷徑，是指什麼？」

「嗯，當這些成員畢業後，他們之中有許多人會成為政治家、將軍及法官，或諸如此類的職位。然後，他們也會幫助後來畢業的成員們獲取相同的成就，大概就是這樣傳承下去。」

亞瑟認為，選擇誰成為社會中有權有勢的成員，這一切聽起來似乎不太公平。但……如果這條通往成功的捷徑能夠讓他幫助家人的話，那就正是他所需要。

「為什麼他們要找**我**？」亞瑟問。

「也許他們聽說你拯救格羅佛的事了。」吉米回答道，一邊將雙腳踏到地面上，一邊伸了一個懶腰。「但你也先別沾沾自喜，他們還沒決定要你或我。」

「但這邀請函——」

「是一項考驗。」吉米說。「而且這只是第一項考驗而已。他們沒有告知我們在哪裡會面，你注意到了嗎？」

亞瑟皺起了眉頭。他太興奮了，根本沒有注意自己他漏掉了這個細節。

「那麼，我們最好搞清楚這次會面在哪裡進行。」亞瑟說。「並在去吃早餐的路上找到一株三葉草。」

不過，有人比他們更早一步完成了這項任務。幾分鐘後，亞瑟和吉米從塔樓走出來，他們發現草地旁邊有一個熟悉的身影，就蹲在高高的草叢中。

「艾琳！」亞瑟大聲驚呼。「妳是不是收到——」

她的頭猛地抬了起來。「不要叫這麼大聲！」她小聲且生氣地說。

「妳在找三葉草，是嗎？」當他們來到她身旁時，亞瑟低聲地說。

艾琳回頭看了一眼。時間還很早，四周還沒有其他人。「我們不應該談論這件事的。」

亞瑟咧嘴一笑。「所以妳確實收到邀請函了！」

他鬆了一口氣，他不必對朋友隱瞞自己收到了邀請函。

「妳找到了嗎？」吉米一邊問道，一邊用靴子踩著草地並向下仔細看著。

「一株也沒有。」艾琳惱怒地說。「他們讓草長得那麼高，三葉草根本無法生長。我已經找好久了。」

「這附近肯定會有。」亞瑟說。「我們一定會找到的。」

「這還是最容易的一環。」吉米說。「最困難的事，是弄清楚今晚該去哪裡。」

「我敢打賭，他們應該有一個隱密的會員會所。」亞瑟若有所思地說。「你父親沒告訴你在哪裡嗎？」

「他什麼也不肯告訴我。」吉米嘀咕道。「只叫我最好快點加入。」

亞瑟突然明白了，他的朋友為什麼看起來如此焦慮。

「我們會找到的。」他說。「不用擔心。我需要加入社團，我很快就需要養家糊口，所以我需要盡可能地得到一切協助。」

吉米和艾琳都驚訝地抬起頭來。

「你父親可以養活一家人的吧？」吉米問道。

亞瑟沉默了一會兒。他一直小心翼翼地不向新朋友們分享太多關於自己家庭的事。他真的可以信任他們嗎？

他突然想起第一天下午，當他跟隨塞巴斯汀進入拳擊擂台時，艾琳輕輕捏了捏他的肩膀。接著，吉米當晚拒絕與塞巴斯汀及羅蘭坐在同桌一起吃飯。

「我父親生病了。」他終於開口。「他……時常喝酒，這會影響他的工作，所以賺不了什麼錢。除非我找到賺錢的辦法，否則生計就會出問題，這就是我來這裡的原因。我要確保自己有一天能找到一份工作，讓我可以養活家人。」

艾琳抓住亞瑟的手臂，輕輕地捏了一下。「對不起，我不知道你父親的事。」她說。

「而且，你是個品格高尚的人，」吉米補充道，「有想要照顧所有家人的心意。」

「沒錯。」艾琳附和地說。「但是有一點你錯了，那不是你來這裡的原因。」

「什麼意思？」

「你之所以來到這裡，是因為你有能力為這個世界做出了不起的事。有人看見了這一點，決定不能白白浪費你的能力，所以才會邀請你入學。」

亞瑟的嘴角浮現了帶有些許憂傷的微笑。艾琳讓他想起母親曾說過的話。「**我一直相信，你注定要成就偉大不凡的事。**」

「你不但會找到辦法來照顧好你的家人，**並且也會**完成一些了不起的事。」艾琳繼續說道。「我指的是，你才來這裡幾天，就已經救了格羅佛一命了。」

「至少沒有人逼迫你進入家族企業工作。」吉米一邊說道，一邊踢著一旁的石頭。

亞瑟正打算要問他的家族企業到底是什麼，但在他開口之前，吉米先說話了。「艾琳，那妳呢？妳的父母希望妳追隨他們的腳步嗎？」

「沒有。」艾琳回答，再次蹲了下來。「這是好事，因為在唱歌這方面，我的歌聲並沒有如夜鶯那麼動聽。他們只希望我做一些讓自己快樂的事情。」

「他們現在在哪裡？」吉米問道。

「巴黎。他們說每星期都會寫信給我。啊哈！」

她用手將兩叢草分開，露出一堆生長在其中的三葉草。

她遞給亞瑟和吉米每人一株三葉草，這時亞瑟察覺到附近樹林中有些動靜。

「你們有看見嗎？」他問其他人。

下一秒，就有東西從森林裡衝了出來。

嘎——嘎嘎嘎！

那隻名叫迪迪卻幾乎不太像渡渡鳥的生物，拍打著自己無力的翅膀，向他伸出長長的脖子以表示抗議。亞瑟忍不住放聲大笑。

「我還以為那裡有別人呢，結果是迪迪。」

他向他們解釋了查林傑告訴他關於這隻鳥的事情。

艾琳搖了搖頭。「仔細想想這件事，實在令人感到悲傷。」她說。「身為你同類之中的最後一個，這肯定很孤獨。一個沒有蛋的巢，還能算是個巢嗎？」

直到這一刻，亞瑟才意識到一直以來背負著父親的祕密，**他自己**有多麼孤獨。現在艾琳和吉米知情了，他覺得原本遮蓋在彼此之間的祕密面紗像是被揭開了。

「說到了蛋，我餓壞了。」吉米說。

於是，帶著安放在口袋裡的三葉草，亞瑟和他的新朋友們一同並肩去吃早餐。

在早餐的前半段，他們小聲地交流關於三葉草總部可能的地點。是老舊的船屋？是馬廄？還是某處的閣樓或地窖？與此同時，口袋正試著向格羅佛解釋自己繪製的複雜電路圖，但格羅佛的視線正盯著一隻在桌上飛來飛去的蒼蠅。換句話說，他們兩個人看起來都很正常，亞瑟認為這代表著他們應該沒有收到邀請函。

所以，他沮喪地想著，**我最終還是得要對朋友們隱瞞祕密**。好吧，他對此無能為力，他必須把家人放在第一位。

他們壓低聲音的對話，被猛然打開的大門及查林傑校長的出現給打斷了。所有人都安靜下來，並轉頭望向他。他的臉上沾滿了煤灰，當他一張嘴，卻只是打了一個大大的哈欠。

「我不會耽誤大家太多早餐時間。」他說。「我可不想讓廚師不高興。」

在角落的廚師勉強地露出一抹笑容。

「我只是來宣布瓦倫西亞．費南德茲的到來。」

包括艾琳在內的一些人都倒抽了一口氣，但亞瑟不知道查林傑說的人是誰。

「費南德茲博士是一位著名的古生物學家，」校長繼續說道，「而她專門研究恐龍。

她曾在世界各地進行古生物挖掘的工作，她在她的祖國阿根廷的鄰近島嶼進行了一趟探險，現在她回來了。我提供了本校的設施供她進行發掘相關文物的研究，而她將會教授幾堂課來作為交換，並於本學期結束前進行一次演講。」

校長張開了嘴，彷彿想再說些什麼，但似乎又打消了念頭。「就這樣。」他說。「請在你的粥冷掉之前繼續用餐吧。」

整個大廳裡充滿了興奮的熱鬧氣氛。甚至，艾琳和吉米也交流著自己從報章及宣傳手冊裡收集到關於費南德茲的各種資訊。對亞瑟來說，她的到訪也令人相當興奮，但他明白，如果他想要有勝算，找出三葉草當晚的會面地點，就必須暫時放下與真正的探險家會面的念頭了。他清了清自己的喉嚨。

「我們還有工作要做，一刻也不能浪費了。」他說。

20

THE GREEN KNIGHT

綠衣騎士

在華生醫師的課程進行到一半，他們正輪流檢測自己的脈搏，拿著聽診器聽著彼此的心跳聲，吉米突然有了一個主意。

「我們所需要的，」他低聲說道，「是一張學校的地圖。或者如果是學校最初建造時的設計圖就更好了。我們可以看看設計圖中是否有地圖上沒有的東西，或許是個祕密的空間或結構之類的。」

「好主意。」艾琳說。「但是我們要去哪裡才找得到這種東西？」

「這種東西是什麼？」一旁有人壓低嗓門問。

他們全都轉過頭來，看見坐在他們身後的華生醫師，臉上掛著愉快的微笑。

「我很抱歉，華生醫師。」亞瑟很快地說。「我們只是在討論，嗯，學校裡是否有我們不知道的捷徑，這樣我們就能更快到達教室了。」

「是這樣嗎？」華生醫師問道，同時挑了挑眉。「我的天呀，你們真是勤奮向學。」

亞瑟想要控制突如其來的一陣紅暈，不讓它蔓延到臉頰上。

「我們想知道可以去哪裡找到學校的地圖。」艾琳繼續說道。她說話時充滿了令人欽佩的自信，但亞瑟注意到她的手指正不停撥動她懷錶的鍊子。

「我明白了。」華生說。「好吧，既然如此，你們最好去圖書館的地圖區找找吧，我記得是在最上面的那一層。現在呢，你們的聽診器使用得怎麼樣了？大家都找到自己的脈搏了嗎？我們來看看吧。」

在亞瑟還沒反應過來之前，醫師已輕輕地握住了他的手，並將一根手指放在了他的手腕內側。

「天呀。」他說。「道爾先生，你的脈搏相當快。如果想要成功地騙過你的老師而不受到懲罰的話，你就得讓自己保持冷靜。還記得嗎？以心智力量克服物理障礙。現在我建議大家認真投入學習。大家是否曾聽過腸道的聲音呢？腸道是令人驚奇的音樂器官。」

他們在午餐時間來到圖書館，裡頭幾乎空無一人。較高樓層的書架可以透過搖搖欲墜的螺旋樓梯到達，就像塔樓裡的樓梯一樣，只是更為陡峭窄小。當他們往上爬得越高，空氣中的霉味就越濃烈。亞瑟深深吸了一口氣，那種千年皮革舊書的氣味是最令人愉悅的氣味了。

當他們快到達最上方的頂層時，艾琳停了下來。

「怎麼了？」亞瑟問。

「我只是有點頭暈。這些人難道不知道有一般的樓梯嗎？讓我先稍微——」

但她被上方傳來的腳步聲打斷了。

「我告訴你，」一個痛苦的聲音傳來，「這些地圖我已經看過一百次了。」

「我告訴你，綠衣騎士已經清楚地表達過了，最重要的是迅速找到它並確保它的安全。」一個更加低沉的聲音答覆。「在他回來之前，如果我們不能保護它——」

「你不必再提醒我。」第一個聲音——是個女孩的聲音——小聲說道。「但總不能是要我找出根本不存在的東西吧。我們只能繼續尋找了。」

當那兩個人踏上樓梯時，樓梯板發出吱吱作響的聲音。吉米、艾琳和亞瑟盡可能無聲地快速向下爬，接著躲在他們到達的第一個平台上。亞瑟很想看看那兩個人是誰，卻又不想被他們發現。他們跑到最近一排書架的盡頭——彎腰低著頭，以免頭部撞到低矮的天花板——並蹲在書架的後方，接著聽見那兩人走過的聲音。亞瑟及時探頭出來看，只看見一縷黑髮消失在樓梯下方。

亞瑟、吉米和艾琳凝視著彼此。當腳步聲漸漸消失後，亞瑟偷偷從樓梯的一側往外探頭看，希望能瞥見他們無意中偷聽到對話的人，但下方沒有人出現。
「一定還有其他的出口。」艾琳靠在亞瑟身旁的欄杆上說。「你覺得剛才那是怎麼一回事？他們也試著要找出三葉草的總部嗎？」
亞瑟搖搖頭。「我不這麼認為。他們剛才說到，在另一個人回來之前，他們要為綠衣騎士『保護』某樣東西……」
「綠衣騎士到底是誰？」
「妳沒讀過《高文爵士與綠衣騎士》嗎？」吉米問道。
艾琳茫然地看著他。「什麼爵士？」
「那是一首詩。」亞瑟解釋道。「綠衣騎士是亞瑟王傳說中的一個人物。」
「我猜妳應該曾經聽過亞瑟王吧？」
艾琳對吉米翻了一個白眼。「是的，我聽說過。但如你所知，我們大西洋的這一側，並不是太熱衷於國王和騎士之類的故事。」
「哦，但那些故事相當精采。」亞瑟說。「我媽媽以前常在睡前讀那些故事給我聽。故事中充滿了各種冒險和騎士精神。我小時候曾夢想長大後成為騎士。」

「但現在已經沒有騎士了。」吉米回答。「至少不是像故事裡的那種。」

「是的。所以綠衣騎士一定是某個人的代號。」艾琳說。

「但會是誰？」亞瑟問道，他的腦子快速閃現了各種可能性。

這時他腦海中浮現一個畫面，在森林的陰暗處，馬背上有個穿著斗篷的身影。

他身上穿著的斗篷是綠色的。

他將自己先前看見的情景告訴他們。「妳覺得，那就是他們口中所謂的綠衣騎士嗎？」

「有可能。」艾琳說。「但他想要的到底是什麼？他們試著要保護的是什麼？又是要免受誰的侵害呢？」

亞瑟驚訝地說道。「那一次的入侵事件！」他驚叫。「無論做這件事的人是誰，或許他的目的就是偷走綠衣騎士試圖要保護的東西。」

「這只是一個推論。」吉米說。「但他們談論的事情有各種可能。而我們還有自己的謎題需要解開，還記得嗎？」

「是的。」艾琳附和地說。「我們需要找到那些地圖。」

亞瑟認同他們說得沒錯。

不過，他也確信這個綠衣騎士和入侵事件之間脫不了關係，而他打算要找出其中的關聯。

亞瑟、吉米和艾琳利用剩下的午餐時間，仔細研究他們能找到一切關於學校及周邊範圍的每張地圖。莊園最初的平面圖太老舊了，邊緣已捲曲了起來，感覺隨時可能在亞瑟手中崩解破碎。地圖顯示，一樓東側走廊的後方有一個牧師的藏身處，可能在伊莉莎白一世信仰新教的統治時期，用來藏匿天主教的牧師。不過，這個藏身處對於整個祕密社團而言太小了。即使是一位牧師，也不太可能在那裡待上太久時間。

學院餐廳下方有一個存放蔬菜的地窖，但這肯定不是什麼祕密。廚師時常待在那裡。不過，祕密社團要進行會面的地方，不該有讓他們冒著被馬鈴薯皮弄得全身都是的風險。

「他們需要一個私密卻寬敞的地方。」亞瑟說。

「有可能是一個沒有人想去的地方。」艾琳補充道。

「看看這個。」吉米說。

在他們用來進行研究的桌面上，他將一張褪色的巨大捲軸展開來。乍看之下，這似乎是一張地圖。

不過，再仔細看了一眼，會發現它本身是**兩張**地圖。

其中一張是地形圖，可以透過池塘和樹林中空地的形狀辨認出來，但上面沒有任何建築物。第二張地圖則覆蓋在第一張地圖上，以半透明的洋蔥皮紙繪製。這張地圖上標示著通往一連串的隧道及滑運道，最終都通往一個大型的主要空間。

「這是一個**礦井**！」亞瑟說。「巴斯克維爾學院坐落在一個礦井的上方！」

「我想知道這是什麼樣的礦井。」吉米說。「現在顯然已經廢棄了。」

「所以這是一個私密的地方。」亞瑟沉思道。「有相當充足的空間，也沒有其他人願意下去那裡。難道那裡就是三葉草總部的所在地？」

「但我不這麼認為，」艾琳說。「我認為它就在這裡。」

她小心翼翼地用手撥開學校地圖上捲曲起來的一角，指著森林邊緣一間小屋的圖示。

在那個圖示的下方，有人寫下了一些綠色的字跡。

三葉草之家（Domum Trifolium Incarnatum）

「這是拉丁文。」她說。

「是什麼意思？」亞瑟不耐煩地問。

吉米抬起頭，一整天下來，這是他第一次露出輕鬆的微笑，而艾琳也笑了。

「意思是『三葉草之家』。」她說。

21

DOMUM TRIFOLIUM INCARNATUM

三葉草之家

那天晚上吃完晚餐，亞瑟和吉米回到自己的房間後，根本無法入睡。他們甚至懶得換下一身衣服。過了一會兒，他們聽到房外傳來輕輕的敲門聲，打開門後看見了艾琳。她的懷錶上顯示的時間為午夜前的十五分鐘。

亞瑟走了出去，但艾琳搖了搖頭。「托比在樓下睡覺。」她低聲說。「不可能從他身旁走過去，我們必須要走另一條路。」

她抓住固定在地板上的繩子末端，示意吉米打開窗戶，然後將繩子拋出窗外。接著，她就消失在窗外了。

輪到亞瑟爬下去的時候，他確認自己的三葉草還在口袋裡，便深深吸了一口氣，然後開始往下攀爬。

就這樣，三個人緊抓著繩索攀爬，順著塔牆一路向下滑，他們穿梭於常春藤叢中，經過熟睡同學的窗外。

到達地面後，他們在漆黑的夜色中躡手躡腳地前行。天上雲層密布，他們不敢帶蠟燭，靠著建築物朦朧的影子跌跌撞撞地一路前進。亞瑟一度確信自己聽見他們身後傳來了腳步聲，但當他轉身時，黑暗之中卻什麼也看不見。

儘管如此，他仍有一種被跟蹤的感覺，令他緊張不安。

最後，他們到達了校園中的東北角。前方枯瘦光禿的樹像爪子般伸向天空。亞瑟凝視著前方的黑暗，試圖辨識出小屋的輪廓。

「現在該怎麼辦？」艾琳問道。

「噓。」吉米發出噓聲。「你聽。」

有輕柔的吟唱聲傳來，幾乎要讓人誤以為是微風吹過樹枝所發出的聲音。但當亞瑟仔細聆聽之際，他隱約聽出了一些字詞。

「聲音是從那邊傳來的。」他低聲說道，指著森林裡看起來很茂密的樹叢。

當他們走進樹林時，腳下的潮濕樹葉嘎吱作響，艾琳撞到了某個東西。

「哎喲！」她大叫。「那是什麼？」

在微弱的光線下，亞瑟勉強看出了地面四周以詭異的角度冒出來的圓形物體。

「我想，我們在一個墓園裡。」他低聲說道。

他不禁打了個寒顫，心裡想著，這裡到底埋葬了誰呢？

「那麼我們走錯地方了嗎？」吉米問道。

「我不這麼認為。」亞瑟回答。「如果你不想被看見或被打擾的話，還有哪個會面地點比這裡更適合呢？你看！」

他確信自己看見前方一個若隱若現的巨大物體，其中閃爍著燭光，他認為那是一大片的灌木叢。他避開那些墓碑，帶著其他人朝那個方向走去。

隨著他們更加靠近，那物體的形狀變得更加具體。雖然它被常春藤覆蓋住了，但當他伸手觸摸時，他感覺到藤蔓的下方是石頭。而當他的眼角閃過一抹暗淡的光芒時，他的心跳突然加速。**是一道門的把手**。

「就是這裡了！」他一邊說，邁步走向那扇門。「我們成功了！」

他對其他人露出笑容。

「這裡很容易被誤認為是一座古老的陵墓。」艾琳低聲說道。「格羅佛一定會喜歡這裡。」

亞瑟的笑容有點僵硬，並非所有朋友都收到了這個社團的邀約，但他不喜歡被提醒這件事。

「然後呢？」吉米不耐煩地說。「我們還在等什麼呢？」

亞瑟抓住把手並推了一下，輕而易舉地打開了那扇門。在昏暗的燈光中，只看得見幾個人的身影。接下來他發現，有人將某個東西蓋住他的頭，瞬間陷入一片全然的漆黑。

「歡迎，」一個聲音洪亮地說，「來到三葉草之家。」

「把你們的三葉草交出來。」一個女孩說。亞瑟翻找著自己的口袋，高舉起三葉草，接著感覺有人把它拿走了。

「恭喜，」第一個聲音再次響起——是個男孩的聲音。「你們每個人都通過——」

他突然停頓了下來，因為身後那扇門又吱吱作響地打開了。

「啊。」男孩說。「我想，我們還有一位新來的訪客。」

這聲音有些熟悉，但亞瑟一時無法確定是誰。

「你好。」剛進來的那個人叫道。

而亞瑟立刻認出了**這個**聲音。他很希望那不是他所認為的那個人。

「塞巴斯汀。」吉米低聲對著左邊說道。

塞巴斯汀在他們抵達後不久就出現了，這是巧合嗎？難道他跟蹤了他們？或許他根本懶得自己去尋找三葉草之家。或許，這正是他一直以來的計畫，等著別人先找到路，他的目的就達到了。亞瑟緊握著拳頭，他無法忍受這種作弊的人。

「已經過了午夜。」又傳來第一個男孩的聲音。「把門鎖上。」

接著傳來了門上鎖的沉重聲響。

「現在，」男孩繼續說。「你們每一位都被認定有資格進入三葉草之家。而你們都已經通過進入社團的第一道關卡，恭喜。不過我們有一位受邀者未能完成這一項挑戰。」

是誰？亞瑟不禁猜想。**我在哪裡聽過這個聲音呢？**

「還未收到邀請函之前，你們之中有些人可能從未聽過我們的名號。其他人或許曾聽過傳言。早在你們之前，你們之中有些人的家人甚至早已是我們的一員了。但我向你們保證，在還未成為我們的一員之前，任誰都無法想像我們所擁有的權力和影響力，也無法明白我們真正的偉大之處。不過，若想要成為三葉草的成員，就得先證明自己的價值。」

亞瑟感覺到似乎有一絲火焰掠過他的臉龐。

「不同於其他的菁英組織，我們並非根據信仰或階級來選擇成員。」男孩說。「我們選擇擁有優秀品德的人。因此，你們每個人都將會進行一連串的三項考驗，分別對應著三葉草的每一片葉子。我們將會考驗你的勇氣、榮譽感，以及忠誠。如果在這些考驗中的其中一項失敗了，就無法加入我們的行列。我向你們保證，每一項測試都在挑戰你的極限。如果通過了考驗，就會成為三葉草的一員。與我們同在這裡，你所認為最瘋狂的夢想終將實現。如果沒有我們，那些夢想很可能永遠遙不可及。」

突然之間，亞瑟強烈渴望成為三葉草的一員，他幾乎可以想像成為三葉草成員的滋味有多麼誘人。這個想法甜美得令人難以抗拒，就像哈德森夫人的鳳梨塔派一樣。這麼多年來，他一直壓抑著不讓自己有夢想。對於像他這種家世背景的男孩來說，擁有夢想有什麼用呢？但現在，他終於有機會實現自己所嚮往的遠大志向了。

「接下來，我會將我們的聖杯傳給你們每個人。如果你願意接受眼前的挑戰，那就喝下它。否則，你現在就得離開這裡，永遠不要再回來。」

亞瑟舔了舔嘴唇。他等了一會兒，然後就聽見有人拖著腳步走到他面前。

「你選擇喝下嗎？」那聲音低聲說。

「是的。」亞瑟說。

當冰冷的聖杯碰到他的嘴唇時，亞瑟終於意識到自己曾在哪裡聽見男孩的聲音。這就是他稍早在圖書館聽見的聲音，那個低聲談論綠衣騎士的男孩！

他不確定是因為這突如其來的訝異，或是他嘴裡的液體喝起來像醋的味道，但總之，他開始咳嗽了起來。他的聲音在這空間裡迴盪著。在他身旁的吉米用手肘碰了一下他的身體，卻只是讓他咳得更厲害了。

「你們都選擇接受我們的挑戰。」男孩說。「現在，必須等待我們的命令，接受你們的第一項考驗。它可能在任何時間，或以任何形式進行。睜大你的雙眼，豎起你的耳朵。隨時做好準備。」

亞瑟等著男孩繼續說下去，提供更多的指示。但一切突然變得非常安靜，一切都靜止了。他感覺自己被帶到了外頭，並聽見四周其他人拖著腳步走動的聲音。幾分鐘後，四周漸漸歸於一片寂靜。

「這裡還有人在嗎？」亞瑟喊道。

沒有回應。

亞瑟掀開了臉上的兜帽，發現自己獨自一人站在漆黑而空曠的夜色中。

22

A TALE OF TWO LETTERS

兩封信件的故事

親愛的媽媽：

很抱歉過了這麼久才寫信給妳。謝謝妳的來信，我在星期五收到了。真不敢相信，我在這裡已經快要一個月。很高興大家都很好，而且爸爸的繪畫進度也很順利。康斯坦絲長出第一顆牙齒了嗎？如果有的話，希望她不要像卡洛琳那樣愛咬人。

至於我呢，巴斯克維爾學院很適合我。我交了很多朋友，和每個人都相處得很好，除了……

亞瑟停了下來，筆就懸停在紙張上。時間已經很晚了，床上的吉米鼾聲如雷。蠟燭的光線在亞瑟的文字上閃爍著，紙上的文字有些歪斜。他原本想寫「除了那個名叫塞巴斯汀的男孩之外」，但他又改變主意了。他不希望有任何事讓母親擔心。他當然不會分享星期一早餐時發生的事情，當時塞巴斯汀把他杯子裡的水換成了鹽水。亞瑟把鹽水吐到了艾琳和口袋身上，讓她們去上華生醫師的課時，身上聞起來像是兩罐泡了藥水的標本。亞瑟一邊想著，一邊氣得將筆握得更緊了。

……除了我的課業一直讓我相當忙碌之外。我的室友是一位來自英格蘭的男孩，名叫吉米。他的父親送他一套西洋棋，我們喜歡在一天結束時一起下棋。吉米已有多年下棋的經驗了，因此我時常輸給他，但我不斷在進步當中。我還認識了艾琳，她是來自美國的女孩，她的父母在歌劇院唱歌，還有口袋……

寫到這裡，亞瑟又停了下來。他想著該如何有趣地形容口袋這個人，他猜想母親不會樂見她習慣將小動物帶在身上，或是迷你炸藥。事實上，最近他見到口袋的次數越來越少。她花了更多的時間協助格雷教授進行她的電力實驗。當他們在課堂外見到她時，她通常會興奮地告訴他們關於自己的進度。她一再地發誓保證，他們有生之年肯定會見識到一架電動飛機。

……口袋，對於學習充滿了熱情。哦，我差一點忘了格羅佛，他是一個有趣的男孩，而且很友善。

當亞瑟回憶起昨天早上發生的事時，不禁露出微笑，當時格羅佛坐在他身旁吃早餐。

「我有東西給你看。」格羅佛說著，將一張紙遞給亞瑟。「好吧，這不是要讓你用的。這是我要提供給校刊的試用投稿，但我想你或許會想看一下。」

亞瑟低頭看了一眼紙上的內容，然後又仔細看了一次。眼前所見的是自己的訃聞。

昨天早上，在久負盛名的巴斯克維爾學院，亞瑟．道爾離開了這個世界。事發當時，道爾正在講笑話，他一講完便開始大笑，這時就被一顆檸檬糖給噎住並窒息了（但那笑話並不是太好笑），經急救後仍無法挽救道爾一命。」

亞瑟帶著難以置信的心情繼續閱讀著。

「但是……我還沒有死呢！」他抗議著。「而且這裡有些事甚至都不是真的。我沒有一位名叫葛楚的姑姑，也沒有養一隻寵物獾，而且我一點也不熱愛室內樂[12]。」

格羅佛的額頭皺了起來。「嗯，我需要加入一些細節。否則就不有趣了。」

「關於獾的想法是我提供的。」口袋插話說道。艾琳和吉米已經開始讀那則訃聞，他們的肩膀因無聲的笑意而顫抖不已。「法蘭克是一隻很棒的寵物，只可惜牠太喜歡爸爸的腳踝了。」

「這**確實**很有趣。」艾琳讀完後說。「但我不確定這是否適合讓你拿去當校刊的試用稿。你需要一個有趣的主題。」

「非常感謝！」亞瑟說。

「你明白我的意思吧。」艾琳繼續說。「格羅佛需要一個他不必虛構細節的人物，一個早已擁有驚人經歷及偉大成就的人。」

「就像格雷教授一樣！」口袋大聲驚呼。「多數的人花上十輩子，也無法做到她到目前已經完成的事。**更何況**，這學期結束時她即將離開學校，這幾乎就像是一種死亡。他們甚至可能會以這個題材作為對她的致敬。」

格羅佛的雙眼亮了起來。「沒錯！」他說。「這太完美了。我得要去問問她是否願意

12 chamber music，「室內樂」由二到九人合奏，是具有互動性的音樂形式，在空間較小的室內演奏，因此每個樂器的聲音都能夠清晰地被聽眾聆聽，並與其他樂器形成和諧的聲響。

接受採訪。我現在就去！我的口氣聞起來還行嗎？」

格羅佛從口袋裡掏出一個小錫罐，將一粒檸檬糖放進嘴裡。「好了。」他說。「這樣好多了。有人也想要來一顆嗎？」

他將小錫罐遞給亞瑟，但亞瑟想起了他那一篇訃聞，便禮貌性拒絕了。

亞瑟打了一個哈欠。肯定已經很晚了，但他還是想寫完給母親的這封信，這封信已經回覆得太晚了。他很快地又寫下了幾行字。

我在所有課程都學到了許多東西。我很喜歡拳擊，但最喜歡的課程是華生醫師的解剖課。他是一個非常和藹的人，上他的課從來都不無聊。也許有一天我也會成為一位醫師。當我們上二年級的時候，我們應該要申請一個研究領域——他們在這裡稱為「學習圈」，但我不知道該選擇哪一個才好。所有選項都太吸引人了！但我確信總有一天我會想清楚的。我正在盡一切努力要讓妳感到驕傲。

永遠愛妳的兒子

他吁了一口氣，然後將信件放在一旁，正要上床睡覺時，卻聽見樓梯間傳來了腳步聲。一秒鐘後，一個奶油色的信封從門縫下滑了進來。

亞瑟的心狂跳起來。終於，一封來自三葉草的信件來了！距離三葉草之家的會面，已經過了快三個星期。要不是吉米和艾琳也沒收到任何消息，亞瑟肯定早就認定三葉草已改變對他的看法了。

他只用兩個大步就跨過了整個房間，正準備要叫吉米時，他看見信封上的名字。他拿起這封信仔細地檢查一下。

這封信不是寫給他的。收件人是艾琳，而且是從法國寄出的信。

亞瑟打開房門，但門外沒有人。

這一點道理也沒有。是誰將一封收件人顯然是艾琳的信交到他手裡？也許更重要的是，為什麼要這麼做？

23

VALENCIA FERNANDEZ

瓦倫西亞‧費南德茲

第二天早上，他們起床盥洗、換衣服時，亞瑟將那封信的事告訴了吉米。

「你把信打開了嗎？」吉米問道。

「當然沒有。」亞瑟生氣地說，對於自己被質疑是否侵犯了朋友隱私的說法感到不悅。

當他們走向莊園時，空氣中瀰漫著一絲寒意，灰濛濛的天空預示著十一月即將到來。當他們進入大廳，亞瑟因為那一陣襲來的溫暖而感到感激。

當他們經過溫室時，洛林教授急忙地走了出來，為隨後進門的一位女士打開了門。她身穿一件卡其色連身裙，內襯是橄欖綠的粗花呢，腳上踩著一雙濺滿泥巴的靴子。她頭上戴著一頂飾有孔雀羽毛的寬邊帽，黑髮簡單地盤成髮髻，露出棕色的臉龐。

「那是誰？」吉米問道，目光注視著那位女士。

亞瑟也忍不住盯著她看。一方面是因為她的穿著非常奇特，而另一方面是因為她實在太漂亮了。

「那位，」一個聲音說道，「就是瓦倫西亞．費南德茲。」

他們不情願地轉身，看見格雷教授就站在他們身後，用她銳利的藍色眼睛掃過他們兩個人。

「那位來訪的探險家嗎？」亞瑟問。

「正是她。」格雷說。「如果你們看夠了，可以離開了嗎？你們擋住了走廊，而我有一項非常敏感的實驗要進行。」

「對不起，教授。」男孩們齊聲地說，退到一旁讓出空間。

她給了他們一個會心的眼神。「沒關係。她的外表確實很引人注目，對吧？不過，我想你們將會發現，她的頭腦比她的外表更加出色。」

吉米和亞瑟尷尬地互看了對方一眼。

格雷教授朝東翼走去，吉米和亞瑟則跟在洛林教授和瓦倫西亞．費南德茲的後方。教授喋喋不休地說話，而探險家則興致勃勃地地注視著走廊上陳列的肖像畫和文物。亞瑟突然想到，他還沒看過那幅神祕墜落的貝克勳爵肖像畫，那幅肖像畫差一點砸死巴斯克維爾學院的兩位成員。

當吉米和亞瑟到達時，艾琳已經坐在他們平時坐的位子，正在吹著熱茶的蒸氣。

「你看見了嗎？」她一邊問道，一邊向遠處的桌子點了點頭，桌旁是仍被洛林教授糾纏的瓦倫西亞．費南德茲。「她是不是很了不起呢？」

「她確實很了不起。」亞瑟說。「不過，艾琳，我需要和妳聊聊。」

他將她的信件滑過桌面。當她拿起那封信時，皺了皺眉頭。「為什麼你會有這封信？」

「昨晚有人將它塞進我們房間的門縫裡。」亞瑟解釋道。「也許有人以為那是妳的房間？」

「但我們的房門外都掛上了名牌，」艾琳說，「而且郵件也通常會放入郵箱中。」

她指著學院餐廳門外，那裡立著一個高大且搖搖欲墜的層架，被分成上百個甚至更多的小格子。每個學生都有一格，這確實是平時投遞郵件的地方。

她從信封裡拿出信，開始閱讀。當她讀完後，她抬頭看著亞瑟，對他聳了聳肩。「這只是我母親的一封信。沒有什麼不尋常的。你自己看看吧。」

亞瑟低頭看著那封信。艾琳的母親寫道，老鷹歌劇團一切都安好，但他們在巴黎的演出被取消了，他們很快就會前往維也納，開始為新的演出場次進行排練。他們一抵達就會立即寫信給她，到時候就會知道新地址了。

正當準備要把信遞還給艾琳時，他發現信件上方有些微的凹痕。

他抬頭看了她一眼。她正笑著看口袋從自己的其中一個口袋中拿出一小罐大黃果醬，開始將果醬塗在吐司上。他低下頭仔細看著那封信，瞇起眼睛，左右轉動著信件以捕捉光線。那些凹痕是寫在另一張紙上的文字輪廓，而那張紙很可能曾經直接壓在艾琳的信件上面。

軍事國防部部長
倫敦白廳軍事國防部

亞瑟皺起了眉頭。**太奇怪了……**他想著。為什麼兩位歌劇演唱家要寫信給軍事國防部部長呢？

他放下信，正想要問問艾琳，接著卻差點從座位上跳了起來。有一張狹長的臉正在他面前凝視著他，但剛才那裡還只是一個空位。

「格羅佛！」亞瑟喊道。

「早安，亞瑟。」格羅佛說。「你睡得好嗎？晚上沒有幽靈來訪嗎？」

亞瑟搖了搖頭。

「對。」格羅佛悶悶不樂地回答。「我也沒有。」

在繁忙的早晨課堂中，亞瑟沒有機會再與艾琳對話。接著，那天下午發生了一件事，讓他完全忘了那封信的事。

當他們走進溫室時，在洛林教授的身旁是費南德茲博士，他們就坐在那棵扭曲生長的大樹下，旁邊放著幾個行李箱。在巨大的樹冠下，大家在長凳及地毯上找到自己的位置。

洛林教授開始介紹這位探險家，但她揮手表示不同意。「他們來這裡不是為了要談論我的，洛林。」她說。她的聲音比亞瑟預期的更加粗啞，比較像是一位水手的聲音，而不是女士的聲音。他認為她或許的確是一位水手。「他們想看的是我發現的東西。」

她開始從箱子裡拿出一件又一件的文物，包括了藏著古代化石的岩石、如亞瑟拳頭般大小的牙齒、遠古的下顎骨和小巧的頭骨，還有一根看起來駭人的指骨，看起來和華生醫師那個名叫拿破崙的骷髏非常相似。

不過，最棒也最奇特的還是那一顆蛋。

費南德茲博士非常輕柔地將它從行李箱裡取出，和亞瑟的媽媽抱起仍是嬰兒的康斯坦絲時的姿態一樣。

「現在這個呢，」她說，「是一個無價之寶。一顆狀況良好的恐龍蛋。」

所有人都倒抽了一口氣。那顆蛋放在一個玻璃罐中，安放在柔軟的軟墊上。如果費南德茲博士沒有告訴他們這是一顆恐龍蛋，亞瑟可能會把它誤認為是廚師送上桌的麵包卷。它們同樣有著堅硬且斑駁的外觀，就像一塊石頭，如果有人將它拿來砸人，肯定會受傷。

「但是這種事怎麼可能呢？」蘇菲亞問道。

「我目前也還不太確定。」費南德茲博士坦承地說。「這是在地底深處發現的，在我們仍需要努力研究的一塊藍色泥土之中。以我推論，這種泥土具有某種防腐的保存特性，但這個問題還需要進一步的研究。」

艾哈邁德一心想要近距離觀察恐龍蛋，以至於他從長凳跌了下來，讓費南德茲博士向後退了一步。洛林教授責罵艾哈邁德要更加小心才對，並不斷向她道歉。

「那您現在會怎麼處理這顆蛋呢？」當秩序恢復之後，艾琳提問。

「這是另一個好問題。」費南德茲博士回答。「就像這顆蛋一樣，我希望蛋的內容物能被好好保存下來。」

「您的意思是指——」亞瑟開口道。

「是的，我希望找到一個經過化石過程的恐龍胚胎。」她說。「如果我成功了，這將是有史以來的首次發現。」

洛林教授立即從座位上跳了起來，開始鼓掌。

那天晚上，一直到亞瑟躺在枕頭上時，這才想起艾琳的信。但昨晚睡得不安穩的他實在太疲憊了，還沒來得及多想，就早已昏昏欲睡……

……然後，幾乎就在下一秒，他就被搖醒了。

「起來，穿上衣服。」一個低沉的聲音說。「時候到了。」

「要做什麼？」亞瑟說，睡意仍籠罩著他的思緒。他眨了眨眼睛，等待自己的眼睛適應黑暗，好看清楚是誰把他叫醒。但不管這個人是誰，眼前卻仍是漆黑一片看不清楚。

「這是你的第一項考驗，」那個聲音說道，「現在開始。」

24

A LEAP OF LOGIC

思維邏輯的大躍進

當亞瑟和吉米走出他們的房間時，他們立即被蒙上了雙眼，就像他們第一次和三葉草成員會面一樣。在一片完全的黑暗之中，他們被帶領走下塔樓的螺旋階梯。亞瑟緊緊地抓著欄桿，儘管天氣寒冷，他的手掌卻又熱又滑。有一半的他迫不及待地想要知道第一項考驗會是什麼，另一半的他則因為緊張而感到不適。

記住華生醫師所說的話，他告訴自己。**以心智力量克服物理障礙。保持冷靜並細心觀察。**

他想知道，三葉草成員是如何從托比身旁悄悄溜過去的，以及現在他們將如何繞過那匹狼才能出去。然而，當他們到達一樓時，一股生肉的氣味撲鼻而來——亞瑟熟悉這種味道，因為他時常光臨佛雷澤先生的肉舖——接著聽見了凶猛的咀嚼聲。托比是一隻忠誠的看門狗，但顯然也是有極限的。

在被帶出塔樓並旋轉了幾次後，他們告知吉米將手放在亞瑟的肩上，也要求亞瑟將手放在前面那個人的肩上並開始行走。

「艾琳？」他低聲說。「是妳嗎？」

「是的。」她嘶聲回應。「你認為我們接下來會面臨什麼事？」

當他們開始拖著腳步向前走時，一旁有人以噓聲提醒他們保持安靜。

他們走了很長一段路，似乎偶爾會折回原路，好讓他們無法辨識自己的位置。每隔幾分鐘，亞瑟的心臟就會因為期待而收縮，好像隨時即將爆裂。在三葉草之家，他們被告知將要進行三項考驗……一項是勇敢，一項是榮譽感，最後一項是忠誠。這會是哪一項考驗呢？

最後，腳下踩著的草地變成了堅硬且粗糙不平的土地。荊棘勾住了亞瑟的褲腳。他聽見頭頂上有一隻貓頭鷹鳴叫著。**我們一定在森林裡了。**

他突然想起他曾在樹林中看見那個披著斗篷的人影，他猛然一驚。難道他們真的要被帶去見那位自稱是綠衣騎士的人？

「哎喲！」艾琳叫了一聲，將亞瑟從思緒中喚醒過來。

「哦，是的，」另一個聲音傳來，「要小心腳下的台階。我們要上樓了。」

他們再次拖著腳步向前走，直到亞瑟感覺到腳下踩著堅實且平坦的東西。再走了一步，他確定腳下的是石頭。

「還沒到呢。」那個聲音說道。有一隻手將亞瑟向後推，讓他放開了抓著艾琳的那隻手。「一個一個來。其餘的人就在這裡等著，直到你被召喚過來為止。」

祝妳好運，艾琳，一聽見她被帶走的聲音，亞瑟心裡默默地祝福著。

「我們在哪裡？」在他身後的吉米小聲說。

但顯然有一個三葉草成員留下來看守他們，因為吉米立即被噓聲制止了。

接下來的幾分鐘，似乎漫長得像是無盡的折磨。亞瑟的胃不停地翻騰，心臟也跳動得越來越快。最後，他終於聽到一陣腳步聲從樓梯上下來。但只傳來一人的腳步聲。

「下一個就是你了。」引導他們的人拉著亞瑟的手臂，突然用力將他往前拉。

「艾琳在哪裡？」

「這不關你的事。」

「她還好嗎？她通過考驗了嗎？」

「你快走就是了。」

他們正要爬上某種樓梯。空氣變得濕冷，瀰漫著潮濕的氣味。他們顯然在某一棟建築物裡，可能是一棟老舊的建築物。**什麼樣的建築會在這片森林深處呢？**不管是什麼建築，它肯定有其他出口，否則艾琳會去哪裡了呢？或者，她仍然在樓上？

這或許只是亞瑟的想像，但樓梯感覺相當陡峭。他一邊爬一邊數著台階。一、二、三……

十……

二十……

三十……

當他數到第四十七個台階時，空氣中的氣味再次產生了改變。森林裡強烈又清新的氣味再次湧入，還夾雜著一些熟悉的氣味。但亞瑟過於緊張而無法辨認出來。因為某種莫名原因，這氣味讓他想起了自己的妹妹瑪麗。

「新成員！」在他還沒來得及多思考一下那個氣味時，一個聲音突然響起。「你已經接受了三葉草的挑戰。現在即將進行測試。如果失敗了，你將永遠失去加入我們的機會。但如果通過了，你就有機會成為這條偉大的關係鏈中的一環。明白了嗎？」

亞瑟口乾舌燥。他舔了舔嘴唇。「我明白。」

亞瑟的眼罩被用力地扯掉，他眨了眨眼。起初眼前一片模糊，看不清任何東西，但過了一會兒，他開始辨認出一些形狀。他在某個圓形屋頂上，空間裡只有一根蠟燭照明。

燭光在兩個戴著面具的人臉上閃爍著，他們站在一起並直盯著亞瑟。

「晚安，亞瑟。」那個較高的身影說道。亞瑟確信，這位就是在圖書館無意中聽見他說話的那個男孩，也是他們第一次在三葉草會面時帶頭的男孩。他的聲音聽起來不太值得信賴，讓他想起自己和凱瑟琳曾見過的一位魔術師，他試著用迷人的話語分散觀眾的注意力，好讓大家忽視他的魔術是如此拙劣（就亞瑟看來，並沒有成功）。

「今晚，我們將要考驗你們的勇氣。」另一個身影說，是一個女孩。亞瑟的心又猛地一震，因為他也認出這個聲音了。這聲音既高亢又輕快，有如一隻夜鶯。她就是在圖書館裡和這位魔術師在一起的那個女孩。

她指著平台的邊緣，那裡的樓頂護牆早已倒塌。亞瑟慢慢地移動並看向外面。他瞇著眼睛，只能勉強看見他認為是一根木條的輪廓，就像一座臨時搭建的橋延伸到遠處。低頭一看，他卻什麼也看不見。不過他剛才數過了台階，他清楚地知道這裡有多高。四十七個台階看來不是開玩笑的高度。

「木條的中間放了一個木製的三葉草，」夜鶯繼續說道，「你必須走過去，拿到三葉草並繼續前進，直到你走向木條盡頭的另一座塔。但請你小心，如果你失去平衡並摔了下去……這可能就是你做的最後一件事了。如果你選擇在拿到三葉草之前折返，或是沒拿到三葉草的情況下到達另一側，考驗就失敗了。明白了嗎？」

亞瑟點了點頭。他把雙手握成拳頭，避免手部顫抖不止。

這可能就是你做的最後一件事了。他們不會真的是這個意思吧？有可能嗎？

「接著拿著這個。」夜鶯開口命令，遞給他一支點燃的蠟燭。「接著開始吧。」

亞瑟轉過身面對黑暗。蠟燭的光線讓他足以看清楚腳下的木條，但也僅此而已。他先用一隻腳踩了上去，然後跨出另一隻腳，舉起空著的手臂來保持平衡。在他對自己的腳步充滿信心後，他又向前移動了一點。

木條開始搖搖晃晃了起來。

亞瑟的雙腿也開始隨之顫抖。

他咬緊牙關，踏出了一步，再接著跨出一步。

他怦怦直跳的心臟似乎想把他拉回安全之處，但他強迫自己繼續前進。每走一步，他就會想到他的一個姊妹，以及如果有機會加入三葉草，對她們又會有什麼意義。

亞瑟專注看著引領自己前行的腳步，直到他終於看見一個小東西。木條的中間有一株拋光的木製三葉草，離他如此之近，他差點要踢到它了。

他只需要彎下腰並將它撿起來。

慢慢地……慢慢地……

當他的手握住三葉草時，他感覺到一陣勝利的喜悅。

成功了！

最艱難的部分已經完成了。現在他只需要站起來，一路走向木條的後半段。

但是，當他站起來時，木條似乎比剛才更加搖晃，而且搖晃得越厲害，亞瑟的腳步就越不穩定。就在他快要站起來時，他覺得自己搖搖欲墜。他快要摔下去了，除非——

他伸出雙手迅速抓住木條，穩住了自己。然而，當他這麼做的時候，卻將蠟燭和三葉草都扔進了黑暗之中。

「不！」他喊道。

但為時已晚。三葉草已經不見了。

一切都結束了。他失敗了。

當他凝視著黑暗時，再次想起了自己的姊妹們。

凱瑟琳、安、卡洛琳、瑪麗——

瑪麗！

隨著記憶在他腦海中浮現，有三件事突然變得清晰明朗。

「道爾！」魔術師喊道。「三葉草掉了下去，你完了。」

「還沒完呢。」亞瑟回答。

然後他深吸了一口氣……接著就跳了下去。

25

MAKES A SPLASH

濺起一陣水花

當亞瑟在黑暗中墜落時，只有短短的一瞬間能夠質疑他的三個觀察結果是否正確。

首先，空氣中的氣味讓他想起了瑪麗，因為那氣味讓他想起了家附近愛丁堡公園裡的池塘，而瑪麗最喜歡他帶她去那裡餵鴨子。

第二，當他的三葉草掉落之後，他立即聽見了一個微小且響亮的聲響——就像鴨子落水後會發出的那種聲音。

第三，魔術師說了，亞瑟必須帶著三葉草回來，否則他將無法通過考驗。他原本就打算要這麼做了——只是並非依照他們的想法來進行。也就是說……除非是他搞錯了，否則他將不會直直墜落在堅硬的地面。

在他跌入冰冷的水面中並沉沒之前，剛好有足夠的時間思考，他的姊妹們是否寧可有一個挑戰失敗的兄弟，而不是一個死去的兄弟。

一秒鐘之後，他從水面冒了出來，一邊吐出水來，一邊急促地吸氣。成功了！好吧，雖然他沒有死，但仍然需要找到三葉草。他凍得瑟瑟發抖，輕輕掠過水面，卻什麼也沒找到。然後，奇蹟般地，一個堅固實質的小東西漂到他的手中。那個三葉草！他找到了！

他發出一聲歡呼，開始游向岸邊。

他看見了自己要前往的塔樓底下點著一盞燈籠。他全身濕透，渾身冰冷，還要小心在自己腳踝旁游動的那些黏糊糊的東西，他爬上了岸，衝上塔樓的樓梯。他嚇到了在塔頂上等待的那兩位三葉草成員，其中一人還不得不拉住另一人，以免他從護牆上跌落下去。

「你應該好好待在木條上的！」一個女孩的聲音透過面具說。她的聲音堅定且憤怒，亞瑟立刻認出了她。是艾菲亞，那個曾為校刊採訪他的記者。

「我的理解是應該要帶回三葉草。」亞瑟舉起那個木製三葉草說道。「而我做到了，以我選擇的方式完成了。」

「但你怎麼知道跳下去是安全的呢？」另一個人影問道。

「我聞到了氣味，我們的位置應該鄰近一處池塘。」亞瑟解釋道。「當三葉草掉下去的時候，我聽到了細微的水花聲，但也可能是掉到一個水坑或一條小溪裡，但我突然想到，像三葉草這樣的組織，總不會希望新生在入會的考驗時摔斷了脖子而引起人們的關注。所以呢……我就跳下去了。」

艾菲亞搖了搖頭，但當她說話時，亞瑟聽得出來她正帶著微笑。「嗯，這絕對是第一次有人這麼做。恭喜你通過了第一項考驗，道爾。」

「你做了什麼!?」第二天早上，在他們前去吃早餐的路上，艾琳大聲驚呼道。

吉米示意她小聲一點。蘇菲亞、哈麗葉和艾哈邁德就走在他們身後。

亞瑟向她重述了一整個故事。

「那麼，當你的三葉草掉落到池塘裡之後，你怎麼知道自己找得到呢？」等他說完，艾琳問道。「你怎麼知道它不會沉下去？」

「他們已經說它是木頭做的了。」亞瑟說。「如果它沉了下去，他們還得跳進池塘把它找回來。要不然，後面的人要怎麼進行考驗呢？」

「他們可能為我們每個人都準備了一個。」艾琳指出。

亞瑟皺起了眉頭。「我倒沒有想到這一點。」

「而且那裡可能會有鰻魚。」

「相信我，」亞瑟回答道，「真的有。」

「艾琳，那妳呢？」吉米問，「妳會害怕嗎？」

吉米走得很慢，他花了將近半個小時才走完那根用來取代倒塌吊橋的木條。顯然地，池塘上的橋從來不曾發揮真正的用途，只是為了讓貝克勳爵的孩子們玩耍而建造。
「這麼說吧……我有保險裝備。」艾琳說。
「那是什麼意思？」亞瑟問。
「嗯，昨晚三葉草成員來叫我穿好衣服時，我就照著他們的指令做了。只不過呢……我穿上的不是我自己的制服，而是口袋的制服。我想，她制服裡應該有一些有用的東西。當我們在走過去的途中，我翻找著那些口袋，發現了一根繩子。它的長度剛好可以繞在木條上，然後讓我繫在腰間。如果我掉下去了，我知道這條繩子會將我拉住，但我沒有用上它。事實證明，只要你明白自己沒有危險，要在木條上保持平衡就容易多了。
「那招真是太聰明了！」亞瑟驚呼。
「是啊，而且這也不會碰到任何鰻魚。」她的眉頭微微皺了起來。「不過呢，話說回來……他們這一招似乎有點卑劣。」
「他們哪有辦法在不嚇到我們的情況下，測試我們的勇氣呢？」吉米問道。「此外，亞瑟也揭穿他們虛張聲勢的把戲了。我們從來不曾真的身陷危險。」
艾琳看起來仍然相當困擾。「如果有一個不會游泳的人跌落下去呢？」

「我確信如果有必要的話，他們也有人準備好跳水救援了。」吉米說。

「也許吧。」艾琳回答。「我只希望他們下一次的考驗能更誠實坦率。」

「如果他們是一個祕密社團，就很誠實坦率了。」亞瑟指出。

「是的，我想確實是如此……」艾琳說。亞瑟原本希望自己的話能讓艾琳安心，但她開始玩弄自己的懷錶，他注意到那是她感到不安時會有的動作。

他們現在正走向通往大廳的樓梯，四周擠滿了肩並肩行走的學生們。

「說到下一次考驗，你覺得會是什麼？」亞瑟低聲說。「又會是什麼時候？」

艾琳和吉米同時轉頭對他發出了噓聲，結束了他們的對話。

吃早餐時，亞瑟環視著學院餐廳，想要尋找線索，看看同儕之中誰有可能是三葉草的成員。他的目光掃視著四周，尋找著人們熬夜的明顯跡象，像是被兜帽遮住的雙眼或是努力忍住的哈欠，他在喝茶時瞥見艾菲亞的目光正看著他，而她則迅速轉回她正在進行的對話中。

問題是，除了艾菲亞之外，他沒有其他的線索了。他並不認識其他高年級的學生，除了來自《巴斯克維爾號角報》的奧斯卡，以及在新生入學第一天陪他們步行去塔樓的布魯諾之外。還有負責照顧幸運兒的西妮德，以及湯瑪斯和奧利，這一對靈魂圈的夥伴，他們現在如往常一樣緊緊坐在一起。但亞瑟對其他高年級學生的瞭解並不深。

任何人都有可能是三葉草的成員。好吧，也許除了對甲蟲情有獨鍾的布魯諾之外，但**幾乎**所有人都有可能。

早餐時間到了一半，賽巴斯汀安走進了學院餐廳，臉色看起來有點蒼白，但腳步卻相當輕快。亞瑟聽見他欣喜地向哈麗葉和羅蘭道了一聲早安。由此可以推測，賽巴斯汀想必也找到自己的方法通過了三葉草的第一項考驗。這真是太令人遺憾了。

當亞瑟吃掉最後一口培根時，哈德森夫人上前提醒大家，當天晚上有宴會和瓦倫西亞·費南德茲的演講。

「如果有正式服裝的話，就請你們穿上。」她說。「不然的話，制服也可以。晚餐將於六點三十分準時開始。現在我來看看……還有遺漏什麼事情嗎？」

在學院餐廳的另一頭，一位皺著眉頭的廚師向哈德森夫人揮舞著手臂，但正在查看筆記的哈德森夫人似乎沒有注意到。

「你告訴我是**七點三十分！**」廚師終於怒吼道。「是七點，不是六點！我不可能趕在七點三十分之前準備好。」

最後，哈德森夫人抬起頭，瞇著眼睛掃視房間的另一頭。

「我有這麼說嗎？好吧，那就是這個意思了。」她清了清喉嚨。「你們所有人在七點三十分到達這裡，一刻都不准遲到。或者就得更早到達。我希望當時鐘敲響半點時，每個人都已經就座，也就是說，三十分的時候——幾點的三十分呢——」

「六點的三十分？」有人大聲喊道。亞瑟伸長了脖子，看見是奧斯卡睜著無辜的大眼睛看著哈德森夫人。然而，他抽動的嘴角就快要控制不了笑意。

「完全正確，」哈德森夫人說。「現在這時候——」

托比也不甘示弱，仰起頭嚎叫了起來，學生們紛紛站了起來，整個房間裡的椅子刮擦著地板。

「**七點**三十分！」廚師徒然咆哮著。「**七點**三十分再來，不然你們都得要吃空氣！」

那一天，亞瑟打了不少哈欠，但隨著興奮之情逐漸消退，一夜未眠也開始讓他顯現出疲態。到了課程結束，他最想做的就是回到塔樓，先睡一、兩個小時再去享用晚餐。然而，他還是強迫自己回到圖書館，爬上樓梯來到歷史區。他想翻閱幾本關於亞瑟王傳說的書籍。

根據自稱綠衣騎士的某人要求，魔術師和夜鶯正在尋找著某樣東西，這不可能是巧合。閱讀關於綠衣騎士的遠古傳說，或許可以為亞瑟帶來一些線索，讓他知道這個神祕人物是誰，而他又想要什麼。

亞瑟驚訝地發現格羅佛已經在那裡了，彎著腰俯身站在一堆書上，亞瑟只看得見他的頭頂。

「在讀一些輕鬆的讀物嗎？」他說。

格羅佛從書堆上方探出頭來。「在進行研究。」他說。「為了那篇訃聞進行的研究。我邀請格雷教授接受採訪，但她忙著進行實驗，所以一直延後時間。我得要從某處下手才行。這些書籍中都提到了格雷教授，你相信嗎？其中三本是她撰寫的。我怎麼有時間能讀完全部呢？」

還沒等亞瑟回答，他又躲進了灰塵紛飛的書堆中。

亞瑟自己也找出了兩本厚重的書，然後倒坐在一張破舊的扶手椅上。他告訴艾琳和吉米他們可以一同前來，但他們似乎都不感興趣，也不明白亞瑟為什麼那麼關注這位神祕的騎士。亞瑟自己也無法清楚解釋這一點。他只是覺得綠衣騎士的存在很重要，而且也與入侵事件有關。在巴斯克維爾學院裡，他想要尋找的是什麼東西？此外，還有誰也想要找到那樣東西？

亞瑟從母親所說的故事中得知，傳說中的綠衣騎士是一位超越自然法則的神祕人物，他以狡猾的把戲來考驗其他騎士的勇氣。

在最著名的一個故事中，他挑戰了亞瑟王的圓桌騎士之一的高文爵士，要求對方以用斧頭砍他，而相對地，對方也得接受他的一擊。但是，當高文爵士一刀砍下綠衣騎士的頭顱時，綠衣騎士卻彎下腰來，將自己的頭從地上撿了起來，並放回脖子上。接下來，輪到綠衣騎士進行攻擊。但是，他卻暫時饒過了對手，因為高文爵士信守諾言，以此證明了自己的勇氣。

亞瑟仔細看著書中故事所搭配的插圖，注視著高文爵士盾牌上那些奇怪的星星圖案。

那麼，傳說中的綠衣騎士算是一位保護者嗎？還是一種超自然的威脅？

《圓桌上的祕密：再次探索亞瑟王傳奇》一書的作者奈爾斯．D．尼爾雷姆教授，似乎對於最初遠古傳說中的綠衣騎士感到不解，就像亞瑟對於潛伏在巴斯克維爾學院附近的綠衣騎士一樣感到困惑：

在所有的傳說之中，最神祕的角色也許就是綠衣騎士。對某些人而言，他是一個凶猛可怕的鬼魅，擁有超越自然且不知名的力量。對於其他人而言，他是高尚品德及騎士精神的至高捍衛者。在其外表上，人們也無法達成一致的共識，因為在某些傳說的版本中，這位騎士的外表並沒有什麼特別之處，但在其他傳說的版本中，他的名字是源自他的綠色皮膚，身上彷彿長滿了苔蘚。這位騎士與綠色之間的關係，是因為綠色是屬於大自然及春天的顏色嗎？還是因為它是毒藥的顏色，甚至是死亡的顏色？

當亞瑟離開圖書館的那天晚上，他的心情感到相當不安。他的所有問題都並未得到解答。但他確實知道，那個所謂的綠衣騎士與三葉草脫不了關係。至少，魔術師和夜鶯似乎正在為他做事。也許這意味著，他應該像尼爾雷姆教授那樣，對三葉草本身提出質疑。如同綠衣騎士，這個社團也擁有強大的力量，並宣稱他們擁護多種美德——勇氣、榮譽感，及忠誠。不過，就像這位騎士一樣，那些高尚的品德也被籠罩在神祕陰影之中。

但不知何故，亞瑟覺得自己才是這團神祕陰影中一無所知的人。

26

A MISUNDERSTANDING

誤會一場

當天稍晚，當亞瑟和吉米走進大廳時，亞瑟的腦海中仍然想著綠衣騎士和三葉草，但一踏進學院餐廳，他的一切擔憂都一掃而空，取而代之的是……焦慮。

偌大的空間裡充滿了各種絲綢、綢緞、府綢及天鵝絨的布料，閃爍著翠綠、橘色和猩紅色等各種色調。女孩們幾乎都穿上了晚禮服，而多數男孩都穿著燕尾服。

亞瑟尷尬地低頭看了自己的制服一眼。哈德森夫人說過，正式服裝可作為選項，但他突然非常希望自己能穿上比他那套破舊紫色制服更好看的衣服。

「我不知道**每個人**都會盛裝打扮。」他低聲說道。

「並不是每個人都有盛裝打扮。」吉米說。「也有一些人穿著制服。你看，像是布魯諾，還有格羅佛。還有那些靈魂圈的人，一如既往地穿上他們奇怪的白色衣服。還有口袋，她穿的——她穿的**到底是**什麼呀？

口袋和艾琳正從門口進來。艾琳穿著一件深藍色的禮服，十分引人注目。而口袋也相當引人注目，只是原因完全不同。她穿著一件蓬鬆的衣服，似乎是由上百件不同的裙子所縫製而成。每塊布料都以一種拋物線的形狀縫合在一起，讓整件衣服看起來像是一串花環。亞瑟發現每一塊布實際上都是一個口袋，要不然還有其他可能嗎？

盯著她看的人，還不只是他和吉米而已。哈麗葉・羅素穿著一襲優雅的紅寶石禮服，非常適合一位公爵夫人的女兒，她指著口袋，咯咯地笑了起來。站在艾哈邁德旁邊的蘇菲亞・德萊昂手裡拿著一把漂亮的木扇，嘴巴躲在扇子後頭輕聲說著一些話，談論關於奇怪的英國時尚。即使口袋注意到了人們關注的目光，也似乎不太介意。

「你們好呀，紳士們。」她走近時以帶有鼻音的聲音說道，並深深地行了一個屈膝禮。有一把小剪刀從其中一個口袋掉了出來。「哎呀，真是的！」

亞瑟彎下腰幫她撿起來。「這給妳，女士。」他說。

艾琳看著他們的那個小遊戲，皺起了眉頭，輕輕搖了搖頭。

亞瑟心想，**大家的目光最好都集中在口袋身上吧，不要注意到我**。「妳看起來很漂亮。」他對艾琳這麼說，而這句話也是真心的。身穿藍色連身裙的她看起來非常迷人，深色的頭髮被她巧妙地向後盤成精緻的髮髻。「這真是一件漂亮的裙子。」

她微笑著。「謝謝你。」她說。「這是有歌劇演唱家父母的好處之一。我認識許多服裝設計師。」

「我快餓死了。」口袋說。「我還以為晚宴會在七點半準時供餐。我必須要快點回去實驗室了。」

禮堂裡四處都擠滿了三五成群的學生，彼此交談、笑鬧著。廚房終於飄出一陣香味，但仍沒有食物上桌。亞瑟注意到，房間的正前方擺放著一張宴會桌。瓦倫西亞．費南德茲坐在中央，查林傑校長坐在她身旁的一側，而洛林教授坐在另一側。當亞瑟看見校長將自己塞進一套破舊的西裝裡，那西裝看起來已經有半個世紀的歷史了，而尺碼至少小了兩碼，亞瑟心裡總算好受一些。與此同時，洛林換上了一套剪裁得體的三件式西裝，卻忘了換下他的橡膠工作靴。

一連串的敲擊聲在餐廳裡回響著，原來是查林傑用一把大刀的刀柄猛敲著桌子。

「**坐下！**」他命令道，全場頓時安靜了下來。

一年級新生沿著中央的桌子就座。當塞巴斯汀在他對面的座位坐下時，亞瑟實在開心不起來。

「各位同學們，晚安。」大家都安頓就座後，查林傑喊道。「今晚，我們在此是為了向瓦倫西亞．費南德茲表示敬意，因為她完成了一項漫長且重要的任務。她是巴斯克維爾精神的真正典範。她很快就會為我們講述她的冒險故事。但首先……我們先用餐吧。」

就在此時，廚師準時地推開了廚房的門，後面跟著端著銀盤的服務生。她向他們發號施令，那語氣顯示她應該曾經歷一段成功的軍旅生涯。吉拉德准將顯然也是這麼認為，因為他正以一種無比欽佩的眼神注視著她。

「格雷教授不在那裡。」口袋說道，掃視著那一張主桌，其他老師也都早已就座了。「她一定還在實驗室裡，我或許應該去看看她是否需要什麼協助。」

就在此時，一位服務生將一盤熱氣騰騰的烤牛肉放在他們的面前。口袋舔了舔嘴唇。「嗯，我想我先吃一點晚餐也無妨吧。一旦吃飽了，就更容易有突破性的發現了。」

接下來是煮馬鈴薯，然後是蘆筍沙拉，當然還有廚師烘焙的麵包卷。口袋把所有的東西都舀了一點放到盤子裡，然後開始狼吞虎嚥地吃起來，就像在進行一場比賽一樣。吉米和艾琳不知何故陷入了一場爭論，爭論他們曾在旅途中吃過最難吃的食物（吉米的是德國的舌香腸，而艾琳的是丹麥的鹽漬鱈魚）。

因此，也只有亞瑟發現，塞巴斯汀向他瞥了一眼，接著對羅蘭低聲地說：「說真的，如果我沒有穿著得體的服裝去參加正式宴會，我媽媽一定會羞愧而死的。」

羅蘭回覆對方一句話，讓塞巴斯汀笑了起來。亞瑟緊握著叉子，直到指關節都發白了。

「哦，我知道。」塞巴斯汀回答。「總比那個女孩的一堆破布好多了。那些看起來就像是發臭的破布。你知道她父親是一個養羊的農夫嗎？光是想到這件事就讓人吃不下晚餐了。」

原本在吃飯的口袋停了下來，抬頭看著塞巴斯汀。他是否以為他的音量不足以傳播到這個距離呢？亞瑟認為，他應該是**刻意要**讓口袋聽見他那些刻薄的話。她睜大眼睛盯著他。

亞瑟突然從座位上站了起來。

「你——你——這個徹底的**無賴**。」他說。「把你的話收回去，說你對此感到抱歉。。」

吉米抓住他的手臂。「亞瑟，你在——」

塞巴斯汀歪了歪頭。「我不知道你在說什麼，亞瑟。我想你誤會了——」

「我才沒有誤會什麼。」亞瑟厲聲說。「如果你不道歉的話，那麼我們就得用其他方式解決了。」

大廳裡的人們開始停止用餐，視角離開餐盤，抬起頭來看發生什麼事。

「我的祖父時常說，蘇格蘭人一向無法控制自己的脾氣。」塞巴斯汀平靜地說。「所以他從來不邀請蘇格蘭人來吃飯。我想他是對的。」

亞瑟一手猛地拍在桌上，另一隻手伸過去抓住塞巴斯汀的衣領。突然間，他似乎又回到愛丁堡的街道上，和那些只能藉由貶低窮苦人，好讓自己感覺良好的惡霸們對峙。

「亞瑟，不要這樣！」吉米說。但亞瑟幾乎聽不見他的聲音。

他現在只想在塞巴斯汀的鼻子打上一拳。

他將塞巴斯汀一把拉到桌子中間，接著感覺到有粗壯的手臂環住了他的腰部。

「道爾！」史東教授大聲斥責。「冷靜點，孩子，這不是打架的時間點！」

亞瑟終於鬆開了塞巴斯汀的衣領，讓史東將自己拉回座位上。

「就是這樣，道爾，現在穩住自己的情緒。」史東勸告道。「你對格鬥的熱情是很令人欽佩沒錯，但你別忘了控制自己的行為舉止。」

亞瑟深吸了一口氣。所有人盯著他看，有的指指點點，有的竊竊私語。查林傑校長和華生醫師在主桌的座位上注視著他，臉上同樣帶著皺著眉頭的失望神情。一看見他們，亞瑟的怒火立即消退了，他突然希望自己能夠縮小消失。

這時他發現身旁的座位空了。口袋在一陣騷動中悄悄離開。

「我……我得要離開了。」亞瑟結結巴巴地說。「我去外面透個氣。」

「我正想請你這麼做。」史東說。「你去冷靜一下，我會告訴校長這一切都只是誤會。莫蘭，對吧？」

「我想一定是這樣沒錯，先生。」塞巴斯汀呼吸沉重。嘴角彎曲顯露出一絲不屑。

「好孩子。」史東說，一邊拍了拍亞瑟的背部。「現在，就把這些情緒留到擂台上吧。」

27

DAGUERREOTYPES AND DYNAMITE

銀版照片與炸藥

吉米表示要和亞瑟一起離開，但亞瑟聳了聳肩拒絕了他的朋友。在同學們的注視下，亞瑟也盡可能地保持著尊嚴，大步邁出大廳。如果他的母親看見他這個樣子，她會有多麼失望。直到現在，亞瑟才意識到自己中了塞巴斯汀的詭計，但為時已晚。那個沒禮貌的傢伙或許一開始打算要讓亞瑟聽到這一切，一心想要激怒他。而現在，亞瑟果然成了那個看起來像笨蛋的人，而塞巴斯汀則可以維持著完美紳士的假象。

亞瑟咬緊牙關，穿過空蕩蕩的走廊走向格雷教授的教室，想要去尋找口袋。他得確保她安然無事。

不過，當他到達教室時，裡面空無一人，不見口袋或格雷教授的蹤跡。也許他們去了她的辦公室了？他大致知道辦公室就在二樓，於是他又沿著空蕩蕩的走廊繼續往前走，走向後方的樓梯。

他慢慢地走著，陷入了一種可怕的恍惚狀態之中，回憶剛才的情況。校長會懲罰他嗎？他會寫信給他的父母嗎？會發生更糟的事嗎？

正當亞瑟陷入這種悲觀的想法時，他一抬起頭，發現自己正面對著一幅他所見過最醜陋的肖像畫。一個表情傲慢、有雙下巴的男人正冷笑並低頭看著他。至少，有一隻眼睛是這麼看著他的，而另一隻眼睛似乎正抬頭看著天花板。肖像畫底部的金色牌匾上寫著：「休．貝克勳爵」。

亞瑟發現，這就是奧斯卡和艾菲亞向他提到的那一幅肖像畫——那幅曾掉落下來，還差一點砸死兩個人的肖像畫。亞瑟心裡仍燃燒著想要挑釁的怒火，正考慮是否要碰碰運氣，告訴這個冷笑的男人，自己對於他這種勢利小人的看法時，突然聽見了一聲巨響，然後一聲尖叫，接著樓上傳來一陣腳步聲。

亞瑟快速上了樓梯，以一次踏兩階迅速爬上樓。

正當他爬到樓梯最上方時，一個高大、披著斗篷的身影急速從走廊另一頭奔跑而來，差點要撞到他了。他打算要去追那個奔跑的人，卻突然聞到一股燒焦的味道。

一陣煙從那個人影出現的方向冒了出來，亞瑟感到相當猶豫。是該追上那個人影，還是去看那一陣黑煙？這時，他想起自己一開始要上樓的原因。要尋找口袋。如果尖叫的人是她該怎麼辦？

「口袋！」他大聲喊道。「口袋，你沒事吧？」

亞瑟轉身背離那個奔跑的人影，繞過角落，及時看到兩個人正在撲滅走廊地毯上燃燒著的火焰。是口袋和格雷教授。口袋正扶著那位年長的女士，而她的臉色十分蒼白。

「發生什麼事了？」亞瑟驚呼。他和口袋一起將格雷教授帶去一間門已敞開的辦公室內，讓她坐在一張扶手椅上。椅子是房間裡唯一沒有被翻倒的東西之一。一張精美的桌子橫倒在地面上，而書籍和銀器也四散一地。

「我們剛才上樓要來找一本參考書。」口袋說。「當時有人在這裡。這一切都是他造成的。」她指著四周的一片混亂。「當格雷教授與他對峙時，他亮出一把刀。所以我點燃了一些炸藥，叫他快點離開，否則他就完蛋了。」

「真是個好方法。我剛才看見他了！」亞瑟說。「他正打算要逃走。」

口袋盯著他看，然後說道，「那你還在等什麼？」她大聲驚呼。「快去追他！」

亞瑟沿著原路離開，沿著走廊狂奔。黑暗中突然出現一個潛伏的影子，讓他差點從樓梯上摔了下去。

「托比！」亞瑟大喊一聲，以一種相當笨拙的方式跳開，以免踩到那匹狼。那動物以咆哮回應著，毛髮豎立了起來。

「你要擔心的人並不是我。」亞瑟厲聲地說。「有入侵者！快點幫我——不然就別擋住我的去路！」

狼盯著亞瑟看了一會兒，然後轉身走下樓梯，小跑步跑向餐廳的方向。

「我遇過比這隻看門狗更稱職的貓咪。」亞瑟嘀咕道，然後繼續往下走。

當他氣喘吁吁地到達入口大廳時，大門半開著。他在門口停了下來，試著在黑暗中搜索著任何入侵者的蹤跡，但一切都如此安靜。此刻，他可能躲在任何地方，就像大海撈針一樣。當亞瑟正考慮是否要繼續尋找時，他聽見大廳裡響起了一個粗啞的聲音。

「這到底是怎麼回事？」亞瑟轉過身，看到查林傑校長在昏暗的光線下皺著眉頭看著他。「首先，你差點在宴會上引發衝突。然後就在瓦倫西亞在台上演講的同時，哈德森又小聲對我說，托比用嗚咽的聲音吠叫著，還一邊抓著她的裙子。」

「因為牠要警告我！」哈德森夫人氣憤地說，拖著腳步走到校長身後，手裡一把抓起她的黃色裙子。托比出現在她身邊，雙眼再次凝視著亞瑟的眼睛。「牠警告我出事了。」

也許亞瑟錯看了這隻動物。他顯然很聰明，知道要去尋求協助。

「沒錯。」亞瑟說。「校長請聽我說，這裡有人——有一個入侵者。他闖入格雷教授的辦公室，威脅她和口袋的安全。不管跑掉的人是誰，肯定從前門出去了。」

查林傑的眉頭皺得更緊了。他看了哈德森夫人一眼，接著點了點頭。

「走吧，托比。」她指著門口說。「跟著氣味走。」

這隻動物聽話地向外奔去，消失在夜色之中。

查林傑已經走向樓梯的方向，而亞瑟緊跟在後。

「有人受傷嗎？」查林傑回頭喊道。

「我想是沒有。不過口袋對那個入侵者扔了一根炸藥……」

即使查林傑對此感到驚訝，但他沒有表現出來。他以穩重的步伐沿著走廊走去，亞瑟以慢跑的速度追上。當他們抵達格雷教授的辦公室時，教授還坐在椅子上，看起來神態茫然，呼吸急促。口袋正在整理散落一地的書籍。

校長仔細仔環視了辦公室一圈。

「妳們沒事吧？」他一邊問，一邊用他沉穩的手輕撫著格雷的肩膀。

這位年長的女士點了點頭。

「他是誰？你看見了嗎？」

「那個人穿著黑色斗篷，還戴了黑色面具。我們什麼也看不清楚。」口袋說。

「他有拿走任何東西嗎？」

「我不知道。」格雷說。「我現在還沒想到……有人會想從我這裡拿走什麼呢？我一切的實驗都在實驗室裡進行，這裡只有書和我的——我的私人物品。」

她低頭看了一眼被扔在地面的銀色相框，是一位年輕女子的銀版照片[13]，她有一雙銳利的眼睛，就和格雷教授一樣。

「也許他們不是為了要尋找任何東西。」查林傑嘀咕著，像是在自言自語。「也許他們想要傳遞一個訊息。」

「像是威脅嗎？」格雷前身挺直地向前坐。「但為什麼是我？這個學期結束時我就要退休了。我打算和我的侄女一起安靜地度過接下來的人生，專注於研究學習上。誰會想威脅我呢？」

---

13 Daguerreotypes，由法國巴黎一家著名歌劇院的首席布景畫家達蓋爾於一八三九年發明的攝影方法。銀版照片會隨著環境的變化產生不同的影像效果，產生厚薄不一的霧狀白膜，未曝光部分則保留了鏡面的原樣，因此形成了影像。當銀版的鏡面映射出環境的暗部時，照片就為正像；鏡面映射出環境的亮部時，照片就為負像。

「我不知道。」查林傑說道，但從他皺著的眉頭看來，他正努力地思考著。

「校長，這件事有可能和剛開學時的入侵事件有關吧？那一次也沒有任何東西被偷走，對吧？」亞瑟說。

「你怎麼知道這件事？」查林傑提高了聲調，怒視著亞瑟。

「我從一個學生社團成員那裡聽說了這件事。」

「哼。」查林傑說。「更多關注，好像這正是我們所需要的一樣。」

「好吧，他們不需要知道這件事。」格雷教授說。她似乎重新振作了起來，聲音也不再顫抖了。「這件事已經讓我很難堪了。」

「你說得對。」查林傑說。「道爾、口袋，你們聽到了嗎？直到我查清事情真相之前，不准對任何人提起這件事，我不希望學校裡出現恐慌與不安。」

「是的，先生。」亞瑟和口袋齊聲說道。

「好的。現在，我先回到樓下去，看看托比是否有什麼發現。你們兩個留在格雷教授身邊，幫她收拾這裡的殘局。忙完後直接回去塔樓。如果你們現在回去餐廳，只會引起更多關注。」

他們點了點頭，查林傑立即大步離開。

格雷教授再次凝視著地板上的那張照片，不知是擔心或是想起什麼，甚至是兩者都有，她明亮的雙眼變得暗淡。亞瑟彎下腰拿取那張照片並遞給她。

「它沒有受損。」他說。

「謝謝你。」格雷回答。「我很高興它沒事。這是我母親的肖像——我唯一擁有的一張。」

亞瑟又看了一眼照片。這個女人比格雷教授年輕，臉頰更為圓潤，但她和女兒仍然有著明顯的相似之處，以至於亞瑟花了幾秒鐘才注意到照片的拍攝地點。

「這地點看起來像是巴斯克維爾學院！」他指著背景中的莊園說。

「其實，當時這裡被稱為貝克學院。」教授低聲說道。

「格雷教授是家族裡第三代的老師了。」口袋說，越過亞瑟的肩膀凝視著。「她的母親在這裡工作，更早之前還有她的祖母。」

「如果沒有她們，我就不會在這裡了。」格雷說道，臉上浮現一抹笑容。「你們要知道，成為一個懷抱著夢想的女人並不容易。至少，不是那種需要整天在悶熱的爐火旁辛勞工作的夢想。他們為我開闢了一條道路。教導我他們所知道的一切。他們一向是我一切成就的靈感來源。」

她撫摸著照片中的臉龐。

「今天就到此為止吧。」她突然地說，抬起了頭。「我或許老了，但並不虛弱。我可以自己收拾剩下的爛攤子。今晚你們已經為我做了很多。我不會忘記的。」

亞瑟和口袋都堅決反對，但格雷不想再聽下去了。當她在他們身後關上那扇門時，亞瑟不禁想著，她是否想要獨自一人沉思，回憶著關於母親的記憶。他想起了自己的母親，她這一輩子幾乎是「在悶熱的爐火旁辛勞工作」。如果有機會的話，她可以在這個世界上達成什麼成就呢？

她沒有得到成就的機會，但亞瑟有。對他所有家人來說，這是可以做些什麼、**有所作為**，甚至成就更多大事的機會。

「那你在走廊上鬼鬼祟祟的要做什麼？」口袋問道，將亞瑟從思緒中拉了回來。

「我是來找妳的。」他說。「看看妳是否安好。」

口袋歪著頭。「我會有什麼事？」

「嗯，因為塞巴斯汀所說的話。」

「哦。他說了關於我的事嗎？這就是你當時對他大聲怒吼的原因嗎？我不清楚原因是什麼，不過在格雷教授的專案上，我剛才想到了一個超棒的點子，所以我不得不跑去告訴她。」

亞瑟嘆了一口氣。他可能會因為和塞巴斯汀發生衝突而被學校退學，浪費了屬於他的機會。到底為了什麼？口袋並不是因為覺得被羞辱而逃離現場，她腦袋裡只有自己的夢想，甚至沒有注意到別人說了她什麼。

也許他需要向口袋學習這一點。

「總之呢，」她說，輕輕地戳了一下亞瑟，「你願意為我、為大家挺身而出，真的很棒，但是……我可以照顧好自己的。」

她從自己身上其中一個口袋裡掏出另一根炸藥，眨了眨眼，接著以輕快的步伐向走廊的盡頭走去。

28

THE *BUGLE* DISAPPOINTS

《號角報》令人失望的報導

雖然亞瑟不願違背對校長的諾言，但他必須告訴吉米發生了什麼事。

「我覺得那個入侵者想要尋找某樣東西。」當晚稍晚，一講完這個故事後，他這麼說道。「我有一種直覺，他和綠衣騎士想要尋找的是同樣的東西。」

吉米盤腿坐在床上，眉宇間出現了一道深深的皺紋。「你認為是那個綠衣騎士做的嗎？他就是從你身旁逃離的那個人嗎？」

「我不知道。」亞瑟說。「我只在遠處看見他——至少我認為是他——但我也沒有仔細看清楚。不過，魔術師和夜鶯也曾說過關於確保這東西是安全的這種話。所以，或許他們正要協助那個騎士，保護某個東西不被他人搶走。潛入格雷辦公室搜索東西的人，也可能就是綠騎士或那些人。」

「但是他們在找什麼？格雷教授擁有什麼他們急切想要到手的東西？」

「不知道。」亞瑟再次厭惡地說，這是他最討厭的三個字。「但我們需要找出答案。」

隔天早上，當亞瑟和吉米進入學院餐廳，發現艾琳正俯身讀著桌上的東西。當她抬起頭來發現他們走近，便輕鬆巧妙地將紙塞進褲子的口袋裡。

「我們需要談談，昨晚發生了一些事情。」亞瑟說。

「口袋已經告訴我了。」艾琳回答。

口袋先是對亞瑟一臉抱歉地聳了聳肩，接著給他一個毫無歉意的笑容，然後將兩片吐司塞進自己的口袋裡，宣告她要去看看她的導師了。與此同時，格羅佛正低頭看著自己的紅茶和墓碑拓印，陷入了沉思。因此，亞瑟可以自在地向艾琳說明自己對綠衣騎士的擔憂。

令他訝異的是，她對這件事並沒有表示太多意見。她似乎心事重重，咬著嘴角，用腳不停地敲打地面，還不小心在茶裡加了一匙鹽而不是糖，喝了一口茶之後便吐了出來。她的舉止表現真的很奇怪。「一切都還好嗎？」亞瑟問她。

「是的，當然。」艾琳迅速地說，又為自己倒了另一杯茶。

她答覆得太快了，亞瑟心中暗自思索著，**她到底隱瞞了些什麼？**

「你在這裡呀！」一個聲音大聲叫道，嚇得兩人都跳了起來。他們轉過頭來，發現艾菲亞正站在他們身後，手裡拿著一疊報紙，將其中一份遞給亞瑟。「我認為你應該第一個拿到。」她說。「既然你是頭條報導的主角，正好可以和你的朋友們分享。」

她向艾琳和吉米做了一個手勢。

「哦，謝謝。」亞瑟說。他低頭看著封面，有一位藝術家畫了一張圖畫，上頭的黑猩猩「幸運兒」對著一個驚恐的男孩露出利牙，但男孩看起來一點也不像格羅佛。

「不客氣。祝你閱讀愉快。哦，那麼……很快就會再見面了。」艾菲亞眨了眨眼，然後大步走開去發送其他的報紙。

吉米和艾琳各自靠在亞瑟兩側的肩膀上，想要仔細看看那份報紙。

標題是「**意想不到的英雄挽救猴子造成的一場混亂**」。

「她說『很快就會再見面了』是什麼意思？」艾琳問道。

亞瑟警戒地看著四周。「她是他們其中的一員。」他低聲對朋友們說。「三葉草的一員。在第一項考驗時，我認出了她的聲音。」

「你認為她說的是第二項考驗嗎？」吉米問道。「你收到邀請函了嗎？」

「沒有。」艾琳說。

「我也沒有。」亞瑟說。「除非……**這個**就是邀請函呢？」

「她剛才**的確**有告訴你要與我和吉米一同分享。」艾琳說。

亞瑟低頭看了一眼報紙。塞巴斯汀正盯著自己手中的那一份《巴斯克維爾號角報》看，臉上帶著一副不悅的表情，這讓亞瑟感到開心。

他打開報紙，快速瀏覽了幾頁，但他沒注意到什麼不尋常的東西。

「好吧，他們不會顯而易見地說明。」吉米說。「如果報紙上有什麼訊息的話，就會以代碼或其他形式出現。」

亞瑟點了點頭，卻被報紙內頁的一篇文章給吸引了。

神祕闖入案件依然懸而未解！

「你們看。」他指著標題說。「這說的就是那個入侵事件，或是說第一個入侵事件。」

亞瑟急切地想知道艾菲亞是否發現了任何線索，他以最快的速度閱讀這一篇文章。

十月十日上午，巴斯克維爾學院的學生們在前去享用早餐的路上，注意到主廳的前門

有一扇玻璃窗破了。或許他們並未對此有任何疑慮。畢竟，對於一塊破碎的玻璃，有許多合理解釋。然而，透過機密的消息來源，《號角報》發現，窗戶是有人企圖闖入而用外力破壞。根據相關人士的說法，事件中並未遺失任何物品。

要求匿名的洛林教授堅稱，不必對此事感到驚慌失措。「你知道的，這種事情已經不是第一次發生了。」他說。「老實說，小比格斯比村的村民們，對於成為我們的鄰居從來不曾覺得開心。而讓事態變嚴重的是，查林傑校長有一次在進行煉金實驗時，因為喝了太多啤酒，差點將他們的公共酒館「飛豬」給燒掉了。

洛林教授認為，這很可能是來自小比格斯比村的某個村民的惡作劇，或是想挑戰我們而闖入學校。「這當然是一種小人的行為。」他說。「但最終並無造成任何傷害。儘管如此，我相信你們已經注意到了，我們已強化了安全措施。除了在窗戶外加上了鐵條，我們還加強了夜間巡邏。那麼，大致就是如此，若沒有其他的事，能不能別擋住我的去路，讓我去上廁所呢？

亞瑟又重讀了這篇文章。就這樣嗎？在他看來，這根本不算是充分的調查。

「我想，洛林的理論確實解釋了竊賊從前門闖入的原因。」艾琳說。「亞瑟，你當時就覺得這件事很不尋常，記得嗎？如果有人要惡作劇或試圖嚇唬我們，他們就會讓我們知道他們曾來過這裡。」

「但是昨晚的入侵事件怎麼解釋？」亞瑟說。「那並不是惡作劇。」

艾琳用手指敲著桌子。「是的沒錯，」她承認。「也許兩件事沒有關聯呢？」

吉米突然搶走亞瑟手中的報紙。

「嘿！你應該問我的。」

吉米高高舉起了報紙，讓窗外射進來的光線照射報紙。「我就知道。」他低聲說。「看見了嗎？如果你看得夠仔細的話，你會發現一些字母底下被打了幾個小洞。」

亞瑟抬頭看著報紙，果然，吉米說得對。紙上被打了幾個小洞，微小的光點從孔洞中透了出來。

「把它放下吧，」艾琳指示，「不然看起來太可疑了。」

吉米將報紙翻回頭版，放回桌面上。「嗯，它以T開頭。」他說。「後面的字母是O—N—I—G—H—T。」

「今晚。」艾琳喘著氣說。「你說得對，艾琳。這是我們的邀請函！」

吉米繼續唸出那些字母，直到獲得完整的訊息為止。

今晚，午夜，《號角報》辦公室。

一切即將揭曉。

29

ALL IS REVEALED

一切皆已揭曉

在那天之前，亞瑟不曾覺得上課這件事如此難熬。他的頭腦裡有如一個動物飼養所，有一大群洛林教授所飼養的半透明蝴蝶。綠衣騎士、三葉草、入侵事件……每件事都有如一隻飛舞的蝴蝶翩翩而過，有時會稍作停留，然後又朝不同的方向飛去。

那天早上，心神不寧的人還不只亞瑟一個。華生醫師並不像平時一樣授課，而是指導他們花一個小時閱讀《Gray's基礎解剖學》[14]中的一章，並臨摹其中一幅插圖，華生稱這本書為「醫師的聖經及百科全書」。接著，他回到辦公桌前，開始急忙地寫下一些東西。

當他們到達格雷教授的實驗室時，教授不在教室裡，代課的人是查林傑校長。他告訴大家格雷教授突然生病了，說話時向亞瑟和口袋的方向瞥了一眼，以示警告。

那天晚上，當亞瑟和吉米回到他們的房間時，兩人都因期待而緊張不安。亞瑟來回踱步，吉米則與自己下了一盤又一盤的西洋棋。從他不時發出的咕噥聲和嘆息來看，雙方的棋勢都不是太好。

當他們聽到輕柔的敲門聲，一打開門看見是艾琳，他們覺得如釋重負。

「又要出發了。」吉米說著，吐出了長長的一口氣。

「準備好了嗎？」當亞瑟推開窗戶時，艾琳問道。

「我想我們得要準備好。」亞瑟說。

他們將繩子拋出窗外，沿著塔樓的牆面爬下去，接著跳至地面上。有了多次的練習經驗，這件事變得輕鬆容易多了。

但他們繼續前行不久後，艾琳便倒吸了一口氣，低聲叫他們躲進高高的草叢裡。有個人正提著一盞燈籠，沿著小路朝著塔樓走來。當那個人影越來越近時，亞瑟發現那個人是洛林教授。他一邊晃動著手上的燈籠，一邊瞇著眼望向一片黑暗。當他到達塔樓的門外時，又轉身走了回去。

「他在找什麼？」吉米低聲地說。

「他在巡邏。」亞瑟說。「還記得《號角報》上的那一篇文章嗎？據說會增加一班夜間巡邏。我敢打賭他就是在做這件事。」

---

14 *Gray's Anatomy* 為醫學系學生獲取人體解剖學關鍵知識的經典，歷時百餘年的解剖教材。作者是亨利．格雷，原先發表書名是《格雷氏解剖學：描述與外科》，於一八五八年出版於英國，並於次年在美國發行。

「他不是我會選擇去執行巡邏工作的人，」艾琳說，「他的存在根本無法令人畏懼，對吧？」

他們等著洛林轉向通往莊園的小路，並朝著莊園大宅走去。就在他們站起身時，亞瑟感覺到有人從身後靠近他們。

「你好。」塞巴斯汀說。「介意我加入你們嗎？」

他帶著平靜卻令人惱火的微笑向亞瑟提問。

如果塞巴斯汀知道今晚有一場面談，那就代表他也破解了《號角報》中的密碼，而且早已知道面談進行的地點。

亞瑟聳了聳肩。「我們都要去同一個地點，不是嗎？」

塞巴斯汀跟上吉米的步調，而亞瑟則加快步伐並走到艾琳的身邊。

「別讓他影響你，你需要集中注意力在考驗上。」她提出建議。

「我知道。」

他們四人默默地一同爬上大宅的台階，隨著他們一路進入大廳、走上二樓，氣氛變得更加靜默。亞瑟是唯一去過報社辦公室的人，他在前面為大家帶路。正如他上次造訪時一樣，當他們經過鐘錶學社團會所時，突然敲響的上百個鐘聲幾乎把所有人嚇出了一身冷汗。

「這到底是什麼——」吉米開口道。

「我稍後會解釋。」亞瑟說，同時加快了腳步。「那些鐘會在午夜時鳴響。如果我們再不快一點的話就要遲到了。」

當他們到達《號角報》的辦公室時，門是上鎖的。亞瑟輕輕地敲門，門就開了。

「歡迎，」一個輕柔的聲音說道，有一張蒙著面具的臉從黑暗中隱現出來。「我們一直在等你們。」

首先被帶進房間裡的人是亞瑟，其他人則留在走廊上，由一位守衛看管著。

這個房間的格局基本上和他上次見到的一樣，只是現在印刷機旁邊多了一把巨大的金屬椅子，椅子上放滿了令人感到不安的固定束帶，以及從各處纏繞出來的混亂電線。

「你好，亞瑟。」一個人影走了過來，是那個魔術師。

「你好。」他平靜地回答。

「你知道自己為什麼會在這裡嗎？」

「**一切即將揭曉**。」亞瑟說。

男孩咯咯地笑了起來。

「的確沒錯。請坐下，我們的訪談即將開始。」

他指著那張奇怪的椅子。

「那是什麼？」他問。「而且，你說的訪談是什麼意思？」

「提出問題的人是我們。」另一個人說道。

「但是——」

亞瑟閉上了嘴，想想還是覺得別提出異議。如果他說出自己認為三葉草今晚會透露什麼事情，這聽起來也太愚蠢了。但如果**他們**不這麼做，那就意味著……

「這是一台測謊機器。」魔術師回答道。「它將會測試你對我們的忠誠度及可信度。你就坐在椅子上，我們會將這些電線連接到你的手臂和胸部。接著會問一些問題，這台機器會告訴我們你是否在說謊。根據回答問題的方式，你就會向我們展現你的真實自我……或揭露自己是個騙子。現在，請你坐下吧。」

亞瑟雙手出汗，照著對方的指示去做。這聽起來相當容易，有兩名成員走上前來，將束帶固定在他的手腕和胸前。胸口的束帶固定得特別緊，令亞瑟無法深呼吸。

當他們完成後，有人按下了一個開關，亞瑟背後傳來了嗡嗡聲，椅子震動了起來。魔術師將自己的椅子拉到亞瑟面前。其他人則分別坐在他身後的一張桌子旁。令人不安的是，所有戴著面具的臉全盯著他看。房間裡很暗，只點了幾根蠟燭。光線足以讓人看得見，卻不至於引起夜間巡邏人員的注意。

「你的名字是？」魔術師說。

「亞瑟．柯南．道爾。」

他聽到椅子發出了滴答的聲響。

「你來自哪裡？」

「蘇格蘭的愛丁堡。」

這樣的問題持續了好幾分鐘。亞瑟有幾個兄弟姊妹？來到巴斯克維爾學院之前正在哪一所學校上學？這些都是無害的問題，亞瑟發現自己開始鬆懈下來了。

「現在我要開放提問了，」魔術師說，「大家有什麼問題要問這位新成員嗎？」

只有一片寂靜。隨後，夜鶯的聲音響起了。「你在倫敦有家人嗎？」

亞瑟猶豫了一下。這個問題太奇怪了。「是的，」他回答。「我父親的親人住在那裡。」

「你時常見到他們嗎？」

「沒有。」

「寫信呢？」

「沒有。」

亞瑟並不喜歡這一系列問題的走向。

「為什麼呢？」夜鶯問道，向前坐近了一些。

「我……」亞瑟吃了一驚，接著就停頓了下來。「我認為他們和我父親之間有一些意見分歧。」

「來吧，亞瑟。」魔術師誘導著他。「你應該可以說得更具體一些，對吧？」

亞瑟覺得自己漲紅了臉，一半是因為尷尬，一半則是憤怒。三葉草彷彿早已知道他父親的情況了，但這應該不可能……是吧？

「我的父親陷入了困境。」他說。「他沒有好好處理自己的財務問題。」

「因為他是個酒鬼嗎？」魔術法師輕聲地說。

他身後有幾個蒙面的人開始暗自竊笑著。

亞瑟挺直了身體，努力想要掙脫束縛。「他**不是**一個——」

「小心點，亞瑟。如果對我們說謊，你就無法通過考驗了。」

亞瑟沉穩地深吸了一口氣。他之所以來到這裡，在這個房間裡，是因為他想做到他父親未能做到的事——賺錢養家。如果這代表他得要說出真相的話……好吧，那就這麼做吧。

「他無法控制自己對酒的渴望。」他最後說。「這是一種心理上的疾病。目前並沒有藥物或療法可以治療，至少現在還沒有。但總有一天——」

「你是一個暴力的人嗎？」

這個問題來自另一位成員。亞瑟雖然感到意外，卻也因為不必再談論父親，而鬆了一口氣。

「如果你指的是昨晚發生的事，」亞瑟說，「我沒有打塞巴斯汀。不過，如果有機會的話，我想我不會客氣的，他用汙辱人的方式批評我的朋友。」

「你有一些挑釁打架的經歷嗎？」傳來的是艾菲亞的聲音，她坐在夜鶯的左側。

亞瑟想起了他在家鄉曾經歷的那些爭端。「有，但只是為了保護別人」他說。

「忠誠是我們最看重的一項美德。」魔術師說道，他的聲音現在幾乎像是一種鼓勵。

亞瑟在椅子上向後靠了一下。

「但我很遺憾地要告訴大家，我們發現有一位新成員欺騙了我們。」

「塞巴斯汀嗎？」亞瑟問。

「不，不是他。」

亞瑟的眉毛皺在一起。「吉米嗎？」

「也不是。」

「**艾琳？**」

要不是因為這裡沒有任何人笑，亞瑟一定會笑出來。事實上，沒有任何人出聲。

「艾琳會隱藏什麼對在場的人很重要的事嗎？」

然而，正當他說出這句話的時候，答案已經浮現在他腦海中。**那封信件**。

「你有任何理由相信，她的父母其實並非歌劇演唱家嗎？」

亞瑟的思緒飛快運轉著，想起那天收到塞進他房間門縫底下的那封信，以及他發現艾琳的父母通信來往的對象。他很清楚，在巴黎的美國歌劇演唱家，並沒有理由寫信給軍事國防部。這表示他們的身分可能是……什麼呢？政府的祕密特工嗎？還是間諜呢？

顯然地，三葉草有正當理由相信，他們的身分不僅僅是歌劇演唱家，而且艾琳也知道他們的祕密。**他們怎麼會知道這麼多事**？如果亞瑟證實了他們的理論，他們會怎麼做？和艾琳對質嗎？如果他們採取更進一步的行動，而他們在校外的網路以某種方式危及老鷹歌劇團的安全呢？

分享他自己的祕密是一回事，但背叛朋友並洩露她的祕密，則是另外一回事了。但是，如果亞瑟說謊，假裝自己什麼都不知道，他就無法通過測試。除非……

除非他能戰勝這一台測謊機器。在華生醫師的課堂上，他學到了足夠的知識，意識到他手臂上的環狀束帶是用來測量他的血壓的，而環繞在他胸前的固定束帶則是用於測量他的心跳。

以心智力量克服物理障礙。

這就是華生醫師那天對亞瑟測量脈搏時所說的話，當亞瑟、吉米和艾琳說明他們需要找到學校地圖的原因時，他推斷亞瑟撒了謊。這台機器採用了華生的技術，而且是比較複雜且先進的版本。

「我們正在等你回答，道爾。」魔術師說。

「我……我正在努力思考著。」

他閉上了雙眼。他想像著自己和妹妹們躺在床上，說故事給她們聽。這就是他現在要做的事。不必說謊——只要說另一個故事就好。對他來說，說故事是再自然不過的事了，這相當容易。

當亞瑟睜開雙眼時，他感覺自己平靜了許多。他直視著坐在他面前的男孩，但他腦海裡所看見的是卡洛琳和瑪麗。他深吸了一口氣，接著開始非常緩慢地呼氣。

「艾琳的父母在巴黎。」他說。「但他們很快就要移動去維也納，開始進行新的演出。艾琳本人不是歌劇演唱家，但我沒有理由推測她的父母有什麼其他身分。」

他強迫自己再次慢慢地吸了一口氣。「還有其他問題嗎？」他問。

那個男孩做了一個手勢，另外兩位三葉草成員便起身。他們走到亞瑟身後，檢查了他身後的某些東西。其中一人抬起頭來，迅速點了點頭。

「道爾，幹得好。」魔術師說。「你已經通過我們的第二項考驗了。不過……可能不是你想像的那樣。」

當亞瑟手上的固定束帶被解開時，他如釋重負地鬆了一口氣。「什麼意思？」

「關於老鷹歌劇團的事，你說謊了。」

亞瑟的心猛然一跳，幸好那台機器現在並沒有在監控他的心跳。「我——你剛才說我通過了。」

「你是通過了沒錯。機器沒有偵測到你說謊。但這一切並非如我剛才所說的忠誠考驗，而是關於榮譽感的考驗。你如實地回答了關於自己的所有問題，但一談到你的朋友和新生同儕時，你找到了方法得以控制自己並保護她的祕密。你表現出了莫大的榮譽感。恭喜你。」

亞瑟無言以對。他的腦袋裡一片混亂。

「第三項考驗，也是最後的一項考驗，請你於兩星期後的午夜，前往三葉草之家報到。你必須帶上一件貢品。如果我們認為它確實有價值，那麼你就可以加入我們的行列了。」

「一件……貢品？」

「一件有極高價值的物品，藉此來證明你的忠誠。」

「但是……」

亞瑟才剛想要說自己沒有什麼有價值的東西，但他就此打住了。

「別擔心。」魔術師說道，彷彿看穿了亞瑟的心思。不過，能夠肯定的是，即使三葉草成員看似知道許多事，卻不具備**那種**讀心的能力。「我們並不需要你的東西。我們想要的是其他的東西，某些你必須費盡心思才能努力到手的東西。」

亞瑟幾乎無法掩飾自己的震驚。「你的意思是要我去**偷竊**嗎？」

一些在座的成員不安地在座位動了一下或交換了眼神。

「當然不是。」魔術師尖銳地說。「我們並不是一群街頭上的小混混。我們沒有必要偷竊。我們所要求的事，不過是要你去**借用**某些東西。今晚你已經證明了自己是個值得信賴的人，現在你必須要證明你信任**我們**。我們需要確認，即使你不理解命令的意義，但你仍願意去做。你願意試試看嗎？」

亞瑟口乾舌燥，但他還是勉強地點了點頭。

「好的。那項物品越珍貴、越稀有，我們對你的評價就會越高。之後，你就可以將它送回到你找到它的原處，不造成任何損害。現在，我的同仁會帶你離開。下一個，把莫蘭帶進來。」

一個身影走上前來，牢牢抓住了亞瑟的手臂，帶著他走出了房間。他只能驚愕地看了其他人一眼，接著匆匆地走向走廊另一頭。不知不覺地，他已獨自一人站在漆黑的夜色中。刺骨的寒風讓亞瑟回過神來，他心裡忐忑不安，獨自匆忙回到塔樓裡。

三葉草知道，他確實知道艾琳的父母與軍事國防部通信的事實。這意味著他們一定知道他收到了也讀了艾琳的那封信。然而，確定此事的唯一方法，就是他們自己截獲了那封信件，並遞送到他手上。

這種作法不太光彩，但**確實是**考驗亞瑟榮譽感的一種巧妙方式。否則，三葉草又能以什麼方式來確保他將來能夠守護他們的祕密——以及艾琳的祕密呢？

「借用」某樣東西的點子並不太吸引人，但他想想，如果他可以在事後歸還的話，那麼就不會造成任何損害。三葉草未來能為亞瑟的生活所帶來的好處，肯定會超過他暫時的不安吧？畢竟，他沉思著，軍官有時也會下達士兵不喜歡的命令。一位士兵只看得見自己眼前的戰役，但將軍卻看見了整場戰爭的全局。

亞瑟非常想要相信三葉草之家值得他的信賴，值得他跟隨他們面對未來的挑戰。

30

IRENE TAKES A STAND

艾琳的決斷時刻

「你通過了嗎？」

都還沒等到亞瑟完全從窗外跨進來，吉米就急著開口詢問了。亞瑟不需要回答這個問題，因為吉米臉上掛著燦爛的笑容，即使在陰暗的燈光下，亞瑟也看得見他臉頰上的興奮紅潤。

亞瑟點了點頭，回應了吉米的笑容。

「我就知道你會通過！」吉米的笑容更加燦爛了。「其實，我相當驚訝。這並不是一個很困難的考驗，對吧？」

「他們問了你什麼？」

吉米猶豫了一下。「其實……他們問了我關於你的事。關於你的家庭，特別是你的父親。」

亞瑟感覺到肚子不適地翻騰著。

「別擔心。」吉米說。「我什麼都沒告訴他們。這就是重點，對吧？」

不過，三葉草早就知道亞瑟的家庭情況，以及他父親有酗酒的問題。他們甚至在進行面談之前就知道了，就像他們知道艾琳信件中的內容一樣。

「而你騙過那一台機器了？」亞瑟問。

「顯然是這樣。但就像我剛才所說的，我覺得這不是太困難。事實上，我……我時常得要假裝成另一個根本不是自己的樣子，尤其是在我父親面前。所以，我想這已經像是我的另一種天賦了。」

亞瑟看著自己的朋友，心中充滿了同情。顯然地，他並不是唯一一個與自己父親相處上有困難的人。窗外傳來的沙沙聲讓他嚇了一跳。「你聽見了嗎？」

亞瑟走到窗前，低頭往下看，看見艾琳正從常春藤之中爬上來。**速度真快**，他想著，伸出一隻手協助她從窗外進來。他驚訝地發現她的身體正在顫抖著。

「艾琳，你沒事吧？」

她輕巧地跳到地板上，擦掉裙子上的一些藤蔓碎片。

「我？**我**很好。」

「發生什麼事了？」吉米問道。

艾琳不自在地朝他的方向看了一眼。「發生的事是……嗯……他們要我告訴他們關於**你**的一切。」

所以，亞瑟被審問了艾琳家人的狀況，吉米被審問了亞瑟家人的情況，而艾琳也被問到關於吉米家人的情況。

吉米臉上的笑容逐漸消失了。「但你對我的家人一無所知。」

艾琳的表情相當痛苦。「事實上，我知道。」她說。「今天早上，當我來到我的信箱前，看到了一篇報紙文章的副本，是某家倫敦報社一年多前的報導。上頭就只有幾句話，真的。報導中據稱，一項詐騙案的關鍵證人失蹤後，有一位詹姆斯·莫里亞蒂爵士被無罪釋放。」

吉米的臉色變得陰沉。「他是無辜的。」他厲聲說。「我父親並不是一位罪犯。」

艾琳盯著他看了好一會兒。「當然不是。」她最後說道。「當他們開始問我關於你的問題，我就知道，肯定是他們將那篇報導放進我信箱裡。他們在第一項挑戰中嚇唬我們是一回事，但挖出我們的家庭祕密來威脅我們，又是另外一回事。我不想參與他們的小遊戲。所以我請他們把我鬆綁，讓我離開了。」

「你的意思是……你失敗了？」吉米驚訝地問道。

「我沒有失敗。」艾琳反駁。「我是拒絕了這項邀請，我不想加入他們的小團體了。」

「**小團體？**」吉米重複道。「艾琳，他們是這個國家中最有權勢的團體了，甚至是全世界！」

艾琳抬起自己微微顫抖的下巴。亞瑟感覺得到，她清楚知道自己選擇放棄了什麼，而且這個選擇十分不容易。

「嗯，也許這就是問題所在。」艾琳說。「權力不應該只專屬祕密團體中的一小群人。」

亞瑟確實明白艾琳話語中的真理。但是，還是得要有人坐上議會和唐寧街的職位。必須有人發行報紙，並填補重要大學的空缺。如果三葉草想要幫助像他這種可憐的蘇格蘭男孩，讓他成為這些人之中的一員……這難道不是一件好事嗎？

她和吉米互相瞪著對方，誰都不願意退縮。

「所以他們詢問我們每個人關於其他人的情況。」亞瑟說道，試著要緩解當下緊張的氣氛。「其實，這作法很聰明沒錯，但卻以一種邪惡的方式操作。他們試著讓我們互相對立。如果他們無法讓我們對立，那麼他們就會明白，我們將會永遠保護彼此的祕密……以及他們的祕密。」

「將我的信送到你手裡的人一定是他們。」艾琳說。「他們是否問了你關於我父母那場巴黎演出被取消的事？」

「其實……」亞瑟低聲道，「我要告訴你一件事。」

他解釋自己在那封信上所發現的事，以及三葉草似乎懷疑艾琳的父母正在與軍事國防部合作。

當他說話時，她專注地看著他。等他一說完，她猶豫了一下，接著爆笑了起來。

「什麼呀？」吉米問道。「這有什麼好笑的？」

「三葉草並沒有他們自以為的那麼聰明。」她說。「我的父母收到不少來自粉絲的來信，他們試著盡可能地回覆信件。現任的軍事國防部部長是他們忠實的歌劇迷。我父母在倫敦演出的每一場《卡門》，他都會前去觀賞。他每隔幾個月就會寫信給他們，邀請他們回去演出。」

亞瑟一時無言以對。「這……聽起來很合理。」他最終說道。

「比他們是軍事國防部祕密探員的猜測更合理吧！」艾琳回應了。「你能想像嗎？」

亞瑟不禁注意到艾琳如此迅速地轉移話題。她的解釋確實有道理，但她閃避和他雙眼對視的樣子，讓亞瑟感到疑惑，不尋常的行為又再次出現了。他曾考慮要繼續追問她這個問題，但他決定先暫時不談。

「但是……亞瑟，三葉草怎麼會知道你父親的事？」艾琳繼續說。「除了我們之外，你是否曾告訴其他人？」

「我也想過這個問題。」吉米說。「我敢打賭，亞瑟向我們講述他家人狀況的那天早上，有人在跟蹤我們。」

「沒錯。」艾琳說。「亞瑟當時認為有人在監視著我們，但後來我們看到了迪迪，還以為就是這樣了。真不知道他們問了塞巴斯汀關於誰的事？」

「如果他通過了，那就不是關於我的事。」亞瑟說。「他肯定很樂意將我的祕密告訴大家。」

「即使在三葉草介入之前，他對我的家庭狀況已經很清楚了。」吉米說。「可能是關於我的事。」

艾琳搖了搖頭。「我想知道他們接下來會為你們安排什麼事。」

「其實……」亞瑟開口了。

當艾琳聽見亞瑟說明關於第三項也是最後一項挑戰時，她難以置信地跌坐在亞瑟的床上。

「不過，你才不會這麼做的。」她說，先是看了他一眼，又看了看吉米。「對吧？你不會去偷東西吧？」

吉米聳了聳肩。「我沒有太多選擇。如果我無法加入他們，我父親可能會把我送到澳洲某一所學校去自生自滅。或讓我去從軍，然後逼我和一個有牙齦疾病的老富婆結婚。在他心目中，三葉草是我唯一的出路。否則，我這個人就沒用了。」

艾琳將嚴厲的目光轉向亞瑟。「那你呢？」

「這行為不是偷竊。」亞瑟說。「這只是借用。我們之後就會將拿走的東西放回原處，這只是一項忠誠度的考驗。」

「這不會對任何人造成傷害。」吉米補充說。

「除非你被抓到了。」艾琳指出。

「我必須考量我的家人。」亞瑟喃喃自語。「我必須考量對他們來說什麼是最好的。」

「嗯，肯定不是因為偷竊而被學校退學吧。」艾琳爭辯道。

這倒是一個相當合理的重點。

「但如果他加入了，他就可以——」

亞瑟舉起手示意別再說了。他的頭開始感到疼痛，他突然很想要吹熄燭光，獨自一人好好思考。

那天晚上，亞瑟躺了很久卻睡不著，反覆想著這晚發生的那些事。當艾琳意識到三葉草一直在窺探他們家庭的祕密時，她拒絕繼續參與。也許，她真的是被他們的詭計給激怒了。但這是她退出三葉草的唯一原因嗎？她還有其他的理由嗎？

那麼，他自己呢？什麼才是保護自己家人的最佳方法？和吉米一起留在三葉草，還是像艾琳一樣選擇離開呢？

亞瑟告訴自己，**答案終將會到來，一向如此**。

31

AN ANSWER ARRIVES

答案就此揭曉

答案來自瑪麗。

接下來的那個星期，瑪麗的信件就在他的信箱裡等待著。能收到來自家鄉的消息，讓他鬆了一口氣，他將信件緊緊地抱在胸前，急忙跑去學院餐廳讀信。

但是，他在信中讀到的消息並沒有為他帶來太多安慰。

親愛的亞瑟：

你好。你好嗎我很好。媽媽說你坐上了飛船。你能開飛船回來接我嗎？我想和你住在一起，我保證我會很安靜、很乖，不會把你的東西扔出窗外或吃掉那些書本的紙張。媽媽要我告訴你一切都很好，不要寫爸爸一整天躺在床上、小康斯坦絲一整個晚上都在哭的事。這真的讓人好煩。我現在要去幫忙準備晚餐了。請你快點來接我。

最愛你的妹妹

瑪麗

亞瑟讀了兩次，讓信中的字句在他心中慢慢地沉澱下來。信末的幾個字母厚重且模糊，他幾乎看不清楚了。這些字顯然是用短小的鉛筆頭寫下的，字跡不穩，就像瑪麗寫信時正發抖著，她可能已經凍得發抖了。

爸爸一整天躺在床上……

小康斯坦絲一整個晚上都在哭……

他的父親違背了他的承諾，沒有在亞瑟去學校時好好照顧家人。亞瑟不能只是袖手旁觀，一心期望著父親能成為道爾一家需要他成為的人。這封信提醒了他，他必須做到他父親做不到的事。他必須想辦法讓家人過上更好的生活。而最快的途徑就是加入三葉草。

因此，亞瑟花了一整個週末的時間試著要籌畫一起竊盜案。

他心想，這真是太諷刺了，就在幾天前，他試著要**破獲**一起入室竊盜的竊案，而他現在卻要成為一個竊賊。

現在唯一的問題是，他想不出來該偷什麼。他大部分時間都坐在圖書館裡劈啪作響的爐火前，皺著眉頭看著火光，腦海中反覆地思考著各種選項。有什麼東西稀有且有價值，足以讓三葉草刮目相看，而也能在不被人發現的情況下拿走呢？他想起了哈麗葉聲稱來自維多利亞女王床上的枕頭套。要偷偷潛入她的房間並拿走它應該很容易。不過，拿著一個有可能曾經屬於女王的枕頭套，出現在三葉草總部的這個點子，並不是太吸引人。更何況，他討厭偷走同學物品的這種行為。

他曾想過，去拿走華生醫師架子上的一個玻璃罐標本。不過，這些標本與其說有價值，倒不如說是怪異的東西，他也無法忍受萬一被華生醫師抓到，華生醫師對他一向非常友善，而且他在課堂上「以心智力量克服物理障礙」的提醒，現在已幫助他兩次了——第一次是阻止幸運兒攻擊格羅佛，第二次則是協助他擊敗了那一台測謊機器。溫室和動物飼養所裡充滿了各種稀有的植物及動物，但他不知道如何藏匿或照顧它們。

有時，吉米和艾琳會和亞瑟一起坐在圖書館裡，吉米坐在亞瑟身旁的扶手椅，而艾琳則舒展四肢地躺在地板上，把雙腳靠近火爐旁以取暖。吉米會一邊閱讀，一邊記下自己的想法。艾琳明確表示過，她不想再與三葉草或亞瑟及吉米的最終考驗有任何牽連。但是，當亞瑟告訴她自己必須繼續進行的原因時，她似乎也欣然接受他的決定。事實上，她似乎對自己最近在閱讀的小說《小婦人》更感興趣。

和格雷教授一起工作的口袋比過往更加忙碌了，幾乎連離開實驗室出來吃飯的時間都沒有。而且，她並不是唯一一個滿腦子裡都是格雷教授的人。

星期六下午，一聲尖叫打斷了亞瑟的思緒。他從扶手椅上跳了起來，想看看是發生了什麼事，結果發現格羅佛在旁邊的一個書區，胸前緊抱著一本破爛的書。

「格羅佛！發生什麼事了？」

格羅佛示意亞瑟跟著他走向桌子旁，他正在那裡整理關於格雷教授的研究資料。「你看！看我找到了什麼！」他高舉起一本破舊的書，就好像它是聖杯一樣。

「那是什麼？」

「是伊莉莎白．格雷的研究日誌！」格羅佛興奮地驚呼。「她是這位現任格雷教授的祖母，裡頭有大量的訊息，可以為我的訃聞提供不少資料。找到如此具備重大個人意義的物件，我甚至可以和她的靈魂進行接觸了。想像一下，如果我能採訪她關於格雷教授的事，**那正是**每個人都想讀的一份訃聞。」

「聽起來太棒了，格羅佛。」亞瑟說道，並試著為他的朋友展現出一些熱情。「祝你採訪順利。」

星期日晚上，學院餐廳裡充滿了歡笑和閒聊的聲音，朋友們彼此交換著他們週末的冒險故事。有些人參加了在哈德森夫人會客室中舉辦的西洋棋錦標賽，有些人的下午時光則是在泥濘的場地上與史東教授打板球，或者與吉拉德准將一起在森林中悠閒騎馬。

亞瑟沒有心情和大家同樂。他感到孤單，內心有種看不見的重擔，讓他即便在人群之中也會被孤立在外。於是，他把廚師製作的一些麵包卷和起司塞進口袋裡，朝著圖書館走去。如果孤獨感是他的現況的話，那麼他寧願真正地孤獨一人。

走廊上幾乎空無一人。他只碰見了那兩個奇怪的靈魂圈學生，他們正要從樓梯上走下來，身穿平時的白色衣物。一看見亞瑟，他們的低聲對談便停止了。湯瑪斯高大卻彎腰駝背，被兜帽遮蓋住的雙眼正怒視著他，好像他在偷聽一樣。當奧利從亞瑟身邊擦身而過時，他的臉比平常更紅，並皺起了眉頭。

也許那些謠言全是真的，這兩個人擁有某種神祕的力量，但不論是何時，亞瑟都更傾向和吉米和艾琳在一起。

當亞瑟到達時，圖書館也幾乎是空無一人。唯一打斷他思緒的聲音是安德希爾先生的鼾聲。

度過了幾個不安寧的夜晚，亞瑟自己也感到疲倦了，火爐前溫暖的火光讓他進入了一種輕柔的恍惚狀態之中。他放鬆地坐在扶手椅上，讓思緒隨著柔和的潮汐漂浮著，令人愉快又放鬆。他閉上了雙眼，只要休息片刻就好。

當他再次睜開雙眼時，圖書館已經是一片漆黑。他眼前的爐火只剩下微弱的餘燼。空氣中帶著寒意。

亞瑟驚慌地站了起來，他一定是不小心睡著了。現在時間很晚了嗎？他得在別人發現他之前趕快回到自己的房間。

他急忙地一次踏兩層階梯，到達圖書館主樓層時開始奔跑了起來。但當他踏入大廳時，差點撞到另一個路過的人。亞瑟急忙停了下來，注意到這個人一手提著燈籠，另一隻手拿著一個笨重的東西。他身上的那件斗篷在他腿上飄揚著。

上一次，當他看見一個披著斗篷的身影在走廊上徘徊時，那個人正要逃離格雷教授的辦公室。

「你！」他大聲驚呼。

那人影突然轉過身來。

「誰？」是個女人的聲音。

接著，她將燈籠高高舉到臉旁，亞瑟看清了那個人是誰了。

是瓦倫西亞．費南德茲。

32

INTO THE CLOCK

時鐘裡的祕密

「您——您在這兒做什麼？」亞瑟結結巴巴地說。

費南德茲博士冷冷哼了一聲。「我倒覺得，這應該是我問的問題才對。」

她聽起來一點也不像是被當場抓到的現行犯。而且她根本沒有穿斗篷，只是穿了一條厚重的裙子。

「我明天一大早要做的第一件事，就是去見見艾迪——對你來說，也就是查林傑校長——告訴他有個學生半夜在走廊裡跑來跑去，冒犯了尊貴的訪客。」

「拜託不要！」亞瑟說。「我在圖書館睡著了。當我醒來時，天已經黑了。這只是一個意外。」

費南德茲博士嚴肅的面容變得柔和許多。「放輕鬆點，孩子。」她說。「我生氣只是因為你嚇到我了，我不會告訴艾迪的。我不介意你們破壞了規矩，我這一輩子都不斷試著破壞各種規範。總之呢，你既然都在這裡了，不妨就來幫幫忙吧。」

亞瑟鬆了一口氣。「當然。您需要我幫什麼都行。」

她把燈籠遞給他。

「我正要將我最後一批文物搬回我的實驗室裡。你知道的，這些東西相當脆弱。所以我才要等到四下無人的時候才動手。我不想讓自己陷入喧鬧的愚蠢遊戲之中，還得冒著損壞物品的風險。當然，我沒注意到這個時候竟會有學生潛伏在走廊上。不過，你在這裡或許是一件好事。以我這樣的聰明才智，竟然會忘記自己需要一隻手來握著燈籠。」

亞瑟順從地把燈高高地舉起時，她移動了一個木箱並以雙臂抱住。

「要走哪個方向？」

「樓上。」她看了他一眼，然後又仔細看了一眼。「哎呀……我認出你了。你就是那個在我的晚宴上挑釁、要打架的男孩。」

「是的，女士。」當她們走上樓梯時，亞瑟承認道。「我很抱歉。」

「是為什麼呢？為了一個女孩嗎？」

「不是的。」亞瑟很快地說。「嗯，不是您想的那樣。我想要打的那個男孩是個惡霸，那種認為自己比所有人都優秀的人。」

「那是最糟糕的一種人了。」費南德茲博士回應。「可惜你沒能給他應得的教訓，但你也不必擔心。那些惡霸最終會得到應有的報應。」

亞瑟露出一絲微笑。

「你喜歡環遊世界嗎？」他問。

「非常喜歡。在海上，每一天都是一趟新冒險。而且，踏上一段旅程時，你永遠不知道目的地會是什麼樣子，這感覺真是令人興奮。」

「希望我有一天也能有搭船的機會，」亞瑟說，「我以前從來沒有搭過船。」

他們到達了樓梯的頂端，費南德茲博士引導他沿著東邊的走廊走去。走到盡頭時，她對著右側的一扇門點了點頭。亞瑟打開了門，跟在她後面並走了進去。

房間裡大部分都是空的，只放了兩張長桌，桌上放著一整排的骨頭、木箱以及一些銀製樂器。費南德茲博士將她的箱子擺放在其他箱子之間。她俯身探入那些箱子間，拿出一個罐子。

「你好，我的小美人。」她一邊說，一邊高舉起一個罐子並仔細檢查著。

當亞瑟注視著她的動作時，他感覺自己的心跳加速了。那個罐子裝著一顆保存完好的恐龍蛋。

一個念頭閃過他的腦海，一個瘋狂且不可能實現的念頭。

這是一顆獨一無二的蛋，可以獻給三葉草的東西還有什麼比這個更稀有、更珍貴呢？

不過，他如何在她不知情的情況下拿走呢？當費南德茲博士離開後，他能折返回來拿嗎？不過，她一定會把門給鎖上。而且，她也會注意到它不見了。當她發現它不見時，她肯定就會懷疑他了。

除非……

亞瑟的手滑進了口袋。他還有一個晚餐時剩下的麵包卷，外形與那顆蛋有著驚人相似程度。

她甚至永遠不會發現它消失了。

「快點走吧。」費南德斯博士說著，同時轉身走向門外。「你早就該上床睡覺了。」

亞瑟發現，桌子的一角放有一把沉重的黃銅鑰匙。

在他還來不及阻止自己之前，他早已伸手拿了鑰匙，並將鑰匙塞進口袋裡。

「哦。我忘了帶鑰匙了。」她說，回頭看了一眼桌面。亞瑟站在那裡一動也不動，害怕她會發現他在幾秒鐘前將它拿走了。但她拍了拍口袋，然後不悅地哼了一聲。

「也許它掉在某個地方了。」她嘀咕著。「我得回房間拿備用鑰匙。沒有燈籠的光線，你可以獨自一人走回主廳吧？我從後面走出去比較快。」

「哦，可以的。」亞瑟回答道，他的音量特別大，也顯得太有自信了。「我沒問題的。」

費南德斯博士揚起一邊眉毛。「那麼，好吧。謝謝你的協助。」

亞瑟勉強點了點頭，接著轉身離開。他走到走廊的盡頭，一邊等待著，除了血液在血管內流動的轟鳴聲之外，他傾聽著是否有其他聲音。

當他確定費南德茲博士已經離開後，他躡手躡腳地回到實驗室，打開未上鎖的門，悄悄溜了進去。月光如銀色的光帶般灑入窗內，照亮了裝了蛋的那個罐子。亞瑟走近了一些。

真的要這麼做嗎？偷走如此珍貴的無價之寶？

借用，他糾正自己的用字。

他不知道自己是否相信命運，但如果有，命運已直接將他帶來了這裡，給他這個完美的機會。

他摸索著口袋裡的麵包卷，彎下腰，把它和那顆蛋放在一起仔細檢視，兩者看起來確實非常相似。

費南德茲博士很快就會回來。他沒有時間猶豫了。

亞瑟開始打開罐子的蓋子，他將手伸了進去，每一根手指都小心翼翼地抓著那顆蛋。過了幾秒鐘，他以麵包卷取代了那顆蛋。

他做到了。現在已經沒有回頭路了。

現在要做的事，只剩下逃離此處而不被抓到。

他將鑰匙放在某個類似體重計那種機器的陰影處，費南德茲博士很容易就會認定是自己沒有看見，然後大步走向門口，關上了身後的門。他沿著走廊往回走，把那顆蛋抱在胸前，確保它不會掉落。他感到胃部一陣翻攪。

當他聽到地板發出第一個嘎吱聲時，他告訴自己應該是幻聽了。但就在此時，聲音又再次響起，而這次聲音更大。

有人正要走上樓梯。

他驚慌失措，便轉向左邊的那扇門，門鎖上了。他又衝回走廊上，試著打開他眼前的每一扇門。最後，其中一扇門打開了，他跌跌撞撞地進門，接著關上身後的門。

如果有人來這裡找他，他絕對不能拿著蛋被當場抓到。他肯定會被學校退學！他絕望地掃視著這個狹窄的房間。這是一間辦公室，但即使在昏暗的燈光下，他也能看出它已有一段時間無人使用，桌面上覆蓋著一層灰塵。某個角落裡赫然出現亞瑟所見過最大的落地式大擺鐘，高度幾乎延伸到天花板，而寬度幾乎是多數同類時鐘的兩倍。

太完美了。

許多類似的大鐘都有透明的玻璃門，可以看見裡頭正在數秒的巨大鐘擺，但這一個是實木的材質。儘管如此，仍有一扇門。亞瑟摸索著鐘的邊緣，直到他的手指觸摸到一個小小的彈簧鎖。一推，正面的玻璃門就打開了。他盡可能小心翼翼地將蛋放在一個隔間的架上，然後關上了門。當門一關上時，它發出了一聲清脆的聲響。

就在門關上的這一刻，時鐘突然莫名其妙地開始轉動。

亞瑟以前不曾聽過時鐘發出這種聲音。令他沮喪的是，每過一秒鐘，聲音變得越來越大聲、越來越尖銳。他拚命地試著再次打開那個彈簧鎖，它卻動也不動。

接著，更可怕的事情發生了。辦公室的門把手開始嘎嘎作響。當時鐘的隔間突然閃出綠光時，門突然打開了。亞瑟皺起了眉頭，等著看門外的人是誰，卻一個人也沒有。

然後他低下頭看著。

「托比！」他低聲說。

那匹狼用月色般的雙眼盯著他看。牠的耳朵向後立了起來，發出一聲低吼。

時鐘又閃出一道光芒，緊接又傳來一聲**霹啪**的巨響！

托比跳了起來，嚇得大吼了一聲，然後往走廊後方逃離。

片刻之後，那個時鐘安靜了下來。

亞瑟試著穩定自己的情緒。托比被嚇跑了，這算他好運，但他知道那匹狼會直接跑去找牠的女主人。他幾乎沒有什麼時間拿回那顆蛋並逃離現場。

當他再度嘗試打開那個彈簧鎖時，門很容易就打開了。一股惡臭的煙霧噴湧而出，亞瑟揮揮手想要驅散它，盡量別讓自己咳出聲來。然而，在他伸手去拿那顆蛋之前，他聽見有人靠近的聲音。這一次，毫無疑問是人類的腳步聲。

他拿起那顆蛋——發現它完好無損便鬆了一口氣——然後將自己擠進時鐘內部的凹處，勉強地關上身後那扇門。

才過了一秒鐘，他就聽見有人踏進房間裡的腳步聲。

透過時鐘門上的縫隙，他看見一道明亮的光線，以及光線後方的兩道身影。他們在門口停了下來。

「聲音肯定是從這個房間傳出來的。」是一個女孩的聲音，亞瑟立刻認出這個聲音，是夜鶯。「而且這裡也有一股奇怪的味道。」

「檢查一下桌子下面。」另一個聲音下了指令，是魔術師。

夜鶯聽從了命令，傳來一陣拖著腳步走路的聲音。

「這裡什麼都沒有，但我確信我們聽見的聲音就從這裡傳出來。」

「或許吧，但藏匿機器的最後一個地方，最有可能就是這個辦公室了。」

亞瑟簡直不敢相信自己的耳朵。三葉草正在找一個機器？他第一個想到的是那一台測謊機器，但那一點道理也沒有，他們顯然知道在哪裡找得到它。那麼，他們正在尋找的是什麼樣的機器呢？

亞瑟聽到另一聲響聲，是一個輕柔的敲擊聲。他將耳朵湊近狹窄的門縫中，敲擊聲再次響起。

他突然害怕地意識到，那聲響是從時鐘內部傳來。

和他一起在這裡的是什麼？

他努力讓自己保持冷靜，希望不會被兩個入侵者聽見。

「我們已經沒有要搜索的地方了。」夜鶯說。「現在每一位教授都處於高度的戒備狀態，情況變得更加危險。順便提醒你一下，這全都是你的『功勞』。」

嗒嗒。

「我知道。但我們必須傳達訊息來表達立場。那剛好是我們運氣不好，那個奇怪的女孩和格雷教授一同在辦公室進行研究，而道爾也意外地打斷進展。」

「好吧，希望我們做的事已經夠多了，足以讓大家搞不清楚方向。」夜鶯說。

「妳那個點子太好了，」魔術師回答，「安排了那場從正門闖入的入侵事件。但妳說得對，我們所有的搜尋行動都毫無所獲，不應該再冒任何不必要的風險了。也許，現在該採取更強硬的手段了。」

嗒嗒嗒。

夜鶯嘆了一口氣。「我就怕你會這麼說。你確定值得這麼做嗎？」

「找到那台機器，就是騎士首要的任務。如果有選擇的話，我寧可激怒查林傑校長，也不想激怒他。」

嗒！

亞瑟的整個身體緊繃起來，彷彿變成了石頭。

「那是什麼聲音？」夜鶯問。

「可能是有人來了。」魔術師說。「我們離開吧。」

他聽見更多拖著腳步走路的聲音，和辦公室的門關上的聲音。然後……只剩一片寂靜。

亞瑟鬆了一口氣，從時鐘裡爬了出來。他剛才無意中聽見的聲音是什麼呢？這整件事情聽起來，確實像是三葉草不惜任何手段要密謀偷走一台重要機器，就在查林傑校長的眼皮底下。

但他現在無法思考這件事。在這顆蛋發生什麼意外之前，他得要趕快回到塔樓裡去。

然而，當他將蛋拿到月光下仔細觀看時，卻發現事情早已有了變化。就在不久之前，這顆蛋看起來仍然完好，但這時檢視它時，他看見上頭已有一條貫穿蛋殼的大裂縫。他的心一沉。

這該怎麼辦才好？

當他悲慘地盯著那顆蛋時，一件相當不可思議的事情發生了。

嗒！嗒！嗒！

亞瑟的心狂跳了起來。那個聲音不只是從時鐘內部傳出！而是來自**那顆蛋本身**。

果然，當他看著那顆蛋的時候，裂縫正在逐漸變大，分裂成了**更多**裂痕。但是，這肯定不可能發生……

亞瑟震驚到無法呼吸，他靠得更近了一些，就在此時，蛋裡的東西發出了一聲嗚咽聲。

亞瑟簡直不敢相信自己看到的一切。

那顆蛋並沒有破損。

而是孵化了。

33

A BABY FINDS ITS MOTHER

小寶寶要找尋媽媽

「你終於出現了！」當亞瑟從窗戶爬進他的房間時，艾琳大聲驚呼。

吉米、艾琳和口袋圍著一根蠟燭坐在地板上。一看見亞瑟，他們就連忙爬了起來。

「你們大家在這裡做什麼？」亞瑟問。他沒預料到會有觀眾，這並不是他希望看見的景象。

「我們正在考慮是否該去找你。」吉米說。「你晚餐之後就沒有回來了，我很擔心。所以我上樓問艾琳是否看見你了。」

「你身體不舒服嗎？」艾琳問道。「你看起來像是吃了一些不新鮮的蝦子。」

亞瑟不知道該如何回答。「我在圖書館裡睡著了。」他說。

「就這樣嗎？」口袋看起來很失望。「我還以為會有一些有趣的事情呢。」

就在此時，亞瑟的外套裡傳出一陣微弱的嗚咽聲。

「呃，那是什麼？」艾琳問道。

亞瑟將顫抖的手伸進外套下方。「口袋，小心你願望成真的後果。」

他從外套裡掏出一隻有點黏糊糊的灰色小生物，放在桌面上。

長達一分鐘的靜默，沒有人開口說話。他們全都站著，盯著那長長的藍色喙嘴、有稜有角的脊狀頭部、狹長的眼睛，以及質地如橡膠般的翅膀，末端逐漸變細而形成的鋒利爪子。

「那是……一隻蝙蝠？」艾琳終於開口發問。

「它看起來不太像是我見過的任何一隻蝙蝠。」吉米回答。

「更像是一條小龍。」口袋說。「拜託你說這是一條龍，亞瑟！」

「我認為……我認為這是一隻恐龍。」亞瑟說。

吉米困惑地看了他一眼。「亞瑟……恐龍已經滅絕好多好多年了。我們的臥室裡怎麼可能會有一隻恐龍呢？」

亞瑟吞了吞口水。他必須得要為自己好好做出解釋，也許這是最好的作法。如果他想讓自己擺脫這個困境的話，他靠自己一個人是做不到的。

「我在圖書館醒來後，遇到了瓦倫西亞．費南德茲。」他說。「她要我幫忙搬一些東西到她的實驗室裡。其中有一樣東西就是她的恐龍蛋。我——嗯——有點迷路了，我將那顆蛋放在我認為安全的地方。實際上，就是放在一座時鐘裡。但是，當我關上時鐘門時，開始有一些噪音出現，還有閃爍的燈光，到處都是奇怪的煙霧。當煙霧散去之後，我打開了門，蛋就在那裡，而且正在孵化。」

「你**迷路**了？」艾琳重複道。「然後就碰巧把那顆蛋放進一座時鐘裡？」她顯然知道亞瑟在說謊，他敢打賭她也知道為什麼。

「讓我們專注在真正的問題上吧。」吉米很快地說。「那就是我們該怎麼處理這一隻**恐龍寶寶**。」

亞瑟唉了一聲。

「我會被退學的。」他說。「我肯定會被學校退學的。」

小動物發出一聲聽起來有點像是打嗝的叫聲。牠笨拙地跳了兩步，朝著那些圍觀者走去，並抬頭看著亞瑟。

艾琳退縮了一下。「牠危險嗎？」

「牠也只是一個小寶寶而已。」口袋說。她小心翼翼地伸出了手，這個生物迅速地用長長的嘴巴咬向她，差點就咬到她的手指。

吉米搖了搖頭。「我想，小恐龍仍然是一隻恐龍。」

這個生物一直盯著亞瑟看。它伸展了一下小翅膀，又跳了一下，拍打著翅膀離開了桌面。當牠在房間裡搖搖晃晃地飛了一圈時，每個人都向後退了一步。吉米衝到窗前關上了窗戶，以免恐龍飛了出去。但牠似乎沒有打算要飛走的意思。相反地，牠輕輕拍翅並停留於亞瑟肩上。他整個人僵住了。他感覺到那個小東西在他脖子上呼氣，鼻子碰觸著他的耳垂。

他決定鼓起勇氣面對。如果必須被牠的長喙咬下身體的一部分，他想耳垂並不是個糟糕的選項。

但是，亞瑟感受到的並不是被咬傷的強烈疼痛，反而感受到了一陣溫柔的輕推。恐龍正在用自己的鼻子**輕蹭**他。牠收起翅膀，安靜了地趴了下來，然後滿足地吁了一口氣。

「喔，天啊。」口袋說。

亞瑟看了她一眼，但不敢轉頭，以免嚇到了那隻恐龍。「怎麼了？妳為什麼要說天啊？」

「我知道牠在做什麼了。」她回答。「在農場裡我們時常看見這種情形。」

「口袋，看到**什麼情形**了？」

「牠對你產生了依附感，牠認為……牠認為你是牠的媽媽**！**」

34

KIPPER

奇波

如果亞瑟曾經經歷過比這一夜更不尋常、更不安寧的夜晚，他肯定沒有任何印象。一整個晚上，小恐龍都睡在他的臂彎裡，不時發出像小豬般的鼻息聲。

與此同時，亞瑟緊張且僵硬地躺在那裡，試著搞清楚今晚發生的所有事情。當他向艾琳和口袋說晚安後，已經沒有任何力氣，就沒有告訴吉米他無意中聽見魔術師和夜鶯對話的事了。他明白，無論如何，第二天還得再向艾琳重複說一次這個故事，這樣他就有時間思考自己所聽見的事。

雖然亞瑟無法理解，一個時鐘如何將一個古老的蛋變成一隻活生生的恐龍，但有些事情卻也開始變得清晰了起來。三葉草既參與了亞瑟抵達之前的入侵事件，也是進入格雷教授辦公室搜尋物品的幕後黑手。

這一切都說得通了，亞瑟感到羞愧，之前竟然沒有將這些事的關聯性串在一起。之前的兩次入侵事件都沒有任何東西失竊，是因為三葉草在尋找某樣特定的東西：一台機器。而且，他們一開始之所以要從前門破門而入，是為了讓這一起竊盜案看起來像是外人所為。畢竟，已經可以進入學院裡的學生，為什麼還要破門而入呢？艾菲亞甚至在《號角報》上寫了一篇文章來支持這個故事的說法，並表示這個罪行是由不滿的村民所為。

還有……那座時鐘一定就是三葉草正在尋找的東西。或者更確切地說，隱藏在它裡面的機器。

亞瑟覺得，自己似乎才不安穩地住入夢鄉，吉拉德准將的法國號就把他給驚醒了。小恐龍睜著大大的眼睛，一眨也不眨地盯著亞瑟。當牠一看見他醒來時，就開心地輕輕拍動著翅膀，像一隻狗搖動著尾巴一樣。

吉米在自己的床上發出了一聲呻吟。「我真希望這一切都是一場夢。」

「真是倒霉。」亞瑟抱怨地說。

當亞瑟穿好衣服，小恐龍卻拒絕與他分開。無論他走到哪裡，牠都會朝著他的方向跳躍或飛向他的身邊，當吉米一走近，牠就會發出抗議的尖叫聲。

到了吃早餐的時間，亞瑟做了以前妹妹們還是嬰兒時會為她們做的事。他將小恐龍塞到床上，拉緊了床單。「你要把牠留在這裡嗎？」吉米問道。

「如果恐龍寶寶和人類寶寶有什麼相似之處，就是大部分的時間都在睡覺。」亞瑟一邊說，一邊快步走向門口，而這隻恐龍正用力掙扎著掙脫床單的束縛。「我會不時回來檢查一下——」

當亞瑟關上門的那一刻，尖叫聲開始變成慘叫聲。

喀啊——啊——啊——哇啊——啊——啊！

接著，有東西撞在門上的聲音，男孩們都嚇了一大跳。

碰！

喀啊——

碰！

喀啊——哇啊——

這個小生物正用自己的身體不斷地撞門。

亞瑟用力打開了門，小恐龍便直撲他的鼻子，以利爪緊緊抓住他，同時用翅膀蓋住了他的臉，這個動作只能形容為一個充滿愛意的擁抱。

當亞瑟撥開牠的一片翅膀，接著是另一片翅膀時，牠輕輕哀嚎著。接著牠又跳了起來，鑽進了他的頭髮裡。

他絕望地看了吉米一眼，吉米難以置信地搖了搖頭。

「我該怎麼辦？」

「我想你得隨身帶著牠了。」吉米說。

「早安，亞瑟。」另一個人說。

他們轉過身來，看到另一個男孩站在他們身後。

「看來有一隻翼手龍卡在你頭頂上，你知道吧？」格羅佛說。

格羅佛顯得異常平靜，並發誓會保守這個祕密之後（「長期以來，我一直懷疑死亡不是我們任何人的終結時，我怎麼可能還會對此感到驚訝呢？」他問），吉米在樓梯平台上等待口袋和艾琳下樓，接著將大家帶進了房間裡。

「哦，太好了！」口袋說道。「格羅佛也在這裡。我本來打算在早餐時告訴他，我們這位小朋友的事。」

「恐龍的事是一個祕密。」艾琳責罵地說。

「口袋，亞瑟需要，呃，一個口袋。」吉米解釋道。「就在他外套的內側，沒有人看得見的地方。你現在可以縫一個口袋嗎？」

「當然可以。」

到了早餐時間，這五個人剛好吃到最後一點煙燻鯡魚和吐司。一聞到食物的味道，這隻翼手龍開始在亞瑟的胸口掙扎蠕動著。他把一口煙燻鯡魚塞進外套下方後，食物立刻就消失了。他又餵了這個生物一口，接著又一口，直到牠發出非常響亮的打嗝聲——引來桌子另一頭一些不滿的眼神——然後就安靜下來了。

「你打算怎麼處理……那個？」艾琳湊過來問道。

「我們應該幫她取一個名字。」口袋說。「這樣我們就能談論**她**，大家就不會知道我們在說什麼了。」

「妳為什麼認定牠是個女孩？」吉米問道。

「我是在農場長大的。」口袋說。「你還想聽更多事嗎？」

吉米臉紅了，移開了目光。

「那麼叫她奇波怎麼樣？」艾琳提議道。「因為她最喜歡的食物似乎是煙燻鯡魚（kippers）。」

「我喜歡這名字。」亞瑟說。「而且，艾琳，關於妳的問題，我完全不知道該怎麼做才好。我不能告訴任何一位老師，因為他們一定會問，**奇波**是從哪裡來的。」

艾琳拿餐巾紙擦了擦嘴巴。「我們還需要弄清楚這是如何發生的。」她說。「我的意思是，奇波怎麼會在**這裡**？誰知道牠成為化石之後都過了多少年了？」

「我藏匿的時鐘，並不是一座普通的時鐘——我是說——我把蛋放進去裡面的那座時鐘。」亞瑟說。「我認為裡面還有某種機器，但我不知道它究竟是怎麼運作的。」

「這件事我幫得上忙。」口袋說。

所有人都滿懷期待地看著她。

「好吧，不是**現在**。」她說。「但如果你帶我去看看，我或許可以弄清楚。」

一台可以讓老舊之物再次變得年輕的機器……甚至可以讓一顆歷史久遠的蛋重新點燃生命的火花……這是違反自然的事。

無論想擁有它的人是誰，都將擁有無比強大的力量。

而亞瑟不禁好奇，三葉草到底打算運用如此強大的力量來做什麼呢？

35

KIPPER'S CLOSE CALLS

奇波的驚險時刻

他們想出了一個計畫。

當天下午的自習時間，亞瑟會帶著口袋去他找到的那座時鐘的辦公室，而其他人則負責站崗。

不過，首先他們要完成當天的課程。華生醫師的課程還算簡單，因為他再次要求學生們閱讀《Gray's基礎解剖學》，而他則在他的辦公桌前寫作。當羅蘭開始向其他人展示一些更令人驚奇的器官圖畫時，他才從桌前抬起頭來，把羅蘭趕出了教室。

當格雷教授的課程進行到一半時，奇波開始在亞瑟的胸前動來動去。她張開下巴並咬住他的皮膚，讓他從座位上跳了起來。

「道爾，怎麼了？」格雷揚起眉毛對他說道。

「我——需要去洗手間——我很急。」

「我們不需要知道細節。」她說。「你可以——」

突然間，她猶豫了一下，銳利的眼神突然鎖定了他外套的翻領上，接著她眨了眨眼，搖了搖頭。「早餐真的得要少喝一些咖啡了。」她自言自語道。「這不是提神的好辦法。快去吧，道爾。」

他逃離了教室，不在乎跟隨著他並傳到走廊上的那些笑聲。奇波一定是從他外套的領子上探頭出來了。幸好，格雷教授似乎不相信自己眼前所見的事物。

「奇波，這次算我們好運。」當他到達私密無人的洗手間時，他低聲地說。「但從現在開始，當我們在其他人面前時，你必須乖乖藏好。」

作為回應，小恐龍從口袋裡探出頭來，帶著疑惑的大眼睛盯著他。

「我知道。」亞瑟語氣軟化了。「這不是你自願要做的選擇，對吧？」

他輕輕拍了拍她的頭。以一個被鱗片覆蓋的生物來說，她算是挺可愛的。

作為回應，奇波舔了舔他的手，然後又輕咬了他的手指。

「別擔心，午餐時間快到了。」

當亞瑟餵奇波吃肝臟時，他將自己前一天晚上不小心聽見的事告訴艾琳和吉米。亞瑟每說一句話，吉米的雙眼就睜得越大，而艾琳則是將雙眼瞇得越小。他告訴了他們所有事：他確信三葉草是這些入侵事件的幕後黑手；他們正在尋找似乎能賦予生命的一台機器；而他們不惜一切代價要得到它。

艾琳搖搖頭，嘴唇緊緊地抿成一條線。她看了一眼格羅佛，他正在重新整理他的墓碑拓印。口袋還是一樣和格雷教授在一起。

「我就知道。」她說。「我就知道那個團體都不是好人，但他們的領導者是誰？他們為『綠衣騎士』做事，那他又是誰呢？」

「一個非常渴望拿到那台機器的人。」亞瑟回答。

「不過，我們不知道他為什麼想要機器。」吉米說。「艾琳預設了最壞的情況。如果騎士想拿到機器是為了不讓它落入他人手中呢？例如，想要用來做壞事的人，或者是為了治癒某個生病的人？」

「這也是我想搞清楚的事，畢竟，當我們在圖書館聽見他們談話時，三葉草的領導者確實也說了，他們想找到這台機器以確保它的安全。」亞瑟說。

艾琳欲言又止，似乎想要繼續爭論下去，最終只是搖了搖頭。

此時哈德森夫人拍拍手，要引起一年級新生的注意，接著宣布當天下午要進行他們的第一堂馬術課，亞瑟感覺鬆了一口氣。

為了避免格雷教授課堂上的情況再度重演，亞瑟為奇波準備了一小包的肝臟，好讓奇波在洛林教授的課堂上醒來時可以安靜下來。但他們在溫室裡的這段時間，或是在馬廄上課的前半段時間，這個小生物都沒有亂動。

「你們每個人都會輪流在場內騎馬，這樣我就可以觀察你們的技術是否到位。」吉拉德准將在他們到達時解釋道。

當吉米扶著亞瑟上馬鞍時，憂慮和興奮之情同時在亞瑟的胃裡翻攪。他一直想學騎馬，但以前從未嘗試過。

「腳跟要放低，道爾！」當亞瑟騎著一匹名為米妮的栗色母馬進入場內，准將提出了命令。「下巴抬高！手肘緊貼於身體兩側！開始小跑步。我說了，開始小跑步！」

亞瑟夾緊著自己的膝蓋，發出和其他騎手一樣輕輕的嘎嘎聲，但米妮仍沿著場地的邊緣走，始終保持著緩慢的步伐。

「你必須要認真地要求你的馬！像這樣！」

准將用手掌拍了馬的屁股，那匹馬便突然向前衝刺，馬鞍上的亞瑟上下彈跳著。

亞瑟知道自己看起來肯定沒有艾琳或吉米那麼優雅，但他享受著微風輕拂過臉龐的感覺。雖然在馬背上仍上下左右地彈跳著，但這是這幾天以來，他第一次感覺到輕鬆自在。

「天吶，蘇格蘭人都是這麼騎馬的嗎？」身後傳來了輕篾的聲音。「這也太不尋常了吧。」

塞巴斯汀騎在亞瑟身後，距離如此之近，以至於他那匹馬的鼻子幾乎貼著米妮的馬尾。亞瑟感覺到米妮情緒繃緊了起來，她的耳朵往後豎起。

「你離得太近了。」亞瑟厲聲地說。「退後，不然我們都會被甩下來。」

「我六歲以後就不曾被馬甩下來了。」塞巴斯汀回答。「但如果你這麼擔心的話，為什麼不加快速度呢？我祖母都騎得都比你快。」

亞瑟沒有太多選擇。他輕輕踢了母馬一下。但隨著她的速度加快，塞巴斯汀的馬也開始跟著加速。米妮越來越焦躁不安，不斷地搖動著頭部，並發出哼哼的噴鼻聲。

他在馬鞍上回過頭去。「聽著，你為什麼不——」

但他話都還沒說完，塞巴斯汀突然睜大了雙眼，不過他那匹馬的雙眼瞪得更大，突然間以後腿站立起來，並發出一聲巨大的恐懼嘶鳴。塞巴斯汀的腳直接從馬鐙中滑了出來，他的背重重地摔落在泥濘之中，馬則往前飛奔而去，像是打算衝破大門一樣。

當亞瑟減速讓米妮停下來後，他思考著到底發生什麼事，卻聽見一種完全不像是馬發出的嗚咽聲。他低頭一看，突然明白了三件事。

首先，奇波已從她躲藏的口袋裡爬了出來，正以飢餓的眼神盯著他。

再來，她的出現讓塞巴斯汀的馬受到了驚嚇。

最後，在那匹馬以後腿站立之前，塞巴斯汀已睜大了雙眼，所以他也看見奇波了。

36

A MOST REMARKABLE CLOCK

奇特的時鐘

「你也不能確定他看見了什麼呀。」當他們拖著腳步走回大宅時，艾琳說道。

「即使他真的看見了，」口袋說，「我想他也不會想到那是隻**翼手龍**。他可能認為你在口袋裡養了一隻寵物蜥蜴，或其他一些正常的東西。」

當塞巴斯汀被摔下來之後，吉拉德准將便牽住了他的馬，然後帶著走路一拐一拐的塞巴斯汀走出場外去見華生醫師。

「但如果他真的看到了……如果他告訴……」

「你就肯定會被退學，」格羅佛慢慢地說，「甚至可能要面臨刑事責任了。」

吉米走到亞瑟身旁。「不會的。如果塞巴斯汀真的看出奇波是一隻恐龍，並決定要告發你的話，他早就這麼做了。他不會讓你有時間把奇波藏在某處，讓自己看起來像個胡言亂語的瘋子。」

亞瑟試著從這些話語中的邏輯獲到安慰。

「吉米說得對。」艾琳說。「但……我不知道你還能把奇波藏起來多久。我們必須訂定好計畫。」

「先解決更重要的事，」口袋搓揉著手說道，雙眼閃閃發亮。「我們還要去檢查那座時鐘。」

艾琳和吉米分別在走廊的兩側站崗，而格羅佛站在亞瑟看見那座時鐘的辦公室門外。如果艾琳或吉米看見有人過來，就會向格羅佛發出信號，而格羅佛就會敲門提醒亞瑟和口袋。

當亞瑟試著打開門時，就碰到了第一個麻煩。門把無法轉動。

「它鎖上了。」他說。

「昨晚有鎖上嗎？」口袋問。

亞瑟搖了搖頭。「一定有人來過這裡了。」

「嗯，沒關係。」

她開始翻開裙子上各個口袋，在裡面翻找著，直到她找到她所需要的東西。「開鎖工具！」她邊說邊舉起一整組的金屬線和鉤子。

亞瑟從未如此激賞口袋的怪癖。她在門把上擺弄了一下子，門就打開了。「您先請。」她鞠躬並微笑著說。

她輕輕地關上身後的那扇門，然後低聲吹了一聲口哨。

她盯著那座巨大的時鐘。現在是大白天，所以亞瑟看得見它引人注目的外觀，不僅僅是因為體積十分龐大。時鐘上的栗木閃耀著金色的條紋，而兩側雕刻著華麗的花紋。鐘面上的指針一動也不動，彷彿時間在這個布滿灰塵的房間裡靜止了。

他突然想起鐘錶學社團牆上的那個巨大的洞口，那裡存放著數百個形狀和大小各異的時鐘。這座時鐘一定是有人將它從那裡搬進了這個辦公室，但為什麼要放在這裡呢？

藏匿機器的最後一個地方，可能就是這個辦公室了，他記得魔術師這麼喃喃自語過。

口袋打開了時鐘前面的面板，驚訝地倒吸了一口氣。

「你看到這個了嗎？」她指著時鐘側面上的一個隔間，裡面有一個看起來像是香料層架的東西。上面十幾個小罐子都不是玻璃材質，而是由某種金屬所製成，每個小罐子上都有一條電線連接到一個銅製的支架上。

「這是一個鉛酸電池。」口袋解釋道。「這些小罐子裡都儲存了電荷。不過，它們應該連接到這裡上面的某些東西才對。」

她指著架子的頂部，即銅製支架的上方，這些支架顯然是為了連接到某樣東西而設計。「這裡應該是要放導電棒的地方，也許是一根銅棒，或是一根銀棒。用來從電池中獲取電荷。」

口袋沿著一條燒焦的木頭路徑，它通往第二個隔間，就位於時鐘的背面。裡面有一塊鋸齒狀的灰色岩石，如亞瑟的拳頭那麼大，但已被分成了好幾塊。亞瑟走上前並拿起了一塊。

「哇，」他輕聲地說，「你看這個。」

岩石內部有如一個閃閃發光的迷宮，閃爍著金色、紫色及綠色。口袋拿起另外一半來仔細研究。

「很漂亮，對吧？真希望我知道它是什麼東西。」她皺起了眉頭。「不過艾哈邁德可能會知道！他知道關於岩石的所有大小事。」

她將手上那半塊岩石塞進胸前的口袋。「看起來電流會穿過這塊岩石，然後轉移到另一面牆上。」

她指著木頭上的燒痕，從第二個隔間通向了第三個隔間，裡面散落著亞瑟一開始以為是玻璃的碎片。他小心翼翼地避免刺傷手指，伸手進去拿一塊較大的碎片。

「它看起來像是某種破碎的水晶，」口袋說，「看來通過的電流非常強大，擊碎了第一塊岩石，接著又震碎了水晶。」

「所以……這是什麼意思？」亞瑟問。「這是如何運作的？」

口袋陷入了沉思，一邊揉著太陽穴。「這一切我並不完全明白，但這絕對是某種電路，甚至可能產生一個電磁場。」她說。

亞瑟眨了眨眼。「一個什麼？」

「當電流產生磁力時，就會形成了一個電磁場，我認為這就是這座時鐘的內部結構。總之呢，當它開啟時，岩石和水晶……肯定對電流做了某些事情。一些能夠……能夠……」口袋說。

「讓奇波擁有生命？」亞瑟接著說。

口袋睜大雙眼看著他，點了點頭。「我不知道這是怎麼辦到的，但是你說得對。我們需要進一步研究這一塊岩石和水晶。」她環顧四周，第一次打量他們身旁的環境。「這到底是什麼地方呀？」

「這也是我一直想不通的事。」亞瑟說。

一面牆上掛著一幅繪有一處廣闊公園的掛毯。亞瑟認出了背景中的大笨鐘，肯定是倫敦的某一座公園。另一面牆上則掛著一把小提琴，還有一張空蕩蕩的桌子，上面布滿了刮痕，還有幾個看起來像彈孔的痕跡。**不會吧……彈孔**？這當然肯定是亞瑟的腦子在胡思亂想。

口袋從桌子後方的架子上拿起一個銀色的東西。

「一把拆信刀。」她說。「上頭有***S. H.***的名字縮寫，你想得到是誰嗎？」

亞瑟絞盡腦汁，卻想不出他認識的任何人，他搖了搖頭。

嗚嗚！他的口袋裡傳來了一聲打哈欠的聲音，奇波開始亂動了。

「她餓了。」亞瑟說。「我們最好快點離開。如果我們比其他人更早去學院餐廳吃晚餐，我就可以在沒人看見的情況下餵她。」

口袋最後瞥了一眼辦公室。「至少我們現在擁有一些線索可以有所進展了。」接著，她歪著頭。

「亞瑟？」

「什麼事？」

「你說你進時鐘裡是為了要去拿蛋，」她說，「但……它在哪裡？」

亞瑟盯著她。「什麼意思？」

「這麼說吧，你昨晚把奇波帶回你的房間裡。但你身上沒有蛋。或是**蛋殼**。」

亞瑟感覺到自己的心跳停了半拍，接著又急劇地加速。他怎麼會如此疏忽呢？在任何人還沒發現他之前，當他驚慌失措匆忙逃離的時候……根本沒有想到蛋殼的事。

「我一定把蛋殼留在這裡了。」他說。「而且也被某人拿走了。」

一定是三葉草的成員。魔術師和夜鶯肯定在前一天晚上回來仔細檢查了這裡，找到了那一台機器，接著鎖上了門以確保它的安全，直到他們弄清楚該如何處理為止。

他們會如何處理時鐘隱藏的破碎蛋殼呢？他們會猜到那是什麼嗎？機器對它做了什麼？如果是這樣的話，他們就會知道，巴斯克維爾學院裡的某處有一隻小恐龍。

而現在，塞巴斯汀知道可以在哪裡找到她了。

37

THE NIGHTTIME VISITOR

夜晚的神祕訪客

亞瑟猜想，自己得度過一個輾轉難眠的漫長夜晚了。那些憂慮足以讓他一整個月都無法入睡。但是，他的疲憊戰勝了一切，接下來，他只記得自己被一聲響亮的尖叫聲吵醒了。

在半夢半醒之間，他以為那是吉拉德准將的法國號。但當他睜開眼睛，房間裡仍然是一片漆黑。而且那聲音並不是來自某種樂器，而是——

「奇波！」亞瑟驚叫一聲，從床上彈了起來。

透過常春藤縫隙透進來的斑駁月光，他隱約看見有人站在門邊，而這個人正陷入一場爭鬥之中。

「吉米？是你嗎？」

「怎麼回事？」吉米的床上傳來充滿睡意的答覆。

亞瑟掀開了被子，發現奇波並不在他旁邊的枕頭上。他聽見了小恐龍的嘴巴在空中咔嚓作響的聲音，有人想要把她帶走！

「放開她！」他咆哮著，衝向門邊的人影。他舉起拳頭，但還沒來得及出拳之前，就聽到一聲驚呼的喘氣，然後便哼了一聲。奇波飛到空中盤旋，接著撞上他的額頭，將她顫抖的翅膀緊緊覆蓋住他的眼睛。

「奇波，不——快下來——」

他還來不及把奇波的翅膀從臉上撥開來，就聽見門砰地一聲關上了。那個襲擊者逃走了。

「我去追他！」吉米一邊說，一邊從亞瑟身旁擦身而過。

亞瑟將奇波從臉上撥開來，接著將她夾在胳膊下方，就追著吉米跑了出去。他的朋友站在他們共用的樓梯平台上，搖著頭。塔樓內一片寂靜。

「不管那個人是誰，都已經逃走了。」吉米說。

「我知道是誰。」亞瑟咆哮道。「一個知道奇波的人。那個從一開始就對我不懷好意的人。」他開始朝著樓梯走去。

吉米抓住亞瑟睡衣的領子。「等等，你要去哪裡？」

「那個人一定是塞巴斯汀！他這一次太過分了。」

「不，亞瑟。」吉米低聲說道，把他拉回樓梯平台上。「我們需要冷靜一下。奇波沒事了，對吧？」

「沒錯。」亞瑟認識到。「但那是因為她咬了他，所以他才把她放開的。」

「對，所以我們不需要再做任何衝動的事情。我們甚至無法確定那就是他。」

「**就是**他。我知道。」

「好吧，我們得想個辦法來證明這一點。因此，如果他試著要告訴老師，我們就有這個把柄能對付他。他手上有你的把柄，我們也握有他的把柄。」

隨著亞瑟的情緒平穩下來後，他就讓吉米推著他走回他們的房間。他們將身後的門鎖上了，但話說回來，他在睡覺前也鎖了門。他想起那天早些時候，口袋多麼容易就能撬開辦公室的門鎖。為了安全起見，他把書桌的椅子搬到房間的門口，並且把它塞在房門把手的下方。

即便如此，他還是睡不著。於是，他坐起身來盯著窗外，撫摸著奇波出奇柔軟的背部。她會不時地輕呼一聲，或輕碰嘴唇而發出聲音，然後深深地依偎在他的胸口。亞瑟自己也感到很驚訝，他對這個小生物竟有如此強烈的感情。顯然地，產生依戀的並不只有奇波而已，他自己也一樣。他不能——**也絕不會**——讓塞巴斯汀再碰她。

沒多久，黎明的曙光開始隱約從窗戶透進來。又過了半個小時，第一道陽光穿透了爬滿窗框外的常春藤。當亞瑟回頭看向房間，他發現晨光照亮了地板上一條不規則的靴印。

「吉米！」亞瑟大聲道。反正再過幾分鐘，准將的晨間演奏也會把他吵醒了。「吉米，你快看。」

吉米在光線下瞇起了眼睛。「什麼？現在又怎麼了？」

亞瑟指著地板上，從門口一直延伸到他床邊，接著又折返的模糊泥巴靴印。「是靴子的鞋印。」他說。

吉米只是眨了眨眼，但亞瑟仍繼續說下去。「你沒看到嗎？這是那個襲擊者留下的腳印。我們只要拿這個靴印去對照塞巴斯汀的靴子就好了！」

「幹得好。」吉米沙啞地說。「我就知道你有這本事。」

然後他翻了個身，繼續睡覺去。

38

LORD BAKER'S PORTRAIT

貝克勳爵的肖像畫

那天早上，在早餐上桌之前，亞瑟早已去了格羅佛的房間向他借用拓印墓碑的工具，然後用來製作木炭拓印，採集襲擊者留在他們房間裡最為清晰的腳印。他原本希望能沿著這些足跡一路追蹤到塞巴斯汀的房間，但樓梯上滿是其他人留下的足跡，使得追蹤的工作變得困難。

他不確定如何才能獲得塞巴斯汀的靴子拓印，但他確信自己很快就會想到辦法。當亞瑟和吉米到達莊園時，他急忙地走進去，渴望在早餐時能看到塞巴斯汀。他心裡有點期待著那個男孩會有一隻纏著繃帶的手，試圖遮掩一處咬傷。

但在穿過大門並進入學院餐廳之前，他看見自己的信箱裡有封信正等著他。他穿過一大群學生，並迅速拿起那封信，急於看見媽媽熟悉的字跡。

當亞瑟把信翻過來時，他驚訝地眨了一下眼睛。這封信並不是來自他的母親或其他家人。它甚至不是一封郵寄過來的信件，因為上面只寫了「亞瑟．道爾先生」。

道爾先生：

今天早上請到我的辦公室共進早餐。辦公室位於一樓東翼的盡頭。

此致
J．華生醫師

「那是什麼？」吉米越過亞瑟的肩膀探頭看，並問道。

亞瑟皺起了眉頭。「這是華生醫師寫給我的字條，他想和我見面。」

「上面是這麼說的嗎？我不知道你怎麼看得懂。他的字跡糟透了。」

吉米說得沒錯。華生的字跡狹窄且垂直，頁面上顯得不整齊。

「不是所有的醫生都這樣嗎？」亞瑟回答。但這個小玩笑並沒有緩解他的緊張情緒。

「你覺得他想要做什麼？」吉米問道。

「我也希望我知道。他會不會已經發現了奇波的事？」

「他如果知道了這件事，我不確定他是否還會邀請你共進早餐。」吉米說。「也許他想請你成為他的助手之類的……就像口袋和格雷教授那樣的狀況。」

「也許吧。」亞瑟說，這個想法讓他的心情稍微好了起來。「我想我還是快點過去。你能幫我偷偷帶一些食物給奇波嗎？我快沒食物了。」

吉米點了點頭，然後走進學院餐廳，而亞瑟則往走廊的東翼走去。除了他，這裡空無一人，因為大家都在吃早餐。當他在某個轉角轉彎後，餐廳傳來的喧鬧聲逐漸消失，唯一的聲音就是亞瑟輕柔的腳步聲和他急促的心跳聲。奇波在他的口袋裡熟睡著，一動也不動。他輕拍了拍褲袋，確保裡面還剩下幾口昨晚留下的雞肉，以備奇波醒來時可以餵她。如果有必要的話，他可以假裝躲進走廊打個噴嚏，然後偷偷地讓這個小生物咬上一兩口食物，讓她再次安靜下來。

亞瑟經過格雷教授空蕩蕩的教室，接著是華生醫師的教室。他以前從未去過華生醫師的辦公室，到目前為止，他唯一一次來到東翼的盡頭，是在費南德茲博士的宴會當晚，他從後面樓梯走去找口袋。

嘎吱嘎吱。

亞瑟猛地抬起頭，噪音來自頭頂上方。

他往上看見一個嚴肅且面目猙獰的男人正俯視著他。

他們之前曾交鋒過一次……

亞瑟的腦海中閃現了一個畫面。那是在《巴斯克維爾號角報》辦公室，裡面的告示牌上貼著一些舊校刊的文章，上面寫著「待解之謎」。

嘎吱嘎吱。

「呃——哦。」亞瑟發出聲音，猛然意識到有狀況了。

正當貝克勳爵的肖像畫從牆上快速落下之際，他及時躲開了。結果，肖像沒有砸在他的頭上，而是掉落在地面上，發出了一聲巨大的撞擊聲。

好一會兒，他目瞪口呆地盯著那幅肖像畫，這肖像剛才差點傷及第三位受害者。

他幾乎喘不過氣，趕快起身並擦了擦褲子。然後他小心翼翼地查看了口袋裡的奇波，確保她安然無恙。她只是半睜著眼抬頭看著他，發出一聲哼，接著又轉過頭繼續睡覺。

他的心猛烈地跳動著，腦子裡的思緒飛速地運轉，試圖拼湊出剛才發生的事情。

「是誰在那裡？」他說。

貝克勳爵的肖像畫——那幅差點害死兩個人的肖像畫——差一點就掉落在他身上了，這不可能只是巧合。更何況這起「意外」發生的時間，距離有人試圖綁架奇波，不過才差了幾個小時。在巴斯克維爾學院的期間，亞瑟或許已經樹敵無數，但他不相信貝克勳爵的鬧鬼肖像會是敵人之一。

走廊上依然空無一人。在遠處的學院餐廳裡，餐具的碰撞聲和談話聲太喧鬧了，不會有人聽見這一聲巨響。

亞瑟小心翼翼地俯身查看掉下來的肖像畫，檢查它的背面，沒看見什麼異常之處。他緩慢地轉了一圈，觀察了地板、天花板，以及牆壁。除了曾掛上肖像畫的地方有一個小洞之外，其他一切都很正常。

他彎下腰，敲了敲護牆板。他用指關節先敲了兩塊護牆板，感覺是實心的，但第三塊聽起來卻是空心的聲音。亞瑟跪了下來，仔細看那塊護牆板四周的框架。當他用手指撫過一側的框架時，他摸到一處輕微地凸起，就像一個非常小的旋鈕。這個旋鈕非常隱蔽，只有在知情的情況下才會發現，他輕輕拉了一下。

護牆板隨即打開了。

亞瑟盯著一個只夠一個成年人爬進去的洞口，有三層滿是灰塵的階梯，通往一個小房間，房間的長寬都只有幾英呎。

他突然想起，在圖書館那張學校的舊地圖上，他、艾琳和吉米曾看見一個牧師藏身處。**當然了**，這麼久一段時間以來，它都在這幅肖像畫的後方。

亞瑟把頭伸進洞口，試著忍住不咳嗽。裡頭空氣非常潮濕，有一股剛挖好的墳墓氣味。顯然地，剛才有人在這個小房間裡。他們可能拿著一根細長棍子從牆上的洞裡戳了出去，讓肖像掉落在地。

「我知道你就在裡面！」他說。

不過，當亞瑟的眼睛適應了黑暗後，他發現房間裡空無一人。對角的角落還有另一個洞口。他撿起一塊小石頭，從洞口裡扔了進去。石頭彈跳了五次才靜止下來，每一次彈跳的聲音聽起來越來越遙遠。看來這裡有一條通道，或許通向另一個出口。

亞瑟的第一個反應是追過去。他心想，或許還有機會抓住剛才躲在這裡的人。但裡面沒有任何光源，而且那個通道看起來也是一片漆黑。他擔心攻擊他的人可能會把他困在裡面。

亞瑟最後又仔細檢查了一次，確保裡面確實沒有人之後，他退回走廊上，關上了身後的木頭護牆板。還得有其他人負責將肖像掛回去，或者更好的作法是找個大垃圾桶把它扔進去。

他一路小跑步來到華生醫師的辦公室。當他到達時，醫師坐在一張整潔的桌子後面，專心查看他面前那一大疊的文件。亞瑟敲了敲門。華生醫師抬起頭來，示意亞瑟進來。

「亞瑟，我的孩子。」他說。「太榮幸了，你來我這裡有什麼事？」

「我收到您的字條，」亞瑟回答。「關於您想要見我的事。」

當他說話時，他注意到華生醫師臉上露出困惑的表情，而且桌上也沒有準備任何早餐或茶。因此，華生還沒開口說下一句話時，他就知道是怎麼一回事了。

「可是，亞瑟，」這位和藹的醫師說道，「我沒有寫任何字條給你。」

39

A CONSULTATION WITH DR. WATSON

與華生醫師的會面

「是我搞錯了，先生。」亞瑟說。

「看來有人在開你玩笑。」華生醫師說。「但我不認為這個玩笑有什麼好玩。」

亞瑟想起了剛才差點壓到他的那幅肖像畫。「是的，這一點也不好玩。很抱歉打擾您工作了。」

一定是有人寫了那張字條，這樣就能讓他一個人走到走廊上，接著躲在那個黑暗的房間裡等待合適的時機到來。有人想要傷害——甚至是**殺害**——他，目的……是為了什麼？把奇波給搶走嗎？但這也可能壓傷她呀！

華生醫師低頭看了一眼自己正在寫的東西。這些閃閃發光的字跡仍是濕的。亞瑟偶然瞄了一眼，看到了醫師的筆跡，如此工整且細小，與他收到的便條上的筆跡完全不同。

「哦，你在看這個嗎？這只是寫給一位老朋友的信件，他給了我很好的建議。」

他小心翼翼地將信紙放到一旁，示意亞瑟坐在面向他辦公桌的椅子上。「總之，我很高興你來了。」他說。「我一直想要找你聊聊，看看你在這裡的情況如何。」

「哦？」當亞瑟坐下時，他試著掩飾自己的驚訝。「先生，您為什麼會這麼說呢？」

隔著辦公桌，華生會心地看了他一眼。「像這樣的地方……對於像你這樣的孩子來說，或許是很不容易的，特別是家境不富裕的孩子，如果你不介意我這麼說的話。」

亞瑟感到自己臉頰發熱，但他不在意，坐得更直了。「既然這是事實，我為什麼要介意呢？我不會為我的家庭感到羞愧。」

「你也不該感到羞愧，」華生回答。「看看他們養育出多麼聰明的男孩。」

亞瑟突然好想家，一時之間不知道該說什麼。如果能有一個小時讓他和姊妹們一同坐在火爐旁，或是和媽媽在廚房裡一起喝杯茶，那該有多麼美好。

「我很好，先生。」亞瑟撒了謊，腦海中浮現出一個畫面，關於那隻小恐龍和即將要面臨的災難。「真的，您不必為我擔心。」

華生點了點頭。「我很高興聽到這個消息。現在，如果你希望在上我的課之前吃點早餐的話，最好還是回去學院餐廳吃吧。」

當亞瑟走到門口，突然想起了某樣東西讓他停下了腳步。他的手下意識地伸進了褲子口袋，摸到了那張偽造的字條，但還有其他東西，某種又小又尖銳的東西——是他從時鐘裡取出的水晶碎片。

他記得是華生醫師指引了他、吉米和艾琳來到圖書館的地圖區，讓他們在那裡找到了一張學校的地圖，上面顯示了牧師藏身處和三葉草之家的位置。

而在那一天，他們還找到了另一張地圖。

為了釐清他的懷疑，亞瑟轉過身來。「華生醫師。」

華生醫師從正在寫的信件中抬起頭來。「是的？」

「我想問一下……當我、艾琳、吉米在圖書館翻閱地圖時，我們發現了一張地圖，上頭顯示學校下方好像有一個礦井。」

有一瞬間，華生似乎愣住了，接著眨了一下眼睛，清了清喉嚨。「這確實是一個奇怪的發現。」他說，「我知道的是，早在這裡被改建為學校之前，曾經有過建造礦井的計畫。但我不清楚這些計畫是否仍然存在。」

「那麼，這個礦井並不存在嗎？」

「不。據我所知，那裡有一個類似地底洞穴的地方，但在開始開採時，入口就塌陷了，那裡便完全封閉起來。當時，人們認為再次開啟不僅危險也過於昂貴。」

亞瑟點了點頭。「那是一個什麼樣的礦井？」

華生皺起了眉頭。「曾經有謠傳，在那個洞穴裡發現了一種稀有的水晶，具有強大的治療功效。」他說。「當然，那都是胡說八道。你為什麼要問這件事？」

「只是好奇，」亞瑟說，用手將口袋裡的水晶握得更緊了，同時盡力讓聲音保持平穩。

「你確實有一顆好奇心旺盛的腦袋。」華生沉思道。

亞瑟點了點頭，正要離開時，身後傳來華生的聲音。

「亞瑟。」他說。

亞瑟轉過身來。華生似乎在仔細地打量他。「先生，什麼事？」

「你是個聰明的孩子，所以我想，如果告訴你學校最近發生了一些奇怪的事情時，你應該也不會感到驚訝的，是一些令人擔憂的事情。」

「不會的，先生。」他說。「當口袋和格雷教授被襲擊時，我就在現場。」

華生醫師點了點頭。「即使是平時，巴斯克維爾學院也是一個充滿危險的地方。」他說。「這個地方藏著許多祕密。你最好多注意安全，不要隨便觸碰到那些祕密。」

40

LIGHTNING STRIKES AGAIN

雷電再次襲來

亞瑟才剛坐下來吃早餐，托比就發出了牠慣常的一聲嚎叫，這頓早餐就此結束。

在課堂上，他不敢低聲和朋友們分享發生了什麼事，尤其是在華生醫師面前。當他一有機會，就會偷偷瞄向塞巴斯汀，想看看他臉上是否有一絲的愧疚感。但一整個早上，塞巴斯汀的心情似乎都相當低落，總是皺著眉頭，站起來時會一直揉著右膝。當華生醫師告訴學生們課堂結束時，塞巴斯汀留下來讓醫師檢查他受傷的腿。過了不久，他一拐一拐地走進格雷教授的教室，用憤怒的目光狠狠地射向亞瑟。亞瑟回瞪他一眼。在塞巴斯汀做了這些事之後，從馬背上摔下來、扭傷膝蓋，已經算是他應得的懲罰之中最輕的了。

在格雷教授的課程進行到一半，突然有一道閃電劃過天際，遠處傳來轟隆作響的雷聲。這位平時就緊張兮兮的老教授突然從座位上跳了起來，顯然是期待著什麼，她用力推開了一扇窗戶，大聲喊叫全班同學從窗戶爬出去。

和其他人一樣，亞瑟完全搞不清楚狀況，直到他聽見格雷大聲喊道：「口袋，把風箏拿來！」這時才想到她曾經說過，當有適合的天氣出現時，他們會重現班傑明・富蘭克林那個著名的實驗。

口袋在窗外升起了風箏，底部繫有麻繩，上方有鐵絲。每條麻繩上都綁著一把鑰匙，而格雷教授指示學生們讓絲線保持乾燥，並以拳頭緊握在手中。

「教授，這樣安全嗎？」艾哈邁德喊道。

「班傑明．富蘭克林還活著嗎？」她回應道。

四周已經開始下起了大雨。「我覺得他已經不在了！」艾哈邁德在雨中大聲回應。口袋開始喊叫著，但一陣風蓋住了她的聲音，而那陣風也同樣帶走了亞瑟手中拿著的風箏，他、吉米和艾琳看著它飛上了高空，一道閃電再次劃過天際。

「看！」艾琳喊道。「看那根繩子！」

她指著那些豎立的麻繩，上面充滿了電荷。

亞瑟、艾琳和吉米一起在操場上奔跑著，度過了難忘的半小時，輪流拿著風箏，並彼此互相挑戰去碰觸鑰匙，每一次碰觸都會發出一點微小的火花。

不過，過了一會兒，他們覺得又濕又冷，這場暴風雨似乎變得更加黑暗和猛烈了。艾琳指著莊園大宅，亞瑟和吉米跟著她跑了過去。地面上滿是泥濘，亞瑟差一點滑倒在地，他想到這是一個絕佳的好時機，可以拿他房間裡留下的鞋印，去比對塞巴斯汀靴下的靴印。他只需要找到他並緊跟在他後面，就能分辨出哪一個是塞巴斯汀在泥濘中的靴印了。

他在雨中瞇起眼睛，試著尋找塞巴斯汀的身影。突然，有一道閃電照亮了操場上的黑暗角落，他清楚看見樹林中探出一個身影。那人騎在一匹黑馬上，身穿一件厚重的綠色斗篷，他正直盯著亞瑟的方向看。

綠衣騎士！

雷聲撼動了整個天空，那匹馬突然用後腿直立了起來，騎士穩穩地坐在馬鞍上，然後用力拉著韁繩，指引牠奔回森林。他們立刻就失去了蹤影。

亞瑟急忙追上他的同學們。不過，同樣地，他沒有時間向他們講述自己看到的事。當亞瑟走上門前台階時，塞巴斯汀正一拐一拐地走進莊園大宅中。

「亞瑟，你在做什──」當他從艾琳身邊擦身而過時，她喊道。

他用肩膀擠過了人群，直到他站在塞巴斯汀身後。亞瑟沒空理會身旁同學們的不滿，他跪了下來，並拿出早上製作的靴子拓印。他將它展開，並放在塞巴斯汀的靴印旁邊。他的目光左右移動著，進行比對。

兩個靴印都不完整，所以它們也不會完全一模一樣。儘管如此，大小和花紋仍有些許相似之處，有可能是同樣的。

只不過……

亞瑟在房間裡看見的左腳和右腳靴印，在外觀上是一模一樣的。在決定要拓印哪個靴印之前，他已經確認了這一點。

但是，塞巴斯汀剛才的左右腳靴印**確實**有些差異。他左腳的靴印明顯比右鞋要深許多。

「因為他跛腳的關係，」亞瑟低聲對自己說，他因為失望而感到心情低落。「所以他的右腳沒有辦法施加太多的力量。」

這代表著，儘管塞巴斯汀罪不可赦，但至少他在這件事上是無辜的。他並沒有在那天晚上闖入亞瑟的房間。

那麼，闖入房間的人是誰？

41

SUSPICIONS AND SILVER

幕後疑雲與銀器

在學院餐廳裡，當艾琳、吉米、波奇特和格羅佛就座之後，亞瑟終於低聲講述了早上發生的所有事。他們目瞪口呆地聽完全部，只有格羅佛盯著天花板看，似乎全神貫注於其他更有趣的事。

「所以有人故意要……用一幅肖像畫……砸死你嗎？」一聽完亞瑟的故事，艾琳問道。

「我知道這聽起來太瘋狂了，」亞瑟回答，「但我發誓這是真的。不信的話，你可以親自去那間密室看看。」

「我相信你。」艾琳說。「我只是在想，這時候是否也該告訴誰，像是華生醫師或校長？」

亞瑟搖了搖頭。「我該怎麼解釋這幅肖像畫的事，然後完全不提到其他事情呢？」

「但那個試圖襲擊你或想帶走奇波的人，如果不是塞巴斯汀的話，又會是誰呢？」吉米問道。

「我自己也在思考這件事。」亞瑟回答。他想起了森林裡的那位騎士。他的直覺告訴他，那個人一定是綠衣騎士。再次看到他絕對不會是巧合。難道是三葉草發現了他一直在尋找的機器，因此召喚他前來嗎？

「我認為，現在還不能把貝克勳爵的鬼魂排除在外。」格羅佛明確地表示。顯然地，他有在認真傾聽大家的談話。

這時，哈德森夫人打斷了他們的對話，宣布當天晚上有一場驚喜的特別節目。「有一場魔術燈籠表演，」她說，「晚餐後就在這裡進行。因此，你們會跳過自習時間，下課後直接來享用晚餐，這樣就可以接著觀看表演，你們仍然可以在適當的時間上床睡覺。」

底下的孩子們咧嘴微笑著，興奮地低聲交談。要不是亞瑟此時這麼心煩意亂的話，肯定也會做一樣的事情。他只看過一次魔術燈籠表演，那時他大約才六歲，表演者會以燈籠和有圖像的玻璃片，在螢幕上投影並創造出幻影。但此刻，他只希望自己能有一些可以獨自思考的時間。

唉，可惜無法如他所願。

「別忘了我的銀器！」廚師在學院餐廳的後方喊叫著。

「啊，當然。」哈德森夫人說。「廚師認為，有人偷走了我們一些精美的銀製餐具。」

「不是**認為**，是確實被偷了！」

「好吧，如果你碰巧拿走了這些銀器的話，請在晚餐前送回我的會客室。」

「否則，燈籠表演就要取消了！」廚師喊道。

「燈籠表演**不會**取消，因為那個人已經收取我們的費用了。不過，如果你拿了銀器的話請歸還，我們不會追究的。」

學生們紛紛離開，準備去上下午的課程，廚師則怒氣沖沖地離開了。

「是你嗎？」當他們站起來時，亞瑟對著吉米低聲說。「銀器是你拿走的嗎？」

吉米搖了搖頭。「今晚我準備了其他的東西。」

「今晚？」亞瑟問。「下一次的三葉草會面是今晚嗎？」

一下子發生了這麼多事，亞瑟完全都忘了今晚的事。

「在午夜。所以，嚴格來說是明天。」

「但我們還是不能去。」亞瑟說。「之前我找不到機會告訴你，但我剛才在格雷教授的課堂上又看見了綠色衣騎士，他回來了，吉米。一定是因為三葉草找到那一台機器了。」

「好吧，我們之前就懷疑他們正在尋找那台機器了。」吉米回答。「所以……現在他們真的找到了。」

「是啊，但你不明白嗎？」亞瑟說，突然說話特別大聲，接著又壓低了音量。「他們找到的東西不只有機器，他們還發現了奇波的蛋殼。除了塞巴斯汀之外，還有誰知道奇波的事？就算他不是想要綁架奇波的那個人，但他肯定會告訴他們昨天看到的事。他們把所有事情拼湊在一起，現在打算將奇波據為己有了。他們喜歡『珍貴且稀有』的東西，還記得嗎？」他打了一個響指，謎團中所欠缺的那一塊拼圖已經浮現。「而且，艾菲亞知道那幅畫像之前已經掉落兩次！她是三葉草的一員——她可能已經告訴他們了，他們發現這是個除掉我的好機會。」

當亞瑟一說完這些話，吉米的臉色陰沉了下來。

「當然，如果他們真的是幕後黑手，我就不會去了。」他低聲回答。「但……我們還不確定這一點。直到今晚結束之前，我們還有時間搞清楚發生了什麼事。」

亞瑟很希望吉米說的話是對的，也希望三葉草與綁架奇波的事件無關，而他和吉米仍然可以成為他們的一員，並找到一條通往成功的道路。為了他的家人，他需要走上這一條路。

接著，他想起那位魔術法師在三葉草之家裡所說的話。

你們誰都無法想像我們所擁有的權力和影響力。

儘管他滿懷著希望，但他開始覺得艾琳先前說的話或許是對的。如此巨大的權力卻掌握在如此少數人們的手中，這確實會是一件危險的事。

42

THE MAGIC LANTERN SHOW

魔術燈籠表演

那天傍晚，在上完准將的課程後，他們便前往學院餐廳，一年級學生桌子末端的座位已經被坐滿了，沒有足夠的空間讓他們五個人坐在一起。

當亞瑟在蘇菲亞身邊坐下時，口袋低聲說道：「我需要和你談談。我發現了關於時鐘裡的那塊石頭的事情。」

「我也知道那塊水晶是從哪裡來的了。」亞瑟回答。午餐時，他沒有足夠的時間來講述他與華生醫師之間的對話。「等表演結束後再談吧。」

口袋點了點頭，然後走到桌子遠處隔幾個座位的地方坐下來。

餐廳前方已經架好了一個螢幕，等太陽下山之後，哈德森夫人和史東教授就會走遍整個房間，將所有的壁燈熄滅。很快地，一片黑暗籠罩了他們。唯一的光線來自於白色的螢幕，上頭照射著明亮的聚光燈。

片刻之後，聚光燈下出現了一艘船的影像。它在海浪上輕輕擺動了一會兒，然後影像又再次改變。現在出現了一匹馬以及在荒原上奔馳的騎士。接著，是在舞會上旋轉舞動的一群舞者。

每次出現新的影像，大家都會發出零星的幾聲驚呼和掌聲。吉米忍著不打哈欠——他過去已經見過許多這類的表演——亞瑟發現，當他看著如波浪般湧向他的影像時，是這一天中第一次感到放鬆愉悅的時刻。就像翻閱一本書一樣，只不過每一頁都訴說著不同的故事，而那些畫面還會變動。他真希望他的姊妹們也能在場。他可以想像，當她們觀看那些閃爍的畫面時，臉上會露出什麼樣喜悅及讚嘆的表情。

在一幅孩子們滑雪的畫面結束後，投影螢幕上的光圈縮小成了一個小點。接著，出現了一列非常小的火車。隨著光圈再次變大，火車也跟著變大了。它似乎越來越接近觀眾，彷彿要直接撞破螢幕，駛進學院餐廳裡。有人發出一聲輕微的驚呼。

接著突然**傳來了**一聲撞擊聲。螢幕後方傳來一聲尖叫，接著是一聲重物掉落在地的巨響。螢幕暗了下來，整個空間陷入一片漆黑。

亞瑟立刻站了起來。又有幾個人開始尖叫。四周傳來沙沙聲和竊竊私語的聲音，人們站起來想查看情況，或想緊抓著坐在他們身旁的人。

「大家都待在原地。」查林傑校長的聲音傳來。「不必驚慌。」

在混亂的喧鬧聲中，亞瑟感覺到有人擠到了他身邊。

「我有點擔心……我們的小朋友。」一個女孩用愛爾蘭語的口音低聲對他說。

「是口袋嗎？」在喧鬧聲之中，很難聽清楚她的聲音。亞瑟記得他們約好在表演結束後見面。顯然地，口袋過於擔心所以等不及了。

「還會有誰？」

我們的小朋友。亞瑟輕輕拍了拍他的外套。他能感覺到奇波的身體輪廓，正蜷縮熟睡著。

「她很好，她正在睡覺。」

接著又發生了第二次騷動，這次是在他們這張桌子這裡，玻璃和盤子的破碎聲響起。

「有人朝著這邊過來了。」口袋說。她聽起來氣喘吁吁、充滿恐懼，完全不像她平時的樣子。「亞瑟——如果他們又想把她帶走該怎麼辦？」

亞瑟感到一陣恐慌，想像著三葉草成員在一片黑暗之中將他包圍的情景。

「把她交給我。」口袋繼續說。「只要她不在你身旁，他們就找不到她了。我會確保她的安全。」

又有一陣破碎聲響起，旁邊有人又發出了尖叫聲。

口袋說得對。不管亞瑟從史東教授身上學到多少拳擊的知識，如果他在黑暗之中寡不敵眾，便無法確保奇波的安全。保護她的唯一方法，就是把她藏起來。比起口袋那些無窮無盡的口袋，還有什麼地方是更棒的選擇呢？

他輕輕地把熟睡的小生物拉了出來，然後感覺到口袋的雙手緊緊地握住了她。

「她在我手上了。」她說。「不用擔心。她和我在一起很安全。」

亞瑟知道她說得對。口袋聰明又堅強，她會竭盡所能地保護奇波。當口袋轉身離開時，他聽到裙子摩擦而沙沙作響的聲音。他緊繃著身體，準備隨時迎接任何攻擊。

但下一刻，隨著火柴被點燃，手忙腳亂的人們終於找到了燭芯，牆上的幾盞燭台再次亮起。

每個人都坐在座位上，除了哈麗葉被一杯水潑到了身上，正在抓取所有找得到的餐巾紙。沒有人包圍著亞瑟，也沒有貪婪的手等著奪走奇波。

但口袋……口袋就坐在燈火熄滅前的那個位子。她怎麼這麼快就回到了座位上了？

「口袋，你一直都在那裡嗎？」亞瑟大喊著。

她和艾琳交換了一個眼神。「不然我還能去哪裡呢？」

他等待著她露出狡黠的眼神，或露出會心的微笑，但口袋只有看起來很困惑的表情。

事情不太對勁。

「大家不必擔心。」哈德森夫人喊道。「操作燈籠的人被他的設備絆倒，摔了一跤。」

「才不是！」那人憤怒地大聲叫道。「是有人推了我一把！」

「我不相信我們的學生會做出這種事情……」

「為什麼不會？」廚師驚呼。「他們都偷走我最好的銀器了！」

「**就寢時間！**」查林傑教授咆哮道。

學生們開始推開椅子和長凳並離開桌邊，亞瑟一動也不動地靜靜坐著，不敢相信他內心已經發現的事實。

口袋迅速穿過空蕩蕩的長凳，在他身旁坐下。「亞瑟，怎麼了？」

「奇波在你身上嗎？」他問。

口袋睜大了雙眼。「沒有。」她說。「我以為她在你這裡呢。」

所以這是真的。

他被騙了，奇波不見了。

43

AN ANONYMOUS TIP

匿名舉報

還沒等到亞瑟平靜下來並開口說話，就有一隻手放在他肩膀上。他快速地轉過身來，發現查林傑校長就站在他身後。

「道爾，我需要你跟我來。」他說。

校長的語氣聽起來不太尋常。他的聲音一如既往地粗啞，卻帶有其他情緒，有一種近乎悲傷的情緒。他不願正視亞瑟的眼睛。

亞瑟努力地整理自己的思緒。奇波不見了，被那個冒充口袋的人偷走了。而現在校長要找他，看起來像是要來傳達壞消息。

「什麼……是關於什麼？」亞瑟，試著要開口說話，但他的喉嚨突然感到非常乾燥。

「先起來吧。」查林傑說。

亞瑟麻木地照著他的指令做了。當他跟隨校長走出學院餐廳時，他能感覺到朋友們的目光在他身上。他的手不斷地放進外套口袋裡，摸著奇波原本存在的位置。是誰把她帶走了？她安全嗎？

校長帶著亞瑟走上樓梯，一路穿過走廊，完全沒有回頭看一眼。亞瑟仍然處於震驚的狀態，沒有注意到他們要走到哪裡。因此，直到他們來到實驗室的門口，他才意識到他們來到什麼地方了。

瓦倫西亞．費南德茲坐在她實驗室裡，油燈的光線照在她身上。她將雙手交疊在胸前。當亞瑟被帶進來時，她抬起頭看了一眼，嘴唇微微顫動著。

一看見她，亞瑟從一陣茫然中驚醒過來。他倒抽了一口氣。

如果他對塞巴斯汀和三葉草的看法，**一直以來**都是錯的，該怎麼辦？

帶走奇波的是一個女孩——或者是一個女人。有人模仿口袋的聲音，而且非常像。如果費南德茲博士發現是亞瑟拿了麵包卷取代了那顆蛋……如果她去尋找過了，並在時鐘裡發現了破碎的蛋殼……她就會知道，那隻剛孵化的恐龍就在某一個地方。而且，她會想要把牠找回來。

「是**您**嗎？」亞瑟問。

她皺起眉頭，看了一眼正在窗前來回踱步的查林傑校長。

「如果你的意思，是指我識破了你的詭計，」她說，「那要讓你失望了。事實上，我收到了匿名舉報。」

亞瑟緊閉上眼睛，又再度睜開。「什麼？您在說什麼？」

「不要裝傻了，道爾。」查林傑怒斥說道。「遊戲結束了。我們知道你偷了恐龍蛋。」

「有人寫信告訴我了，」費南德茲博士說，「說我的蛋被換成了一顆假蛋。想像一下，當我發現這件事是真的，我有多麼驚恐。當然，我也發現你是唯一有機會把蛋拿走的人。你幫我把東西拿上樓，接下來我就找不到鑰匙。不到半小時後，我拿著另一把鑰匙回來並把房門鎖上，而你是唯一知道蛋在哪裡，也知道門未上鎖的人。」

查林傑停下他的腳步，用一種痛苦且失望的神情盯著亞瑟看，那種目光讓他感到萬分羞愧。「怎麼樣，孩子？」他說，「你要否認這件事嗎？」

亞瑟搖了搖頭。「不，先生。但是——」

「它在哪裡？」費南德茲博士說。「現在那顆蛋在哪裡？」

亞瑟皺起了眉頭。如果她是把奇波帶走的那個人，就會知道那顆蛋早就沒有了。而且，她肯定會責罵他隱瞞奇波的祕密，並問他這顆蛋到底是怎麼孵化的。

「道爾，」查林傑說，「一個人只有在他選擇不為自己的錯誤負責時，才會被他的錯誤所定義。這是你彌補錯誤的機會了。那顆蛋在哪裡？」

亞瑟張開了嘴巴，卻說不出話來。

「你不打算告訴我們嗎？」費南德茲博士問道，每多說一個字，她的語氣就變得更加尖銳。

「我——我無法告訴你們。」亞瑟最後說。「因為——因為它不見了。」

「**不見了？**」費南德茲博士大聲喊道，用拳頭重拍了桌子。「你是要告訴我，你偷走了一個無價的寶物——我最重要的發現——結果卻把它弄丟了嗎？」

他應該告訴他們嗎？關於機器、奇波，以及三葉草之家的事？關於這一切？這整個故事就在他的嘴邊了，他猶豫著是否要說出來。但如果沒有證據支持的話，他說出來就會像是一個瘋子。

時鐘！

如果他帶他們去看看裡面那一台奇怪的機器，或許他們就會相信他了。

「我……我覺得帶大家去看看，可能會更容易理解。」亞瑟說。

「到底要我們看**什麼**？」費南德茲博士厲聲地說。

「請跟著我來吧。」他回答。「就在走廊的盡頭。」

費南德茲博士和查林傑互看了一眼，查林傑嘆了一口氣。「希望這值得我們走這一趟。」

他們把他像囚犯一樣押著，穿過了走廊。查林傑走在前面，費南德茲博士跟在後頭。亞瑟在擺放時鐘的那個辦公室門外停了下來。

「它就在裡面。」亞瑟說。

「在**這裡**？」查林傑不滿地說。「這裡到底有什麼值得我們看的？」

他一邊說著時，一邊將鑰匙插入鎖孔裡並打開了門。

亞瑟往裡面看了一眼，臉色瞬間發白。

曾經擺放那座巨大時鐘的地方，現在只剩下空白的牆面。

它不見了。他唯一的證據，也是他唯一的**機會**。

「時鐘……」他嘀咕道，「本來在這裡的……」

「是的，」查林傑咆哮道。「貝克勳爵那座珍貴的老時鐘，被唯一能夠處理它的人帶到這裡修理。不過它可能已經運送到其他實驗室，進行下一步的工作。我確信它很安全。但這到底有什麼關係——」

他突然停了下來，然後大步地穿過小房間，從地板上撿起一樣東西。「我的鉍！」他說。「我早該猜到了，你也偷走了這個東西。」

「你的——你的什麼？」亞瑟結結巴巴地說。

「我剛才說過了，不要裝傻了。」查林傑說。「昨晚有人闖進我的辦公室，從我的礦物收藏品中偷走了一大塊鉍。現在，看來是你把它砸碎了！」

他伸出手來，讓亞瑟看他撿起來的東西。那是他們曾在機器內部發現的一塊奇怪岩石碎片。

「我沒有闖入你的辦公室，」亞瑟抗議地說。「那塊岩石昨晚之前就在這裡了。當我發現它的時候——」

「這很重要嗎？」費南德茲博士打斷他的話。「你已經承認你偷走了恐龍蛋。你還能找什麼藉口——你還要編什麼故事——來為自己脫罪呢？」

亞瑟想要再說點什麼，卻發現沒有任何意義。那台機器不見了，奇波也不見了。如果他現在告訴他們真相，聽起來也只會像是一個困獸猶鬥的騙子。

「你還有什麼要為自己辯解的嗎？」查林傑問道。「為什麼我的鉍在這裡？你又對那顆蛋做了什麼，能解釋一下嗎？」

「我很抱歉。」亞瑟聲音沙啞地說。「我從來沒有想過要造成任何傷害。」

查林傑深深嘆了一口氣。「費南德茲博士，」他說，「能請你先離開這裡嗎？」

這位著名的科學家又狠狠地瞪了亞瑟一眼，接著氣憤地離開了。

「我必須說，我感到非常驚訝。」查林傑校長說。亞瑟從來沒有聽過他用如此輕柔的口氣說話，他希望校長能像平時一樣咆哮大吼。「我曾經希望——但都算了。既然事情已經發生，也只能如此了。接下來會發生什麼事，你應該都知道吧？」

雖然亞瑟已經預料到結果，但他內心沉重得有如不斷下沉的鐵錨。他點了點頭。「我要被退學了。」

「你讓我別無選擇。」查林傑說。「如果你將那顆蛋歸還，或許我還能讓你留下來。你確定無法歸還它嗎？」

「是的，先生。」亞瑟說道，他的聲音小到幾乎像是耳語。「我確定。」

「那就這麼決定了，我會為你安排回家的交通工具。」

「先生，是什麼時候？」

查林傑看著他，亞瑟確定，當他望著校長那一雙眼睛時，他眼中閃過了一絲憐憫。

「明天。」他說，「一大早的第一件事。」

44

GREY THE ELDER

格雷教授的祖母

查林傑校長陪亞瑟一路走回塔樓。他們的目的地現在感覺就像倫敦塔那麼遙遠。他為自己和家人所夢想的一切曾經觸手可及，但現在卻全都消失了。他怎麼會把事情搞得這麼糟糕呢？當他回到家之後，他們又會怎麼看待他？他不再是他母親所深信的，注定要成就大事的男孩，而是讓自己成為失敗者的男孩。

當他抬頭看見湯瑪斯和奧利這對陰鬱的靈媒搭檔，正沿著小路向他們走來時，他感覺自己的臉頰因羞愧而紅了起來，他們都盯著亞瑟看，表情難以解讀。

「胡德，」查林傑大聲喊道，「格里芬。我想你們應該正要回到宿舍吧？」

他們點了點頭，目光仍然緊盯著亞瑟看。當他們的腳步聲逐漸消失在夜色中，他這才鬆了一口氣。

「我早上會來接你。」當他們到達塔樓的門外時，查林傑說。「去打包你的東西吧。在我到達之前，你不准離開你的房間。」

「是的，先生。」亞瑟小聲地說。

查林傑的鬍子微微抽動了一下，似乎有什麼話要說。但他的喉嚨深處只是發出一聲低沉的嘆息聲，接著轉身消失在黑暗之中。

亞瑟以沉重的步伐爬上了樓梯，每一階都拖著腳步。

當他終於抵達房門口，在打開房門那一剎那，他發出了一聲嘆息。在裡面，吉米與艾琳、口袋和格羅佛正圍成一圈坐著。

「終於回來了！」口袋說道。

「你真的不能養成這種突然消失不見的壞習慣。」艾琳說。

吉米臉色蒼白，看起來比其他人更加焦躁不安，他的腳在地板上快速地敲打著。

「你去哪兒了？」他問。

亞瑟張開了自己的嘴，但似乎忘了要怎麼說話，找不到一個字來表達自己的心情。他搖了搖頭，轉向衣櫃，拿出他破爛的旅行手提包，開始往裡面塞東西。

「收拾行李要去旅行嗎？」格羅佛問。「我真希望你能去一個愉快有趣的地方。」

「亞瑟，發生什麼事了？奇波在哪裡？」口袋問。

當亞瑟感覺到有一隻溫柔的手放在他的肩膀上時，他全身變得僵硬。艾琳站在他身後，眼中充滿著關切。「停下來，先告訴我們發生什麼事了。」

這一次，他終於勉強說出了幾句話。

「我……我已經……被退學了。」

「**被退學了？**」三個聲音齊聲驚呼。連格羅佛也露出了驚訝的表情。

「為什麼呢？」吉米跳了起來，問道。「有什麼原因嗎？」

「因為瓦倫西亞·費南德茲知道我偷了恐龍蛋。有人向她匿名舉報了。」

那個人，會是塞巴斯汀嗎？亞瑟發現自己甚至沒有生氣的力氣了。也許這是他人生中第一次感受到全然的挫敗感。

「當我告訴他們我無法歸還時，查林傑說他別無選擇了。」亞瑟最終說道。

「那為什麼不讓他們看看奇波呢？」艾琳問道，「或者也去看看那座時鐘呢？我敢打賭，費南德茲博士一看見真正的恐龍後，肯定會非常高興，甚至不在乎你拿走了那顆蛋。」

亞瑟把頭埋在雙手中，無法直視他們任何一人的眼神。「我試著帶他們去時鐘那裡，但它不見了。查林傑說，他認為它被拿去修理了，但他不知道原因。還有奇波——她也不見了。剛剛在燈籠表演時，所有燈光一熄滅，就有人來將她帶走。我以為來到我身邊的人是口袋，她提議讓她帶走奇波來保護她的安全，但其實是另一個人，而我不知道她是誰。」

口袋和艾琳倒抽了一口氣。

「我們必須找到她！」口袋大聲喊道。

「我們**一定要**找到她。」艾琳糾正道。「我們要為亞瑟洗清罪名。」

亞瑟搖了搖頭。這一天發生了這麼多可怕的事，唯一值得慶幸的，是他的朋友們都沒有被捲入他所引起的這些麻煩之中。「我不會讓你們也冒這樣的風險，讓你們失去在這裡上學的機會。」他說。「而且，現在也沒有時間了。查林傑一早要做的第一件事就是送我回家。」

「假如我們真的有時間的話，」一直在窗邊來回踱步的吉米說，「艾琳，你會有什麼計畫呢？」

「哦，那麼……」

她的聲音變小而陷入沉思，這讓亞瑟感覺到這一切還能補救。

「我想我們必須找到奇波和那座時鐘，這肯定是同一個人做的事。如果我們有證據，查林傑就不得不相信我們了。如果他捉到了真正的罪犯，就沒有讓你退學的必要了。」

「艾琳說得沒錯。」口袋說。「有人拿走了那台機器，而原因只有一個，就是他們想要自己使用。」

「他們會帶走奇波，可能是希望她能給他們一些關於如何操作機器的線索。」艾琳沉思道。

亞瑟想起了他與華生醫師的對話。

「我想**我**可能知道它該如何操作了。」他說。「華生醫師告訴我，學校下面有一個洞穴，據說裡面充滿了具有治療功效的水晶，雖然他不相信，但這肯定是真的。那天我和口袋去查看那台機器時，發現了一些水晶碎片。」

「我們發現的事還不只這些。」口袋回答。「亞瑟，表演之前還沒有時間向你說的事，是我向艾哈邁德詢問了關於我們發現的另一塊岩石，他告訴我那是——」

「鉍，」亞瑟接著說，「我知道，現場遺留了一小塊。查林傑說昨晚有人從他的辦公室偷走了。」

他瞄了吉米一眼，吉米輕輕搖了搖頭，表示他沒有拿走鉍去參加今晚的三葉草入會儀式。「我拿了艾哈邁德的放大鏡。」他低聲說道，那音量只有亞瑟聽得見。「那是地質學家使用的特殊放大鏡。是他爸爸給他的，他會用來看鈊。鏡框是純金和紅寶石製成的，他說允許我借來使用。」

口袋太專注於思考，沒有注意到他們正在竊竊私語。

「艾哈邁德告訴我，鈊有各種故事和傳說。他說，有些人認為它是世界上存在最久遠的元素了。他們說它非常強大，甚至強大到超越宇宙的存在。」

「這怎麼可能？」亞瑟問道，這個想法讓他覺得頭痛。

「這個你就得要問艾哈邁德了。」口袋說。「不過，現在我們知道這台機器的運作原理了！它讓電流通過一種基本上能永久存在的元素，接著再通過具有治療特性的水晶。這兩塊岩石一起產生了一個電磁場，這個電磁場以某種方式讓——」

「恐龍復活。」艾琳低聲說。

「是的。」口袋說完。「而且必須是保存完整的一隻恐龍。機器建立了一個電磁場，將其恢復到它原本的狀態。一隻即將孵化的恐龍，卻在孵化之前就掉進了費南德茲博士發現的奇怪藍色泥土裡。」

「如果有人要使用這台機器，」吉米低聲說道，「他們可以用它做什麼？」

「變得永生不朽？」格羅佛提出。

在閃爍的燈光之中，他們凝視著彼此。

「想一想，」格羅佛繼續說道，「你可以讓自己的生命不斷重置，永遠不死。」這有可能是真的嗎？有人想要這台機器的原因，是想要戰勝死亡，永遠不死嗎？

「在這所學校裡，誰……誰會想要這種東西？」艾琳一邊說著，一邊上下搓著自己的雙臂，彷彿突然感到一陣寒冷。「這違背自然法則。」

吉米聳了聳肩。「我倒不介意試試看，但也不是為了永生。」在艾琳給了他一個質疑的眼神之後，他進一步澄清說明。「但多數人，肯定都想把握機會活得更久一點吧？」

亞瑟現在並沒有注意聆聽他們的對話。誰會想要永生不朽呢？也許是那位選擇了死裡逃生的騎士來為自己命名的人吧？傳說中，綠衣騎士失去了頭顱，隨後只是把頭顱撿了起來，便安然無恙地離開了。

「綠衣騎士。」他低聲說。

無論想要尋找這台機器的人是誰，他取名為綠衣騎士並不是因為這位傳說中的騎士代表了榮譽和勇氣，而是因為綠衣騎士代表著**永生不朽的生**命。

口袋歪著頭。「你再說一次？」

艾琳和吉米都睜大眼睛盯著他，他們清楚知道他指的人是誰，而他知道自己必須告訴口袋和格羅佛一切，但時間已經不多了。而且，格羅佛還莫名其妙地拿出一本破爛的書，接著開始**閱讀**。

「口袋，還需要什麼東西才能讓機器開始運作？」在亞瑟還沒決定接下來要說什麼之前，吉米先問道。

「機器裡面的電池是可充電的。」口袋回答。「所以只需要鈊和水晶，當然還要一個導體。」

「像是銀器！」亞瑟驚呼。「你說過，銀是一種很好的導體，對吧？」

艾琳倒吸了一口氣。她顯然也得到和亞瑟一樣的結論。「廚師說有人偷了她的銀器！」

「這些銀器很容易就可以熔化成一根金屬棒來進行導電。」口袋說。

亞瑟點了點頭。「而且有人從查林傑的辦公室偷了鈊，表示有人**正試著**使用那一台機器。」

他的腦海中浮現出一個畫面：三葉草之家的磚牆上高高懸放著時鐘，而四處都是戴著兜帽的人影。有一位身穿綠色斗篷的男子走上前來……

「所以他們目前唯一欠缺的東西，可能就是水晶。」吉米說。

「說到水晶，我確信格雷教授的祖母曾在這本書的某一頁有提過。」說話的人是格羅佛。當他終於從書本上抬起頭時，每個人都轉過來盯著他看。亞瑟這在才發現，他手裡拿著屬於格雷教授祖母的那一本老舊日誌。那本書很小，書頁已發黃且相當脆弱。

「你知道的，我花了很長一段時間才看懂這些字跡。大部分內容都是她的實驗筆記。事實上，內容令我相當失望，我原本期待看見更多爆炸性的家族祕辛。對了，她在日誌最後有提到這件事。至少是在我手中的這本最後面。只是最後的幾頁已經被撕掉了。」

「格羅佛，你可以直接切入重點嗎？」亞瑟說。

格羅佛瞇著眼睛看著眼前的書頁。「啊，對了，就寫在這裡。『我利用這種特殊的水晶來穩定頻率，目前已有了很大的進展。它能承受非常高的電荷——超越我目前見過的任何電荷。但是，我還沒找到最適合我研究目標的最佳頻率。』」

「格羅佛，我可以看看那本日誌嗎？」口袋問。

「但你必須要小心一點。」他說。

「這太奇怪了。」口袋說。「這看起來很像我們格雷教授的字跡。她小時候是左撇子，但被迫使用右手來寫字。她說，她從來沒有真正掌握其中的訣竅……所以她的字跡才會這麼潦草。通常，她會向助手口述，讓我們代她寫下筆記。」

亞瑟繞開艾琳身旁，好讓自己可以從口袋的肩膀後方看字跡。

這些字跡要讀懂非常困難。

卻也相當地眼熟。

當亞瑟低頭看著格雷的日誌，心跳開始加速。

他突然明白了三件事。

首先，日誌上的字跡，就和來自「華生醫師」的那張字條一模一樣，也是那張字條引導他落入肖像畫掉落的陷阱之中。

其次，格雷教授是寫那張字條的人，就像她寫下這本日誌一樣。

第三，時鐘裡的機器並不是近期的發明。它已經被它的發明者使用過許多次了。

45

ARTHUR'S LAST CHANCE

亞瑟的最後機會

「格雷教授的祖母並沒有寫這本日誌，」亞瑟說，「是格雷教授寫的。」

艾琳皺起了鼻子。「但是，亞瑟，看看這本日誌都那麼老舊了。總不可能——」

然後她停頓了下來。「哦，」接著輕聲說道，「我明白了。」

吉米睜大了雙眼。「**哦**。」他說。「如此一來就很合理了……能打造這種東西的人，還能有誰？」

「而且，查林傑說它已被唯一能夠修復它的人帶去維修了。」亞瑟補充道。「除了格雷教授之外，他還會信任誰能做好這件事？」

「等等、等等，你等一下，」口袋舉起手插話，「亞瑟，你到底在說什麼呀？」

亞瑟清了清他的喉嚨。「我是說，曾在巴斯克維爾學院任教的格雷教授，她是**唯一**的一位。」他解釋道。「她、她的母親，以及她的祖母——都是同一個人。她第一次來到這裡就發明了這一台機器，並多次利用這台機器讓自己變得更年輕。那座時鐘原本屬於這間學校的創校者貝克勳爵。他當初出售學校的一個條件是，未來的擁有者必須確保時鐘和其他收藏品的安全。所以格雷知道它會一直會在這裡等著她回來。即使有人將它打開，也不會有人知道它的真正用途——特別是裡面沒有放上水晶和鈊的情況下。我敢打賭，關於如何建造機器的筆記，就在她這本日誌裡那些遺失的頁面上。

口袋的臉頰繃緊了起來，不斷搖著自己的頭。「不，不是這樣。」

亞瑟腦海中突然閃現一絲記憶。「你看過她辦公室裡那一張銀版照片。」他說。「是她母親的那張照片，他們看起來就像是雙胞胎一樣。」

「所以，她先使用機器讓自己變得更加年輕，」艾琳推理道，「接著離開學校許多年。她不得不這麼做，這樣才不會引起人們的懷疑。然後，她回來並聲稱自己是原本那位格雷教授失散多年的女兒。所以她長得和她母親一模一樣，就變得理所當然。」

亞瑟急忙把話說完，以致於快要喘不過氣來了。終於，終於，所有的謎團都解開了。「但我們並不是第一個發現祕密的人，我們只是第一批存活下來的人。因為她找到了擺脫這些人的方法，還進行了兩次。一次是針對一位學生，另一次則是一位教授。而昨天……她也試著用這個方法來對付我。

「她究竟做了什麼？」格羅佛問，用著想聽八卦卻又不失禮貌的表情看著亞瑟。

「昨天早上那一幅肖像畫差點要砸到我了，記得嗎？它之前已經掉落兩次了，也砸中了兩個人——但都已經是幾十年前的事。那兩次，兩位受害者的傷勢都非常嚴重，最後不得不離開這所學校。格雷教授一定是發現我快要揭開真相了，所以她偽裝成華生醫師，並送出了那張字條，然後躲在畫像的後方，等機會一來就襲擊我。」

「我真是不敢相信你們這些人口中講的這些事。」口袋說，她開始顫抖著。「格雷教授是一位全球知名的科學家，也是一位了不起的老師。她……她想要做有益於這個世界的好事，推動人類文明的進步。她絕不會讓任何人陷入危險之中。」

亞瑟摸索著口袋裡的東西，那字條還在那裡。他帶著沉重心情拿了出來，並遞給了口袋。他很清楚，當一個你以為能夠信任的大人最終帶給你的是失望時，會是什麼感受。

「我很抱歉，但我想請你看看這些字跡。」他輕聲說。

當她仔細地看著字條，臉色開始下沉。她沒有說話，把信交還給亞瑟，然後把頭埋入了雙手中。她開始低聲地喃喃自語，聲音小到其他人聽不見。

「那麼，」格羅佛說，「我想我得要重新撰寫我的訃聞了。」

令人意外的是，吉米突然忍不住笑出聲。

「這有什麼好笑的？」艾琳問道。

「格雷教授打算在這學期結束時退休。去和她的侄女一同生活，不是嗎？」

「哦，但她不可能有姪女，」格羅佛回答，「她是獨生女。」

「我想十年後，她就會以她侄女的身分回來。」亞瑟說。「比起一個沒人聽說過的女兒，這說法更不容易引起懷疑。」

「這一切她都已經準備好了，」吉米繼續說道，「那台機器、水晶、銀器，萬事俱備。想像一下，當她發現有人比她搶先一步時，她會有多麼憤怒！想像一下，如果她知道是一隻**小恐龍**，她會有多麼憤怒！」

亞瑟的腦海中又有一片拼圖拼湊了起來。「我把奇波的蛋殼留在那裡，一定是被格雷教授發現了，並且也猜到了那是什麼。所以她去檢查了那一顆假蛋，發現那只是一個麵包卷，接著就告訴費南德茲博士。」

「但她怎麼知道把奇波帶走的人是你呢？」艾琳問道。

亞瑟想了一會兒，然後就明白了。「她看過奇波了！」他驚呼道，「在她孵化後的第二天，格雷看見奇波從我口袋裡探頭出來，但她故意假裝不相信自己看見了什麼東西。她真是一位好演員。」

「她有很豐富的經驗。」艾琳指出。

口袋重新振作起來，但雙眼仍是紅潤腫脹的樣子。「那麼——格雷想要奇波做什麼呢？」她用顫抖的聲音問道。

亞瑟感覺胃裡一陣翻騰。

「這麼久以來，她一直隱藏著那台機器的祕密。」吉米說，似乎看透了亞瑟的心思。「她肯定不希望那個消息洩露出來。如果人們知道奇波的存在，他們就會有許多疑問。到時候，亞瑟也必須回應那些問題。所以她必須在那之前先處理掉奇波。」

「我絕對不能允許這種事情發生。」口袋生氣地說。她的悲傷似乎轉變成一股憤怒，就像一團在烤箱裡放了太久的柔軟麵團。她站了起來，握緊了雙拳，朝著窗戶走去。

「你要去哪裡？」艾琳問道，這時口袋已經一腳伸出窗外了。

口袋停下動作，回過頭來看她。「這真是個好問題。」她氣呼呼地說。

「她想要擺脫我的那個計畫沒有奏效。」亞瑟說。「還有其他人給了她壓力，這一定就是他們去搜查她辦公室的原因。那擺明是一種威脅。不過，那個綠——我是說，**某個人**——知道這台機器的存在，並試圖要她放棄那台機器，雖然我不知道他為什麼會知道機器的存在。她一定嚇壞了，也肯定想再次使用那台機器，並儘快離開這裡。」

「但她卻辦不到。」口袋說。「除非她有另外一塊水晶。如果她真有的話，那麼……她可能早就離開了。」

「所以我們需要找到進入那個水晶洞穴的方法，」艾琳說，「希望我們還不算太晚。」

「我有一個進入那個洞穴的好方法。」亞瑟回答。

「那我們出發吧！」口袋說道。「還在等什麼呢？」

吉米側頭看了一眼艾琳的懷錶，現在已經十一點三十分了。

「吉米，你要和我們一起去嗎？」亞瑟問。

房間裡的每個人都看著吉米，但他卻直盯著亞瑟。他的眼神中閃過一絲光芒——或者只是光線造成的錯覺？他的臉突然抽搐了一下。

亞瑟理解他的感受。他內心有一部分希望自己不曾拿走那顆恐龍蛋，或不曾偶然發現了那台機器。如此一來，他們就不用面臨這麼多關於三葉草之家的問題了。他們本來可以直接去參與入會儀式，走向充滿權力、金錢及成功的未來。

如果是在幾天前，亞瑟肯定會說，最重要的事就是那樣的未來了。但他開始明白，人生中會面臨的真實問題，遠比在課堂上老師提問的問題更難解。有時候，一個曾經正確的答案，隨著時間流逝，可能會有所改變。

最後，吉米嘆了一口氣。

「我當然要和你們一起行動。」他說。「我當然不會袖手旁觀，看著一隻無辜的翼手龍被某些人……或行走的木乃伊殺害。」

「事實上，」格羅佛說，「木乃伊是——」

「晚一點再說吧，格羅佛。」口袋說，抓住他的手，將他拉向窗邊。「時間相當緊迫。」

亞瑟不需要被再度提醒。他迅速跟著其他人跳出窗外，五個人消失在巴斯克維爾學院漆黑的夜色中。

他暗自祈禱，這不會是他最後一次這麼做。

46

THE CLOVER CATCHES UP

三葉草逐步逼近

「亞瑟，我們到底要去哪裡？」艾琳在他身後低聲問道。

他以快速的步伐帶領這群人前進。凜冽的風在光禿禿的樹林間呼嘯而過。亞瑟的目光來回掃視著，注意是否有夜間巡邏的人。不過，到目前為止，只有那隻不完全是渡渡鳥的迪迪出現在他們眼前，停下來對他們大聲吱吱叫，吉米接著把牠趕回森林裡。

「如果我沒猜錯的話，」亞瑟回答道，「學校裡有一個通往洞穴的入口。」

「我們要怎麼進去？」當他們走近莊園大宅時，吉米指著前門並問道，「它肯定上鎖了。」

「嗯，我希望口袋可以幫我們解決這個問題。」亞瑟說。他們全都轉頭看她，她開始摸索著裙子上的那些口袋。

「我確信我這裡有些東西可以——喔，沒錯，這個應該可以。」

她上前走到門口，將鎖頭撥弄了一下子。

「好了！」口袋說，那扇門接著敞開。

正當他們要進入時，突然聽見一個聲音。

「站住。」

亞瑟迅速轉身，看見在他們身後站著三個人影。其中兩人戴著面具，而塞巴斯汀則站在兩個人之間，三個人都氣喘吁吁的。

「啊，」面具人之中較高的那一個是魔術師，他說道。「道爾，我們一直在找你。」

「亞瑟，那是誰？」口袋問。

亞瑟緊張了起來。

「你不想知道嗎？」夜鶯問。

「你——你們來這裡做什麼？」亞瑟結結巴巴地說。

「我想，就和你們的原因一樣。」魔術師說。「我們正在尋找格雷的機器。莫蘭告訴我們，你知道機器在哪裡。」

吉米向前走了一步。「塞巴斯汀，你到底跟他說了什麼？」

「就是我稍早時無意中聽見你們小團體在談論的事。」塞巴斯汀說。

「你在門口偷聽？」吉米問道。

「我從窗戶看見道爾被校長帶回去塔樓。」塞巴斯汀說。「他們看起來都不太高興，我想知道為什麼，這可能跟你口袋裡那個嚇到馬的醜東西有關。一聽見你要被學校退學之後，我以為後面不會有更有趣的事情了，但我還是繼續聽下去。」

「當他聽完了之後就來找我們了。」夜鶯說。「他證明了他的忠誠度。」

「是的，」魔術師繼續說道，「現在輪到你們證明一樣的事了。道爾，拋下這些人，帶我們去看看那台機器。」

「亞瑟，這是怎麼一回事？」口袋問。

「一個字都不要回應她。」魔術師厲聲說道。「叫他們離開吧。」

但他應該要擔心的人並不是亞瑟。

「我想這些戴面具的人是一個名為『三葉草』的祕密社團成員。」格羅佛說。「他們已經在巴斯克維爾學院裡活躍好幾個世代了。他們的畢業校友不斷地在政府、法律界及商業領域尋求權力。艾琳、亞瑟和吉米都被邀請加入社團。開學之後，他們不斷地接受入會的考驗。據我所知，亞瑟相信他們正在為一個名叫『綠衣騎士』的人做事，跟我們一樣也在尋找那一台機器——」

「**夠了！**」魔術師厲聲地說。

艾琳驚訝得下巴快掉下來，而吉米的臉則顯露出震驚的表情。

格羅佛怎麼全都知道？

口袋帶著痛苦的表情看著亞瑟，就像有一把匕首刺進了心臟一樣。

「我很抱歉。」他說。「我們應該要早點告訴妳。」

「我說**夠了**。」魔術師咆哮道。「帶我們去找那台機器，道爾，否則我們就得要採取強硬的手段了。」

他把手伸進口袋裡，亞瑟看見了一把閃閃發光的刀。他的心跳突然加速。

「哦，天啊。」格羅佛低聲說。

有幾根手指緊緊捏住了亞瑟的手臂。是口袋的手。她依然看著他，但這次卻帶著挑釁的表情。她微微點了點頭，示意大家走向大宅的前門。

魔術師兇狠地向前邁出了一步。「我的耐心快要用完了。」

「我知道你是誰了。」口袋對他說，她顫抖的聲音帶著憤怒。「你就是那個潛入格雷教授辦公室亂翻東西的人。你之前有一次試圖把我嚇跑。」

當她說話時，亞瑟看到她把手伸進自己的口袋裡，拿出一個玻璃瓶。

「口袋……」他低聲說。

小瓶子裡有東西正在移動。

「你應該早就知道了，」她說，無視於他的威脅，「我才沒那麼容易被嚇到。」

魔術師嘆了一口氣。「我想我們真的得採取強硬手段來解決了。」

那一瞬間，口袋打開了那個玻璃瓶，將裡面的東西擲向那三個毫無防備的跟蹤者。

「那是什麼!?」

「我和格羅佛會阻擋他們。」口袋低聲說道。「你們三個快點走，去拯救奇波。」

塞巴斯汀大聲尖叫。亞瑟看見一個小小的黑色生物爬上他的脖子。緊接著夜鶯也尖叫了一聲，手中的燈籠掉落在地面上。

「快去！」口袋再次大聲喊道。她又伸手進口袋裡去拿取更多彈藥。「之前和你們說過了，我可以照顧好自己！」

魔術師痛苦地哼了一聲，從耳邊拍下了一隻大螞蟻。口袋在他們身上撒了一大堆的螞蟻。從三葉草成員扭動和揮舞著手臂的樣子來看，亞瑟知道那些螞蟻肯定會咬人。

口袋說得沒錯，她並不需要亞瑟和其他人。但奇波需要他們，就是**現在**。

47

INTO THE DARKNESS

沒入黑暗之中

亞瑟、吉米和艾琳快速穿越前門並衝進大宅裡，私毫沒有停下來喘口氣，直到亞瑟在曾掛有貝克勳爵畫像的空白處下方停了下來。那幅畫已從走廊上移走，還沒有掛回原處。

「亞瑟，」艾琳氣喘吁吁地說，「你能告訴我們現在要去哪裡嗎？」

亞瑟已經彎下腰，在護牆板四周摸索著能開啟那道暗門的彈簧鎖。是的，就在這裡。暗門突然打開了。

「快點，趁還沒有人來之前。」他說。

他向大家示意那個大洞。艾琳和吉米疑惑地交換了一個眼神，接著爬入黑暗的密室裡。亞瑟拿出他從房間帶出來的蠟燭和火柴盒，點燃了蠟燭，黃光照亮了艾琳和吉米兩人同樣恐懼的臉龐。

「這就是格雷躲起來並用肖像畫砸向我的地方。」亞瑟解釋道。「但還不只是這個房間。你們看到了嗎？這裡還有一條通道，你們聞到那個味道了嗎？」

亞瑟低頭彎腰進入通道，高度讓他只能半蹲著往前走。

「聞起來有股潮濕的味道。」艾琳說。

「不只是潮濕，」吉米的聲音傳來。「聞起來像……土壤，像泥土和黏土一樣。」

「正是如此。」

艾琳發出一聲驚恐的尖叫。「那是什麼呀？有東西爬上了我的腳！」

「可能是一隻老鼠。」亞瑟和吉米同時說道。

艾琳呻吟了一聲。「亞瑟，你最好說的是對的。如果我感染了腺鼠疫……」

他不需要艾琳告訴他這些事。如果他搞錯了——如果這一條通道沒有通往水晶洞的話——這將是他在巴斯克維爾學院的最後一個錯誤決定。

「停下來！」吉米說。「你看——把燈光指向這邊。」

亞瑟轉過身，順著吉米的視線看過去。

他非常擔心他們如果被抓到會發生什麼事，以至於他完全忽略了身後牆面上那扇搖搖欲墜的門。

吉米拉了一下作為把手的那個鐵環，門打開了，發出了巨大有如抗議的聲響。亞瑟正準備要走進去，這時艾琳驚呼一聲，伸手抓住了他的手腕。

「亞瑟，不！向下看！」

亞瑟低頭看，發現門後竟然沒有地面，他差一點就踏空了。

他吞了吞口水。

「怎麼回事？」吉米問道。

亞瑟小心翼翼地伸出手中的蠟燭，高舉在懸崖上方。微弱的燈光下照亮了一個方形的空間，大小和牧師藏身處差不多。在每一個角落，都有粗如樹幹的繩子從上方某處懸掛下來，並被拉緊固定在下方的某處。

「我認為這是通往下方的方式。」他說。「這一定是某種滑輪系統。」

「你是指像電梯一樣嗎？」艾琳問道。「近期紐約已經開始安裝的那種電梯嗎？」

「就是那樣。」他說。「當我發現格雷知道通往牧師藏身處的通道時，我開始思考她是如何發現的……還有，她可能會利用這個地方做什麼。這一定就是她移動時鐘的方式。我敢打賭，她辦公室的某處還有另一扇祕密的暗門，直接通往這個電梯井。」

「你的意思是，她把時鐘搬到這個洞穴裡了？」艾琳問道。「我想這也很合理。它已經被其他人發現了，她必須把它移到人們不會發現的地方。」

「更何況，她也必須去下面拿取水晶。」吉米補充道。「問題是……她還在下面嗎？我無法判斷這個電梯車廂現在是在我們上方或下方。」

「只有一種方法可以找到答案。」亞瑟說。他指著那些粗繩，接著看向吉米和艾琳，他們也直盯著他看，眼神就像認定他已經瘋了一樣。

不過，偶爾有點瘋狂或許也沒有什麼不妥。也許，當一個人被捲入一個瘋狂的難題時，解決方法也得要瘋狂一點才行。

幾分鐘後，亞瑟、艾琳和吉米各自緊緊抓住了繩子，身處於一片漆黑之中。亞瑟需要雙手才能進行攀爬，因此將蠟燭留在了隧道的邊緣。在他們下降的初步階段，燭光提供他們看清四周的足夠光線。但現在，那光線如此微弱，就像在沒有月光的夜晚，夜空中的一顆孤星。

「應該就快到了。」亞瑟咬緊牙關地說。

當然，他不知道這是否屬實。不過，這似乎是他應該說的話，因為吉米的呼吸越來越淺，而艾琳剛剛也提醒過他們了，如果他們都死在這裡的話，沒有人找得到他們的屍體。

「我不知道我還能再撐多久。」吉米喘著氣說道。

「就當作我們正要從塔樓外壁爬下來吧。」亞瑟說道，試圖要讓自己聽起來冷靜一些。

當他快要屈服於自己不斷升高的恐懼時，他的腳跟突然踩到了某個堅硬的東西。

「怎麼了？」艾琳問道。「是什麼東西？」

「我想我們找到電梯車廂了。」亞瑟說。

還來不及多想，下一刻他就聽見一聲巨大的碰撞聲，摔成一團的吉米就躺在他身旁。

「再也……不……」他哀聲道。

艾琳落地的動作如此輕柔，直到她開口說話時，亞瑟才意識到她就在自己身邊。

「我覺得這裡好像有一扇門。」她說。「我落地時踩到了一種像是鉸鏈的東西。」

亞瑟跪下來，摸索著電梯車廂的頂部。他幾乎立刻就看出——或者該說感覺到——艾琳是對的。那裡有一條接縫，兩側分別有一條鉸鏈。

「吉米，你有發現任何門鎖或把手，或者——」

「我找到了。」吉米說。「你們後退。」

當他拉開門時，下方出現了一個方形的微弱光線。亞瑟將一根手指放在嘴唇上。

光線只代表了一件事。

這裡不只有他們。

48

THE GIRL IN THE MACHINE

機器中的女孩

由於亞瑟是他們之中最高的人，所以他先向下進入電梯車廂。接著，他幫吉米和艾琳下來。他們小心翼翼地不發出聲音，但看到眼前的景象，仍令人忍不住倒吸一口氣。

那電梯車廂的門開著，門外是一個巨大的洞穴。像巨大尖牙的鐘乳石懸掛在上面，洞穴中間被湍急的河流切分成兩半。在洞穴的中央，許多燈籠被擺置成一個圓圈，燈光映照在粗糙的牆壁上，使得牆面閃閃發亮並發出淡紫色的光輝。

是水晶，亞瑟這才發現整個牆面完全由水晶所構成。

吉米拿出一支小小的放大鏡，放在眼前觀察洞穴的牆壁。亞瑟心想，那一定是艾哈邁德的放大鏡。「絕對就是這個地方了。」吉米輕聲說道。

那一圈燈籠的中央，有一個黑色的輪廓。當亞瑟仔細觀察時，出現了另一個身影。艾琳緊緊抓著他的手臂。

那是格雷教授的時鐘，還有教授本人。

他們悄悄地從電梯裡爬到岩石地面上。亞瑟並不擔心被發現。在她那一圈的明亮範圍內，格雷看不見他們靠近，只要他們保持安靜，就能出其不意地接近她。

當他們越來越接近時，亞瑟看到她一隻手裡握著一團東西，而那團東西正在……**晃**

動。就在此時，那個物體發出了一聲輕微的叫聲。「啊啊啊啊啊！」

奇波！

他還沒來得及思考就已經往前跑了。他試著保持輕盈的腳步，左腳卻還是不小心踢到了一顆小石頭，石頭彈了起來，回音在洞穴裡迴盪。

格雷快速地轉過頭來看他。

「你。」她低聲咆哮道。

格雷迅速從兩盞燈籠之間鑽了出來，來到了河邊。她把裝著奇波的袋子高舉在水面上。

「不要再靠近了。」她冷冷地說。

「把她交給我，」亞瑟大喊著，「請不要傷害她！」

「如果我真的傷害她，你也只能怪你自己了。」格雷說。「這個麻煩一開始就是你搞出來的！所以我得確保你今晚就得被學校退學。我本來希望查林傑能把你關起來，直到明天再把你趕出去，但他對人一向太寬容太仁慈了。」

她用明亮的藍色眼睛瞪著他，儘管她的字句中充滿了輕蔑而不是害怕，但她的肩膀卻不停顫抖著。緊握著裝了奇波的袋子的那隻手，也在微微發抖。

「妳的意思是指，當有人造成他的困擾時，他也不會把肖像畫扔到那個人的身上嗎？」

格雷瞇起了雙眼。她慢慢地靠近河邊。

「讓我來試試。」吉米低聲說道，向前走去。

「教授，」他平靜地說，「很顯然，我們都處於一種……不符合我們期待的狀態。但也許我們可以達成協議。我們想要的就是那隻恐龍，如果您把她交給我們，我們就會離開，也永遠不會告訴其他人我們知道的事情，也就是關於您和那台機器。」

「哦，但是你知道的，這麼做完全行不通。」格雷說。「因為正如你們所知，這隻小野獸會毀掉一切。人們會提出問題，而那些問題就會引起懷疑。我不能讓這些懷疑指向我。你們必須明白，這不是一種自私的追求。我這樣做有利於人類文明的進步。」

當格雷說話的時候，亞瑟向前走了幾步。

「為什麼有利於人類文明的進步？」艾琳說道，她的語氣和格雷一樣冰冷。

亞瑟又向格雷靠近了一步，而格雷的目光此時已完全鎖定在艾琳身上。

格雷不屑地哼了一聲。「看看我這三段人生所完成的各種成就！」她喊道，幾近失控地指著那座時鐘。「想像一下，我如果能有十段人生能完成些什麼！我的工作尚未完成。我們正處於電力時代的草創期，我們才剛開始一一解開存在於生活四周那些不易察覺的隱藏力量。」

「那麼誰會獲得這一切的力量呢？」吉米問道。「就我看來，在那台機器幫助下的唯一受益人就是妳自己。」

她用一種憐憫的眼神看著他，好像他在課堂上回答了什麼令人尷尬的錯誤答案一樣。

「你應該把你的朋友口袋一起帶來才對，她會理解的。」

「她知道所有的事，」艾琳說，「如果她在這裡的話，現在妳身上早就爬滿火蟻了。」

格雷的臉上閃現了一絲驚訝，又隨即皺起了眉頭。「我很抱歉，事情必須以這樣的方式結束。對你們所有人而言，真是遺憾。」

亞瑟看到她的手擺動了一下，接著將那個袋子拋了出去。在她拋出袋子的瞬間，亞瑟立刻縱身一躍，越過了河面。他在半空中抓住了袋子的一角，便緊緊握在手中。

「太好了！」當腳尖安全落在岩石河岸的邊緣時，他驚呼了一聲。

但下一秒鐘，他的雙腳便開始滑動。他站在洞穴地板的邊緣線上，剛好有個斜坡會讓他直接滑入河流裡。他的手臂如風車般旋轉著想保持身體平衡，但還是快掉下去了，艾琳及時拉住他的襯衫下擺，將他往後拉了回來。

就在此時，格雷教授向他們兩人衝了過來。她衝向艾琳，艾琳差點放開了亞瑟，亞瑟也差一點又滑進河流裡。

「吉米！」艾琳大聲喊叫。「到機器那裡去！現在就去。摧毀它，讓她不能再使用！」

亞瑟看不見吉米，但他聽見了朋友踩在岩石上的腳步聲。

下一秒，格雷發出一聲憤怒的吼聲，又向前追了上去。艾琳和亞瑟從河流邊緣跌落回來，急忙爬起來。

亞瑟開始解開袋子，他得確保奇波沒事。但艾琳抓住了他的手，拖著他往前走。「沒時間了，亞瑟！」她說。「我們必須阻止她！」

當格雷趕到吉米身旁時，吉米正拿著一塊石頭猛砸著時鐘的側面。她立刻抓住他的衣領，把他從機器旁甩開來。趁著亞瑟和艾琳還沒趕到之前，她迅速進入機器裡，並在身後用力關上了門。

幾乎同時，時鐘開始嗡嗡作響並震動著，裡頭發射出閃爍的光芒。亞瑟試著要把門拉開，但門一動也不動。他們三人都拚了命要用各種方法來阻止機器運作，以致於時鐘搖晃得更加劇烈。吉米在一側踢了一腳，而艾琳推了推另一側。亞瑟不斷地嘗試著打開門，看著時鐘的指針開始旋轉得越來越快，而且是逆時針旋轉。

「你看！」艾琳喊道。

因為吉米用石頭砸壞了時鐘零件，而導致火焰在時針旋轉不停的機器裡蔓延。當火焰燒到木頭上的清漆時，火勢迅速擴大，變成了一團熊熊燃燒的火球。

「在這整個東西爆炸之前，我們必須趕快離開。」吉米說。

「但是格雷還在裡面！我們不能讓她就這樣活活燒死。」亞瑟回應。

一聲尖叫從時鐘內部傳了出來。

「她不需要我們把她救出來。」艾琳說。「記住，建造這個東西的人是她！她一定知道要怎麼打開。她隨時都出得來——」

就在此時，門突然打開了，亞瑟不得不向後跳開。

這一次，尖叫的人換成了艾琳。

時鐘裡的人根本就不是一個女人。

是一個女孩。

她的紅髮從頭頂向四處炸開來。那件有黑色鈕扣實驗室外套在她身上顯得寬大無比，這件外套原先穿在格雷教授的——**較為年長**的格雷教授——身上非常合身。

「看看你們做了什麼事！」她尖叫道。「那道電流！太強大了！我需要更多的時間來校準——」

「沒有時間爭論了！我們必須立刻離開！」吉米喊道。火焰迅速蔓延，火花已經從時鐘頂部飛濺出來。

年輕的格雷轉頭看了一眼，然後再次尖叫。「不！我的機器！」

「別管它了！」亞瑟喊道，拉著她的手臂，但她卻掙脫了抓住她的那隻手。

「你瘋了嗎？這是我三段人生的成果！」她喊道。「我需要水！我要滅火！」

她跑到洞穴地面上的一處積水的小水坑旁，用手掌捧起水，接著澆向時鐘。那些水發出嘶嘶的噴濺聲，但火焰仍持續燃燒著。

吉米轉向亞瑟。「我們必須拋下她了。」他說。「就算和她講道理，她也聽不進去。我們別無選擇。」

亞瑟看了那個奮力掙扎的女孩最後一眼——如果不是她眼中映射出憤怒的火焰，她就像自己的姊妹們一樣自在親切。吉米說得對，如果他們想要救自己一命，就不能再理會她了。他往前跑，緊緊將奇波抱在胸前。艾琳和吉米就在他前面。

當他們快要回到電梯車廂時，突然聽到一聲巨響，聲音貫穿了整個洞穴。片刻之間，洞穴裡的一切都被明亮的白光給照亮了，接著又呈現出一種詭異的橘色光芒。亞瑟回頭一看，火焰正舔舐著洞穴的頂部，並吞噬了那座時鐘以及四周的一切，卻看不見格雷的蹤影。

隨後，他們腳下的地面開始顫動著。

「哦，不。」亞瑟說。

洞窟深處的某處又傳來一聲巨響，似乎有東西重重地撞擊至地面上。

「爆炸，」他一邊說，一邊跑向電梯，「會導致崩塌！」

「我們該怎麼讓這個東西送我們上去呢？」吉米問道。

「希望這麼做會有效。」艾琳說。她抓住門旁的一根操縱桿，用盡全身力氣使勁一拉。

「快進來吧！」她喊道。

他們一個接著一個地撲進電梯車廂裡，電梯發出一聲啟動的聲響，接著開始向上移動，此時洞穴開始塌陷，吞噬了裡面的一切。

49

THE PROFESSOR RETURNS

教授回歸

片刻之後，三人走進了一條黑暗的通道。事實上，他們應該是四人小組，奇波現在正依偎在亞瑟脖子上的鎖骨附近，用爪子緊緊抓著，在他耳邊發出嗚咽的聲音。

他們已經爬過了之前進入電梯井的隧道，這代表著他們現在應該在莊園大宅的二樓。幸好吉米有想到帶著一盞燈籠，他們很容易就找到了一扇門，從那裡出來之後，他們出現在一間辦公室內、一幅倫敦風景畫的掛毯後方，那曾是格雷近期用來存放機器的地方。

要不是亞瑟的思緒已經被數不清的事給占據了，他可能會注意到這個辦公室自他上次來訪後有了一些變化。裡頭原本那股封閉的、久未使用才有的陳舊氣味已消失不見，取而代之的是散發著菸斗煙霧的宜人香味。他可能也會注意到，辦公桌旁靠著一根閃閃發光的木製手杖，頂端裝飾著一個銀色的烏鴉頭。

但他們無法在辦公室稍作停留。外面傳來吵鬧的聲音，從小窗戶向外望去，可以看見草地上聚集著一群人。

「我想我們需要解釋一番了。」亞瑟說。

在黎明前的微光中，亞瑟一邊掃視著那片草地，一邊迅速衝下莊園的台階。他們的同學們——都還穿著睡衣——全聚集在哈德森夫人身旁，靠近一排溫室。托比焦急地繞著他們打轉，耳朵向後貼著，鼻子高高昂起，一臉警戒的樣子。

「口袋和格羅佛在那裡！」艾琳指著站在離其他新生幾步距離的兩個身影說道。

看到他們並未受到三葉草的任何傷害，令人感到寬慰。

「亞瑟，我的孩子！」

亞瑟轉過身，就看到華生醫師正往他們的方向移動，他的手迅速地轉動著輪椅，臉上寫滿了擔憂。

「我們一直在尋找你們三個人。」他一邊說，一邊打量著他們的狀態。吉米的褲子上有多處被燒焦的痕跡，而艾琳的臉上有一道很大的劃傷。亞瑟決定不去思考華生醫師在他身上觀察到什麼事。至少在他們從學校裡走出來之前，他早已將奇波藏進口袋裡了。

華生醫師壓低了聲音。「你們去哪裡了？沒事吧？」

「道爾！」

亞瑟不用回頭看，就知道查林傑校長正站在前門台階的最上方，低頭怒視著他。四周的喧囂聲瞬間就平息了下來，所有人都轉頭過去看他。

亞瑟慢慢地走回台階上，感受到許多雙眼睛注視著他。

「你和這件事有關係嗎？」查林傑低吼著，一邊向聚集在草坪上的人們揮著手。

亞瑟深吸了一口氣。「是的，先生。」他說。「但我可以解釋。這一次，我會好好認真地解釋。」

查林傑揚起他濃密的眉毛。「好吧，最好是一個非常精采的好故事，畢竟你今晚給我帶來了不少的麻煩。跟我走吧。」

「等一下。」亞瑟大喊。「我還需要帶著吉米和艾琳一起，並且還有……費南德茲博士。」

查林傑用一臉冷漠的表情看著他。「你認為自己還有資格提出任何要求嗎？」

「不完全是，但吉米和艾琳可以幫我解釋。而且我有一樣東西，我覺得費南德茲博士會想要看看。」

他把手伸進外套裡，從那個祕密口袋裡掏出了奇波。他把她抱在胸前，讓查林傑能看見她，卻不會讓身後的人們看到。

奇波對著查林傑眨了眨眼，查林傑也對她眨了眨眼。接著，他清了清喉嚨。

「**瓦倫西亞！**」他喊道。

如果瓦倫西亞·費南德茲是位像小說中的淑女型角色，當她第一次看到這隻翼手龍肯定會驚慌到暈倒。不過相反地，她只是盯著奇波看了好一會兒，接著就被興奮的笑聲淹沒了。

「真是不可思議。」她低聲說道。「非常壯觀，實在是——」

她伸出一根手指試圖撫摸奇波，奇波卻猛地咬了一下她的手指。

「好吧你贏了。」費南德茲博士說，把手收回來以示投降。但在前往查林傑辦公室的路上，她不斷盯著奇波看。

一小時後，亞瑟、艾琳和吉米靜靜地坐在查林傑校長、費南德茲博士，和華生醫師的對面——華生醫師堅持前來，以確保他們的傷勢不需要治療。奇波再次停留在亞瑟的肩膀上，她的爪子讓他的肩膀感受到劇烈的疼痛。

他們剛才把一整個故事講完了，從亞瑟在巴斯克維爾學院的第一天，他目睹綠衣騎士出現的情景，到格雷教授不幸（但並非完全是意外）過世。現在，房間裡的大人們全都靜默不語地坐著，嘴巴張得很大。

「所以……大概就是這樣了。」亞瑟說道，緊張地看了他身旁的兩位朋友一眼。

「你確定那一台……機器被摧毀了嗎？」查林傑說。「而且格雷教授也已經死了？」

亞瑟、艾琳和吉米都點了點頭。

「而且，你們確定聽過三葉草曾提到那位綠衣騎士？你們非常確定嗎？」

「是的，先生。」亞瑟說。「我親眼看見他兩次了。」

查林傑向後靠在他那張巨大的椅子上，雙臂交疊於胸前，皺著眉頭盯著天花板好一段時間。亞瑟想要問他在想些什麼，卻不敢開口。

「那我們該怎麼處理小奇波呢？」華生醫生開口，打破了沉默。

「她對亞瑟非常依賴。」艾琳說。

「是的，當然。」費德斯博士回應說。「她一定對他產生了情感上的依附。」

「我們的朋友口袋也是這麼說的。」亞瑟附和道。

「那麼，我們怎麼解除這種依附感呢？」查林傑問道。「我可不希望她整天跟著他在學校裡跑來跑去的。」

「或在愛丁堡的家裡。」華生醫生補充道，帶著開玩笑的口氣。

亞瑟強忍著笑意，想像著自己如果帶著一隻恐龍回家，媽媽會有什麼反應。

費南德茲博士用手指敲了敲自己的嘴唇。「我們得找一個合適的母親角色來替代亞瑟。」她說。

吉米用一個調侃的表情看著他的朋友。「亞瑟，你聽見了嗎？你現在扮演著一個母親的角色。」

費南德茲博士似乎沒有聽見這句話。「但找另一個人類恐怕也不太合適。」她說。「因為她現在已經學會要害怕人類了。」

她的臉上顯現出一種失望的神情，就像剛才被告知她的船被海盜登船襲擊一樣。隨後，她的臉色又緩和明朗了起來。「不過……我們或許可以嘗試一些方法，艾迪，你應該還留著我上一次探險帶回來的東西吧？」

查林傑點了點頭。

「好吧，那麼——這或許是個完美的結果。事實上，這可能會帶來重大的發現。我期待這是更多發現的起始點。雖然你曾有偷竊的行為，但我還是要感謝你，道爾先生。」

她對他展現了一個燦爛的微笑，他努力不讓自己臉紅。

但他還是失敗了。

「這——這是否代表我就不會被學校退學了？」他問。

費南德茲博士看向查林傑。

「奇波可能需要他留在這裡。」她說。

他嘆了一口氣。「你可以留下來，道爾。你雖然犯了錯，但我看見你已經努力地彌補錯誤了。我必須承認，你讓這個學期變得非常……有趣。」

「我們之前還以為這裡已經夠有趣了呢！」華生醫師驚呼。「我們真是太天真了呀。」

「但是，你們是真的天真嗎？」艾琳向前傾身問道。「我的意思是，你們之中沒有人曾經懷疑過格雷教授的身分嗎？」

現在輪到華生和查林傑交換了一個眼神。

「事實上，我們之中確實有人曾經懷疑過她。」門外傳來一個聲音。

所有人的目光都轉了過來，看看說話的人是誰。

門口站著一個身材高大的男人，穿著粗呢西裝，戴著高頂禮帽，有著尖細的鷹嘴鼻和特別突出的下巴，以及獨特的灰色眼神。

亞瑟簡直不敢相信自己的眼睛。相較於第一次在愛丁堡的鵝卵石街道上見到他時，這個男人變得年輕許多。他的鬍子和手杖都不見了，但他不會認錯那一雙灰色的眼眸，以及他渾厚且圓潤的聲音。

「您就是那位老先生！」他說。「就是被我用石頭擊中的人，是您解救了那輛嬰兒車！」

「害我這裡腫了一塊，還痛了一個多星期。」那個男人冷冷地說道。「不過，你也沒問我就是了。」

亞瑟目瞪口呆，不知道該說些什麼。他完全搞不清楚狀況，他幾乎不曾有過這樣的感覺，而且他也不喜歡這種感覺。

男人的嘴角微微抽動了一下，向亞瑟伸出了一隻手。

「我是夏洛克．福爾摩斯教授。」他說。「你好，年輕人。很高興再次見到你。」

50

THE INVESTIGATIONS OF SHERLOCK HOMES

福爾摩斯的調查案

「哎呀，親愛的福爾摩斯！」華生醫師驚訝地喊道。「你怎麼會在這裡？」

那位教授笑了，「不然我應該去哪裡呢？」

「我以為你還在調查那個麥克道格爾寡婦的靈異事件，那個地處偏僻的蘇格蘭莊園。」華生說。

「確實如此。」福爾摩斯說，接著往一張空著的扶手椅坐下來。「我一開始的確被一封奇怪而有趣的求助信件所吸引了，所以才會離開巴斯克維爾學院。麥克道格爾夫人向我展示了一連串神祕的——甚至是超自然的——的情況，並請求我能為她揭開真相。而我確實也以一個下午的時間就完成調查。」

「但你已經離開好幾個星期了！」華生爭辯地說。「我一直寫信寄去那裡給你，而你也一直有回信呀！」

「我派了一位值得信賴的朋友前去小比格斯比村攔截這些信件。」福爾摩斯回答。

「他確保我能收到所有信件。」

「既然這麼快就解開了真相，那你去哪裡了？」查林傑問道。

「你是怎麼解開的？」亞瑟問。

福爾摩斯給了亞瑟一個讚許的眼神。「事實上，第一個問題的答案，就在第二個問題的答案之中。」他說。「當我巡視那棟房子時，我注意到有一個鎖著的雜物間。當然，我很好奇為什麼有人會覺得有必要把雜物間上鎖，所以我就把門撬開了。在裡頭，我發現了寡婦儲藏的各種東西，有服裝、燈光裝置，甚至是一套用來發出響聲的鏈條！她準備要上演一場精采表演，想要拖延我的調查，想辦法讓我讓在那裡留久一點。」

「但為什麼要這麼做呢？」吉米問道。他瞇著眼睛盯著教授。

「嗯，這正是個大問號。」福爾摩斯一邊點頭，一邊回答。「為什麼要製造一個假謎團，請我來解謎呢？」

「為了讓你分心，你就沒空去解開真正的謎題。」亞瑟不假思索地回答了。福爾摩斯的思考模式與亞瑟如此相似，以至於亞瑟差點忘了這並非是自己的推理邏輯。

福爾摩斯揚起了眉毛。「非常好，道爾。自從她的丈夫去世後，麥克道格爾夫人在經濟上陷入了困境，她向我坦承她非常需要金錢，有人向她提出了一個無法拒絕的條件，只要為我上演這一場表演，就能獲取一筆巨額報酬。背後的這個人是匿名，所以她無法告訴我指使的人是誰。不過，對此我還有許多疑點需要釐清，於是我展開了自己的調查，而華生也隨時向我說明這裡發生的怪事。我開始有一些結論了，但仍需要進一步確定。

「是格雷把你送走的，對吧？」亞瑟急切地說。「她擔心她還沒機會使用那台機器逃跑之前，你就會查出真相並揭露她。」

「確實如此，」福爾摩斯同意地說，「這正是我今晚打算要做的事，但我發現已經被你們搶先一步了。」

他對亞瑟、吉米和艾琳露出了一個意味深長的微笑。

亞瑟對自己感到驕傲。

「至少，我自己有提供了一些協助。」福爾摩斯接著說道。「當我感覺到地面開始顫動時，我猜測可能是洞穴要塌陷了，也知道這件事和格雷脫離不了關係。我檢查了通往洞穴的唯一外部洞口，以防她試圖逃離。」

「還有另一個入口嗎？」艾琳問道。

「曾經有過。」福爾摩斯更精準地說。「但現在只剩下一個非常小的洞口了。當然，這個洞口小到連格雷都無法通過而逃脫。」

「**就寢時間！**」查林傑大聲喊道，用拳頭重重地拍了一下辦公桌，嚇得大家都跳了起來。「明天又是新的一天，大家可以利用這一天來收拾這些殘局。你們三個得回去睡覺了。我想，必須有人護送你們回去，我不敢讓你們從這裡走回塔樓，不能讓你們又把大半個學校給炸燬。所幸，建造房子之前已考量到那個洞穴會有塌陷的可能，所以全英國再也找不到比這裡更堅固的建築物了。」

亞瑟、艾琳和吉米都筋疲力盡得無法爭辯。黎明已經悄悄來臨，天空呈現一片紫色。

「我陪他們去吧。」費南德茲博士說。「我們中途需要繞個路。」

他們三個人都站了起來，跟隨著她走向門口。但是，亞瑟心裡還有一件事困擾著他。他在福爾摩斯身旁停下了腳步。

「教授。」他低聲說。他不想再讓艾琳和吉米擔心了，他們在那晚已經經歷了太多事。「你說通道裡剩下的那個洞口縫隙不夠大，格雷教授無法通過。」

「沒錯。」福爾摩斯說。

亞瑟咬著自己的嘴唇。「那對一個孩子來說，夠大嗎？」

51

JUST THE BEGINNING

這才剛開始

當天早上的課程取消了，讓大家可以在熬夜一整晚之後多睡一會兒。十點左右，當亞瑟、艾琳和吉米走進學院餐廳時，仍有早餐供應中。好幾群的學生正在吃早餐，有些學生則在草地上散步，或去圖書館複習功課。

「早安！」一看見他們進來時，口袋大聲叫道。「我們一直在等你呢！」她揮手要他們過去，好像怕他們沒看見她和格羅佛就坐在原來常坐的位置上。

他們加入朋友們的行列，大家一起喝著濃濃的甜茶，彼此分享前一天晚上所發生的事件。口袋解釋，自從格雷教授辦公室發生了襲擊事件後，她就開始多準備了一些火蟻，好為下次做好準備，而她也做到了。

「但是你不害怕嗎？」艾琳問道。「他拿著一把刀耶！」

「哦，那只是一把拆信刀而已。」口袋回答。「他在格雷的辦公室裡也拿著那把刀，我就是這麼認出他的，他只是想讓我們認為那是一把刀。」

「你告訴我那個攻擊者身上帶著刀！」亞瑟抗議道。

口袋聳了聳肩。「這樣能創造更吸引人的故事。但說到了格雷教授……那台機器怎麼了？她現在人在哪裡？」

艾琳咬著自己的嘴唇。「口袋……我很抱歉。格雷教授已經死了。」

亞瑟什麼話也沒說。

口袋的眼裡湧出了淚水，好像艾琳捏了她一樣。「她……我知道她很糟糕……但她也是一位偉大的科學家和老師。請告訴我發生了什麼事。」

於是，他們第二次回顧了洞穴中發生的事。口袋睜大了雙眼，眼裡閃爍著淚光，而格羅佛則努力要掩飾自己的喜悅。

「我已經準備好她的訃聞了！」他低聲對亞瑟說。「這機會也太難得了吧？現在《號角報》就必須要把它印出來！」

「我們要感謝你們兩個人。」當他們說完所有的故事之後，亞瑟說道。「如果沒有你們攔住了三葉草成員，我們根本無法及時到達洞穴裡。我們不應該向你們隱瞞任何事情的。」

「沒關係，亞瑟。」口袋說。「我們明白你這麼做的原因。」

「改正錯誤永遠不會太晚的，」格羅佛表示同意，「除非你死了，那麼就真的太晚了。」

他們一起哈哈大笑了起來。不過對廚師來說，他們的笑聲是壓垮她的耐性的最後一根稻草，因為她不習慣將早餐一直延長至午餐的時間。於是把他們趕了出去，並在他們身後關上了門。

「但是，格羅佛，你怎麼會知道這麼多關於三葉草的事呢？」當他們走向前門時，艾琳問道。

「這還算是祕密嗎？你們在圖書館和學院餐廳裡總是在談論這些事。」

「我們以為沒有人在聽。」吉米簡短地說。

「我媽常說我的聽力很好。」格羅佛自信滿滿地回答。

「亞瑟，你還沒有告訴我們奇波發生了什麼事！」當他們走出狂風大作的戶外時，口袋說。

「你自己來看看吧。」亞瑟回答。

他很想念奇波依偎在他身邊的日子。不過，他倒是不想再看到她的爪子。她現在的生活環境讓她更快樂。

就在此時，艾琳停下了腳步。「哦，不。」她嘆氣著。「又怎麼了？」

塞巴斯汀在樓梯底下等著他們，就像昨天晚上一樣。他眼下有深深的黑眼圈，一向梳理得很完美的頭髮在後面亂翹，臉上布滿了紅腫的斑點，是口袋裡那些螞蟻所造成的可怕後果。

他用毫不掩飾的憎恨眼神盯著亞瑟看。

「從我看見你的那一刻開始，我就知道你是一個平凡無奇的傻瓜。」當亞瑟與他平視時，他說道。「但你不知道自己昨晚做了多麼愚蠢的決定。」他將目光轉向吉米。「我本來對你有更高期望的，莫里亞蒂。」

吉米的下巴緊繃了起來，臉色突然變得有些蒼白。

「我們沒有向校長透露任何三葉草成員的名字。」他嘀咕道。「連你也沒有。」

這不是亞瑟的決定。在亞瑟即將告訴校長，塞巴斯汀前一晚偷聽了他們談話之前，吉米打斷了他。不過，亞瑟認為吉米的作法相當有智慧。他們已經放棄成為三葉草成員的機會，而現在他們成了這個組織的敵人了。吉米試著減少他們造成的損害，甚至可能想要避開他們的報復手段。

「我們不想再惹麻煩了，塞巴斯汀。」吉米補充道。

「或許你們早就該想到這一點。」塞巴斯汀冷笑著說。一說完，他就粗魯地推開亞瑟，開始爬上樓梯。

兩個穿著白衣的身影在樓梯上方等著他。

是湯瑪斯・胡德和奧利・格里芬。

他們的目光同樣充滿了惡意，臉上卻也布滿了紅色的咬痕。

「你最好小心一點，道爾。」湯瑪斯說。儘管亞瑟以為自己不曾聽過他說話，但他立刻認出了他的聲音，他就是魔術師！「從今天開始。」

「要非常小心。」奧利附和地說。「特別是親愛的媽媽希望你平安回家的話。」

當亞瑟第一次聽到她那高亢且清脆的聲音時，他發現自己因為她的名字和短髮，就誤以為她是男孩。原來奧利是女孩，也就是夜鶯。

「謝謝，」他說，「但我們可以照顧好自己。」他看了一眼口袋，微微一笑。然後他挺直了肩膀，轉身背對他們，他的朋友也跟著他這麼做。片刻之後，當他再度回頭時，那些如幽靈般的身影已經消失。

奇波在森林中的新家過得非常開心，她在一個大鳥巢裡快樂地吱吱叫著，而那隻不完全是渡渡鳥的迪迪則忙著照顧她的新寶寶。

「可憐的迪迪獨自待在這裡這麼久了，」艾琳說，「費南德茲博士有一種預感，如果給她一個機會，她一定會把奇波當成自己的雛鳥來照顧。她對此感到非常興奮。她說，這可以證明，恐龍與鳥類的關係，可能比跟爬蟲類還要來得更密切。」

奇波發現他們在下面，於是從鳥巢裡飛了下來，圍繞著這群人飛來飛去。她停在亞瑟的肩膀上，咬了他的脖子一下。

「哎呀！」他大叫。

但他明白，這動作是為了傳達愛意，畢竟他被卡洛琳咬過很多次。

「我很高興她可以留在這裡。」口袋說。「我們可以隨時來探望她了！」

「不知道等她長大之後，查林傑該怎麼向全校解釋這件事。」吉米說。他從學院餐廳裡帶來了一些煙燻鯡魚，開始丟給她吃。

「那是以後的問題了。」艾琳回答。

他們看著奇波接住一塊又一塊的煙燻鯡魚，對她的空中雜技哈哈大笑了起來。

但是，亞瑟眼角餘光瞄見的東西讓他分心了。

他的朋友們應該值得過上一個無憂無慮的一天。因此，當他在附近灌木叢中拔出一束長長的黑馬毛，選擇不引起他們關注。而且，他也沒有告訴他們當天早上發生的事情。

在天色未亮的凌晨，費南德茲博士帶著亞瑟、吉米和艾琳來到迪迪的巢穴，奇波還不願離開亞瑟的身邊。他和費南德茲博士留在森林裡，直到黎明破曉時，艾琳和吉米則回去睡覺。費南德茲博士也靠在樹上，最後睡著了。

因此，只有亞瑟聽見了馬低沉的鼻息聲。

綠衣騎士悄然無聲地騎了過來，亞瑟完全沒有察覺到他的靠近。他在被青苔覆蓋的空地上凝視著亞瑟。

亞瑟猛然坐起身來，握緊拳頭準備迎戰，但那位自稱騎士的男人卻沒有更進一步靠近。在灰色的光線下，亞瑟只看得見騎士兜帽下蠟黃而不健康的臉色。

「我擔心你會後悔今晚所做的事。」綠衣騎士輕聲說道。

「我不這麼認為。」亞瑟回答。

他覺得自己能看見綠衣騎士嘴角一抹空洞的微笑，這讓他感受到一陣寒意。

「你不知道自己引發了哪些後果。」綠衣騎士說。

「也許吧。」亞瑟附和地說。「但我知道自己不幫助你，就是正確的選擇。」

那個下午，在愛丁堡拯救將被踩踏的嬰兒推車時，亞瑟也並不知道會引發什麼連鎖反應。那個舉動卻將他帶到了這裡，來到了巴斯克維爾學院。人們永遠不知道自己的選擇會導向什麼樣的結果。人們所能做的事，就是在當下做出正確的選擇。

「我們還會再見面的，亞瑟。比你想像中更快。」

一說完，綠衣騎士彈了彈舌頭，示意他的馬匹離開了。

「亞瑟，怎麼了？」口袋問。

「沒什麼。」亞瑟強忍著顫抖，任由馬毛隨風飄散而去。

他還是會告訴他們關於遇見綠衣騎士的事，但不是今天。艾琳說得對，那是個可以等到明天再說的問題。

當艾琳低頭看著父親懷錶上的時間時，他仔細地觀察著她，想到她昨天晚上有多麼機智且無所畏懼。她在亞瑟掉落河裡之前抓住了他，而叫吉米摧毀機器也是她的主意，從而阻止了格雷將他們倆人推入急流之中。或許，她有與生俱來的智慧及勇氣？亞瑟想著，或許這些事是有人教她的……

但這個話題，也可以等到其他日子再討論。

他也加入和大家一起同歡的行列，直到每個人的手指都漸漸凍得麻木了，才決定去圖書館的壁爐旁取暖。

「再見了，奇波！」亞瑟說道，深情地拍了拍小恐龍的頭。「我們很快就會再來看你的。」

奇波正忙著吃魚，對於即將離開的他們不太注意。

當他們走到森林的邊緣時，亞瑟被身後傳來一聲樹枝折斷的聲音嚇了一跳。他猛然轉身，看到福爾摩斯教授從幾英尺外的森林裡大步走來。

「道爾。」他說。「我需要和你談談。」

亞瑟看了一眼他的朋友們。「我等一下會跟上你們的。」

「在巴斯克維爾學院的第一個學期，你經歷了不少事呢。」福爾摩斯說。「我就知道當初推薦你入學是對的，是格雷讓我白跑了一趟，去了蘇格蘭，但如果換個視角來解讀，我可能會認定那天是命運的安排，讓我能在途中和你相遇。我希望，你不會後悔來到這裡。」

亞瑟回想起在亞瑟王座的山頭上，敬畏地看著查林傑號飛船降落的那個男孩。在那之後已發生了太多事情，遠遠超出那個男孩的想像。

「完全不後悔，先生。」他說。

「很好，因為我們還有更多的工作要做。」

「什麼意思呢？」亞瑟問。

福爾摩斯停下來，從口袋裡掏出一樣東西。是一塊白色的碎布，上面還有一顆黑色的鈕扣。

「這看起來眼熟嗎？」

亞瑟盯著那塊布料，看起來確實很眼熟。「這是格雷教授實驗室白袍上的布。」他說。

「我剛才找到的。」福爾摩斯說。「就卡在通道口的樹枝上。」

亞瑟的心跳加速了。「你的意思是指……」

「你說得對。成年人絕對無法通過洞穴塌陷後留下的洞口。但顯然足夠讓一個孩子通過。」

亞瑟吞了吞口水。「那麼格雷還活著嗎？」

「我想，她正在等待時機。」福爾摩斯說。「很可能在策畫她的報復計畫。」

「我也有一件事需要告訴你。」亞瑟回答。他向教授講述了他與綠衣騎士相遇的過程。

說完之後，福爾摩斯盯著亞瑟看了好一會兒。亞瑟仍然聽得見其他人往莊園走去時發出的笑聲。他渴望加入他們的行列，充分享受這個陽光明媚的日子，無所事事地享受朋友們的陪伴。

「他說的是真的，對吧？」亞瑟問。「這一切還沒有結束，是嗎？」

「恐怕還沒有。」福爾摩斯說。「實際上，我懷疑這只是開始。而且，我的懷疑往往都是正確的。」

亞瑟不禁打了個寒顫。

我們還會再見面的，亞瑟。比你想像中更快。

不過，福爾摩斯教授看起來並不害怕。他拍了拍亞瑟的肩膀。「做好準備吧，我的孩子。」他說，灰色雙眼中閃爍著不同尋常的光芒，嘴角也掛著一抹笑容。

「遊戲即將開始了。」

致謝

對於所有幫助這個故事走向世界的人，我衷心致以最深的謝意，包括：

首先，最重要的是我的家人，感謝你們在這一段偉大冒險中一直支持我。你們是我能夠寫作的原因，也是我持續寫作的動力。正如亞瑟（Arthur）所說的，家人是他最珍貴的事物，對我而言，你們也是如此。

感謝我在「工作夥伴有限公司」（Working Partners Limited）的優秀朋友和同事，特別是才華洋溢的蜜雪兒・柯波拉（Michelle Corpora），沒有她，就不會有《巴斯克維爾》的誕生，還有從早期就願意冒險支持我的克里斯・斯諾登（Chris Snowdon）。也感謝在第一本書中幫助塑造出故事的其他團隊成員們：凱倫・波爾（Karen Ball）、伊莉莎白・高洛威（Elizabeth Galloway）、史蒂芬妮・蘭・艾略特（Stephanie Lane Elliott）、丹・喬利（Dan Jolley）、詹姆斯・諾貝爾（James Noble）、山姆・努南（Sam Noonan），以及克莉絲多爾・維拉斯克斯（Crystal Velasquez）。

感謝柯南・道爾（Conan Doyle）家族對我如此信任，給我機會講述關於亞瑟的故事，在此特別感謝理查・道爾（Richard Doyle）與理查・普利（Richard Pooley），兩位對於亞瑟一生及其遺留給後人的一切有深刻的見解，對我非常有幫助。

感謝我的前經紀人莎拉・戴維斯（Sarah Davies），她在退休之前順利幫我促成了這一份合約；此外，也感謝我的現任經紀人雀兒喜・艾伯利（Chelsea Eberly），她的表現不僅遠遠超出了我的期待，也一直是亞瑟故事的堅定支持者。

感謝哈珀柯林斯出版社（HarperCollins）的敬業團隊，其中包括艾娃・林奇・科默（Eva Lynch Comer）、卡里娜・威廉斯（Karina Williams）、艾蜜莉・曼農（Emily Mannon）、艾比・多梅特（Abby Dommert）、蘿拉・莫克（Laura Mock）、艾咪・瑞恩（Amy Ryan）、喬恩・霍華德（Jon Howard）、關・莫頓（Gwen Morton），特別感謝我出色的編輯艾莉森・戴（Alyson Day），謝謝她總是對我充滿信心，一直在背後鼓勵並支持我。我不敢相信自己會如此幸運，能與她長期共事，並且能繼續完成這部系列作品，這對我來說真的有如一場夢境。

感謝版權人版權經紀公司（Rights People）團隊的辛勞，他們的努力讓全世界的讀者都有機會與亞瑟一起展開這場冒險。

感謝麥可・迪（Michael Dee）、泰瑞莎・瑞德（Theresa Reed）、丹・喬利和詹姆斯・諾貝爾的辛勤付出，使得《巴斯克維爾》登上銀幕，特別是已故的蜜雪兒・福德（Michelle Forde），感謝她的溫暖、智慧與熱情，我們會永遠地懷念。

感謝才華橫溢的亞柯波・布魯諾（Iacopo Bruno），他絕妙而細緻的封面設計讓《巴斯克維爾》展現故事的生命力。

感謝丹尼爾・史塔蕭爾（Daniel Stashower），他對亞瑟・柯南・道爾相關著作的專業對於本書的研究作業至關重要，也總是熱心慷慨地回答我提出的許多問題。

感謝那些在書籍成型初期提供我們反饋或評論的朋友們，包括安妮・厄爾蘇（Anne Ursu）、凱瑟琳・拉斯基（Kathryn Lasky）和史考特・萊登（Scott Reintgen）。

最後，也是最重要的，感謝亞瑟・柯南・道爾本人，他讓每一位讀者及故事創作者都受益匪淺，他一生都珍視公平、進步、創新與誠信。此外，也感謝第一位向亞瑟講述故事的人，即他的母親瑪麗・道爾（Mary Doyle）。

來自亞瑟·柯南·道爾世界的照片與繪畫作品

亞瑟·柯南·道爾五歲時的畫像，
繪畫者為他的叔叔理查·道爾

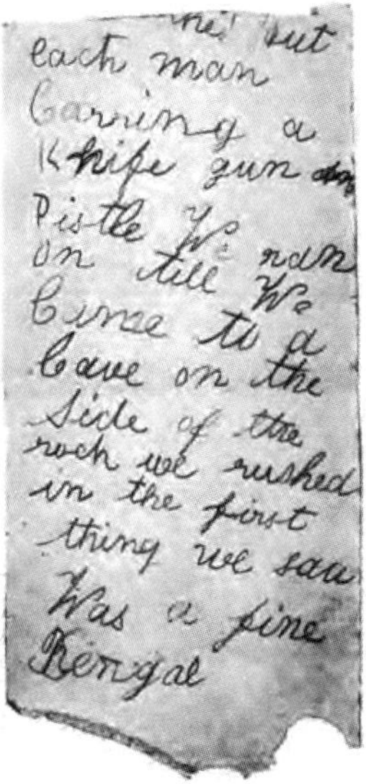

亞瑟·柯南·道爾六歲時的
童年字跡

年輕的亞瑟・柯南・道爾

亞瑟・柯南・道爾與他的姊妹

亞瑟・柯南・道爾十二歲時的素描，繪畫者為他的叔叔理查・道爾

斯托尼赫斯特學院（Stonyhurst School）

亞瑟・柯南・道爾十四歲時穿著板球隊制服的照片

亞瑟・柯南・道爾與孩子的合影

亞瑟・柯南・道爾和他的孩子

關於亞瑟·柯南·道爾

一八五九年，亞瑟·柯南·道爾這位真實人物出生於蘇格蘭的愛丁堡，他在貧困中度過童年，與兄弟姊妹、深愛他的母親，以及酗酒的父親一起生活。一八六八年，他被送到英格蘭蘭開郡（Lancashire）的一所寄宿學校。對於那段時光的經歷，他的描述相對較少，並且也很少提到當時結交的朋友。（儘管最近才發現，當時有一位同學名叫莫里亞蒂！）在那幾年的校園生活，究竟發生過那些奇怪且難以置信的事情呢？

道爾後來進入愛丁堡大學的醫學院學習，並成為一位醫生。他在南海城（Southsea）開設了自己的診所，期望賺取足夠的收入來照顧家人，卻發現自己幾乎沒有病人上門。他便獨自坐在辦公室裡，開始撰寫故事，關於一位名為夏洛克·福爾摩斯的偵探。當他將第一篇福爾摩斯的故事交給出版社時，他無法預料會有多少讀者認識並愛上這位脾氣暴躁的偵探、忠實的夥伴華生醫師，以及包括莫里亞蒂、哈德森太太、艾琳·艾德勒和瑪莉·莫斯坦等個性鮮明的配角。

道爾還向世人介紹了查林傑教授（Professor Challenger），這位人物出現在他的科幻小說《失落的世界》（*The Lost World*）中，這被認為是最早期的科幻小說之一。當中描述了法國准將艾帝安．吉拉德（Brigadier Etienne Gerard）滑稽熱鬧的冒險故事，也在《羅德尼．史東》（*Rodney Stone*）這部作品中揭示了拳擊世界的殘酷，這些都展示了道爾的想像力之豐富與研究的深度。直到今天，作為創造許多備受喜愛人物的偉大作家，道爾將永遠活在人們心中。

THE IMPROBABLE TALES OF BASKERVILLE HALL #1

by Ali Standish

ISBN　978-626-419-416-7（平裝）

Printed in Taiwan.

巴斯克維爾 Book1：學院的待解之謎／艾莉．斯坦迪許著；陳柚均譯.
-- 初版. -- 臺北市： 時報文化出版企業股份有限公司, 2025.04

480 面；14.8×21公分

譯自：The improbable tales of Baskerville Hall

ISBN　978-626-419-416-7（第1冊：平裝）

873.59　　　　114004174

巴斯克維爾 Book1：學院的待解之謎

作者　艾莉．斯坦迪許 Ali Standish ｜ 封面插畫　亞科波．布魯諾 Iacopo Bruno ｜ 譯者　陳柚均 ｜ 特約編輯　蕭書瑜｜ 主編　王衣卉｜ 行銷主任　王綾翊 ｜ 全書裝幀　倪旻鋒 ｜ 排版　唯翔工作室 ｜ 總編輯　梁芳春 ｜ 董事長　趙政岷 ｜ 出版者　時報文化出版企業股份有限公司　108019 台北市和平西路三段 240 號　發行專線—(02)2306-6842　讀者服務專線—0800-231-705．(02)2304-7103　讀者服務傳真—(02)2304-6858　郵撥—19344724 時報文化出版公司　信箱—10899 台北華江郵局第 99 信箱　時報悅讀網—http://www.readingtimes.com.tw ｜ 電子郵件信箱—yoho@readingtimes.com.tw ｜ 法律顧問　理律法律事務所　陳長文律師、李念祖律師 ｜ 印刷 勁達印刷有限公司 ｜ 初版一刷　2025 年 4 月 25 日 ｜ 定價 新台幣四八〇元 ｜

時報文化出版公司成立於一九七五年，並於一九九九年股票上櫃公開發行。
於二〇〇八年脫離中時集團非屬旺中，以「尊重智慧與創意的文化事業」為信念。